Erwin Kohl

GRAB-
TANZ

Erwin Kohl

GRAB-TANZ

Joshua Trempes zweiter Fall

KRIMI IM GMEINER-VERLAG

Bibliografische Information
der Deutschen Bibliothek
Die Deutsche Bibliothek verzeichnet diese
Publikation in der Deutschen Nationalbibliografie;
detaillierte bibliografische Daten sind im Internet
über http://dnb.ddb.de abrufbar.

Im Ehnried 5, 88605 Meßkirch
Telefon 07575/2095-0
info@gmeiner-verlag.de

1. Auflage 2006

Lektorat: Claudia Senghaas, Kirchardt
Umschlaggestaltung: U.O.R.G. Lutz Eberle, Stuttgart
unter Verwendung eines Fotos von photocase.de
Gesetzt aus der 9,8/13 Punkt GV Garamond
Druck: Fuldaer Verlagsanstalt, Fulda
Printed in Germany
ISBN 13: 978-3-89977-693-5
ISBN 10: 3-89977-693-3

Sehnsucht

Sehnsucht wacht
Sehnsucht nagt
In der Stille der Nacht
Die Seelen verjagt

Schritte kommen
Schritte gehen
Lassen beklommen
Leichtigkeit sehen

Angst versteckt
Hoffnung befreit
Mut geweckt
Zu allem bereit

Bettina Kohl

1

Wesel-Bislich. Mit der Tür drückte der Wirt den letzten der vier Männer auf den Gehsteig. Seit drei Stunden waren außer dem Doppelkopfquartett keine weiteren Gäste mehr in seinem Lokal. Eugen ließ sie gewähren und bereitete nebenher den Saal für die morgige Silberhochzeit vor. Jede Viertelstunde hatte der Wirt seine Arbeit im Saal unterbrochen, um vier Pils und vier Korn an den Tisch der Spieler zu bringen. In dem kleinen Dorf bei Wesel kümmerte man sich nicht um die Sperrstunde.

Vor der Gaststätte verabredeten sich die Männer noch zum Frühschoppen, bevor sich ihre Wege trennten. Das heißt, eigentlich trennten sie sich von Walter Brahms. Der gut drei Zentner schwere Bauer hatte seinen Hof genau an der gegenüberliegenden Seite des Friedhofes. Die einsetzende Morgendämmerung ließ die Nebelschwaden über der Obstwiese immer heller werden. Vor der Bäckerei Gehrke stieg eine junge Frau aus ihrem Golf Cabrio und musterte den wankenden Bauern. Dann lief sie zum Seitenfenster der Bäckerei und klopfte an die Scheibe. Brahms blieb kurz stehen und atmete tief durch. Die lauwarme Sommerluft schwebte wie ein dünnes Seidentuch über den Ort. Aus den Lautsprechern des Golfs drangen die Fünfuhrnachrichten. Der Moderator kündigte den heißesten Tag des Jahres an. Brahms lief kurzatmig weiter und nahm sich vor, seine Russen anzuweisen, die Felder zu wässern. Seit die ukrainischen und weißrussischen

Arbeiter in der zur Unterkunft hergerichteten ehemaligen Scheune lebten und für wenig Geld hart arbeiteten, ging es mit dem Hof wieder aufwärts. Eine buckelige, alte Frau goss die Stiefmütterchen in ihrem Vorgarten. Sie trug einen dunklen Kittel und ein Kopftuch, wie jeden Tag. Brahms war der Meinung, die Blumen dienten ihr lediglich als Vorwand, um ständig an der Straße stehen zu können. Als er vorbeiwankte, murmelte sie etwas Unverständliches. Nach einem Blick auf die Kirchturmuhr schüttelte er den Kopf.

Der Nebel schien dichter zu werden, fast wäre Brahms an dem kleinen Weg am Rand des Friedhofes vorbeigelaufen.

Der Futtermais links des Weges war bereits einen halben Meter hoch. Der Verlust dieses Feldes schmerzte ihn noch heute. Er hatte es an die Bank abtreten müssen. Damals, als die Russen noch nicht da waren und er alleine mit dem Hof überfordert war. Dazu noch seine kranke Frau. Aber dafür hatten die Banker kein Verständnis. Moral war nicht zählbar, sie passte nicht in ihre Bilanz. Merkwürdigerweise wurde nur wenige Monate nach dem Verkauf fast die Hälfte des Ackerlandes in Bauland umgewandelt.

Sein Blick suchte das Grab seiner Frau. Die hohen Grabsäulen der Familiengruften waren nur schemenhaft zu erkennen. Zwischen den schwankenden Nebelgebilden waberte ein Labyrinth aus Gängen, das man nur erahnen konnte.

»Morgen Walter. Haste wieder ganz schön getankt, was?«

Brahms schrak zusammen. Als er sich schwerfällig herumdrehte, sah er den Zeitungsboten auf seinem Fahrrad gerade noch im Nebel verschwinden. Mit den ausladenden Taschen benötigte er beinahe die gesamte Breite des Weges. Brahms überlegte kurz, wie Franz denn wohl an ihm vorbeikommen konnte, als sich seine Blase meldete. Er drehte sich zum Friedhof, um seine Notdurft zu verrichten. Gelangweilt beobachtete er dabei die Nebelschwaden über den Gräbern. Scheinbar schwerelos schwebten sie dahin, lautlos und ohne Ziel.

Leise Musik drang zu ihm herüber. Es klang wie der Gesang einer Frau. Brahms knöpfte seine Hose zu und ging langsam weiter. Die Musik wurde ein wenig lauter. Sie kam vom Friedhof. Brahms spürte ein Unbehagen, blieb erneut stehen und ließ seinen Blick langsam durch den Nebel gleiten. Plötzlich zuckte er zusammen. Auf halber Länge zwischen sich und der Friedhofskapelle sah er einen gespenstischen, roten Schatten durch eine milchige Wolke schimmern. Für einige Sekunden gab der Nebel den Blick frei, der Vorhang öffnete sich kurz. Brahms traute seinen Augen nicht. Wie angewurzelt stand er da und starrte sie an. Langsam legte sie den Kopf in den Nacken und strich ihr langes, dunkles Haar aus dem Gesicht. Das dünne, blutrote Kleid ließ ihren Körper durchschimmern. Sie sang ein seltsames Lied zu ihrem Grabtanz. Langsam verhüllte der Nebel dieses Schauspiel wieder. Lediglich der Gesang zeugte noch von ihrer Anwesenheit.

Brahms wäre am liebsten dorthin gelaufen. Die 1,40 Meter hohe Mauer war für ihn aber unüberwindbar. Er sah sich um, suchte nach Zeugen für diese Wahrnehmung. Vergeblich. Brahms war alleine. Fast alleine. Er schrie in die Richtung, aus der das Lied zu ihm herüberklang.

»Hey, wer sind Sie? Was machen Sie da? Warten Sie!«

Das rote Gewand war wieder schemenhaft zu erkennen. Es wurde immer kleiner. Der Gesang verstummte schließlich.

2

Krefeld. Karl Heinz Schmitz blickte missmutig in die Tupperdose. Neben zwei Schnitten mit Magerquark, die wohl zur optischen Auffrischung mit Schnittlauch und Radieschenscheiben garniert waren, befanden sich noch ein Apfel und eine Banane darin. Ein zweites, kleines Plastikschälchen enthielt Ahornsirup als gesunde Alternative zum raffinierten Zucker. Petra hatte vor zwei Wochen festgestellt, dass sein Bauchansatz mittlerweile nicht mehr mit dieser Bezeichnung verniedlicht werden konnte. Nach etlichen, einseitig geführten Diskussionen beschlossen ›sie‹ eine Diät in Angriff zu nehmen. Seine Hand glitt ihm automatisch über den Bauch. Das weite Flanellhemd trug er zum ersten Mal im Sommer. Die kurzärmeligen, zu eng gewordenen Hemden würden nur noch mehr Kritiker auf den Plan rufen. Karl Heinz schob beide Dosen zum gegenüberliegenden Schreibtisch. Er konnte nicht begreifen, warum sein Kollege sich freiwillig einer solch unmenschlichen Ernährung hingab. An seinen Genen konnte es nicht liegen. Jedenfalls hatte Kalle die italienische Küche anders in Erinnerung. Angelo Rossi war zwar in Deutschland geboren, aber er betonte immer wieder, im Herzen ein Italiener zu sein.

Kalle schaufelte den sechsten Löffel Zucker in seinen Kaffee, während er sich die Notizen seines Kollegen durchlas. Vor drei Monaten war Angelo in ihre Dienststelle gekommen. Während sein Kollege froh war, bei der

Mordkommission untergekommen zu sein, sah Kalle sich dagegen eher als Platzhalter. Nachdem beide etatmäßigen Mordermittler im April zum LKA abgewandert waren, dümpelte das Dezernat führerlos auf dem Meer des Verbrechens, wie es Kriminalrat Elsing bei der Verabschiedung von Daniel und Joshua pathetisch formuliert hatte. Elsing hatte ihm hinter vorgehaltener Hand die Leitung der Mordkommission angeboten, aber Kalle zog es immer noch zu seinen Kollegen von der Wirtschaft.

Ohne umzurühren, nippte er an seinem Kaffee. Er schüttelte den Kopf. Der Fall war doch klar wie die Julisonne, die sich anschickte, den Krefelder Himmel zu erklimmen und die Innenstadt in eine riesige Sauna zu verwandeln. Der 69-jährige Jürgen Winkler wurde tot in seiner Wohnung gefunden. Auf dem Totenschein war Herzversagen als Todesursache angegeben. Nichts Außergewöhnliches in dem Alter und bei der Hitze. Reine Routineangelegenheit, keine weiteren Ermittlungen. Nichts sprach dagegen, Überstunden abzufeiern und die sommerliche Hitze jeden Nachmittag mit Petra und der kleinen Johanna im Garten oder Freibad zu genießen. Zwei Gründe schienen Kalles Traum vom Halbtagsurlaub in heimischen Gefilden zu gefährden. Aber eigentlich war es nur ein Grund und der trug den Namen Angelo Rossi.

Angelo Rossi.

Dieser Name. Er klingt wie der Wind in den Bergen von Kalabrien, wie die Wellen, die den heißen Strand von Capri berühren.

Das hatte sie bei der letzten Besprechung gesagt und dabei grinsend in die Gesichter ihrer erstaunten Zuhörer geblickt. Rossi wurde noch nicht einmal rot. Bis zu diesen Worten hatte Kalle die neue Staatsanwältin Viola Lubjuhn für eine unterkühlte Landpomeranze gehalten.

Rossi schien geradezu seinem ersten Mordfall entgegenzufiebern. Seine Agilität war gewöhnungsbedürftig.

Kalle blickte auf die kleine Zeitanzeige in der Taskleiste. 9.30 Uhr, noch zwei Stunden. Ab halb zwölf gab es in der Kantine Mittagessen. Reibekuchen mit Apfelmus, er hatte drei Portionen geordert.

Sein Blick wandte sich Grund 1b zu, einer Gesprächsnotiz vom Vortag. Doktor Frank Albrecht hatte in dem Gespräch postume Bedenken zum Ausdruck gebracht. Angelo hatte den Mediziner solange bekniet, die Todesursache noch einmal zu überdenken, bis dieser schließlich gestern hier erschienen war und leichte Zweifel geäußert hatte. Ausschlaggebend für Rossis Engagement war die Aussage einer Nachbarin. Demnach hatte der Verblichene über eine ausgesprochene Fitness verfügt. Zwei Stunden auf dem Rad, ein ebenso langer Spaziergang täglich, sowie regelmäßige Besuche im Schwimmbad ließen die Seniorin zu der Überzeugung gelangen, dass der Rentner unmöglich einfach so an Herzversagen gestorben sein könne. Angelo schien sich dieser Sichtweise bereitwillig anzuschließen. Zu Kalles Unbehagen trugen auch die Aussagen Doktor Albrechts bei.

Jürgen Winkler hatte sich regelmäßig von seinem Hausarzt komplett durchchecken lassen. Zuletzt vier Wochen vor seinem Tod. Belastungs-EKG, Blutwerte und Lungenfunktionstest ergaben bei ihm die Konstitution eines Fünfzigjährigen. Selbstverständlich, so der Arzt, sei zwar beispielsweise ein Infarkt niemals auszuschließen, widerspräche allerdings dem Gesamteindruck, den er von seinem Patienten habe. Doktor Albrecht schlug eine Obduktion vor. Gleichzeitig räumte er ein, möglicherweise die Todesursache voreilig definiert zu haben. Kalle schüttelte den Kopf. Er fragte sich, ob dieser Arzt gegenüber seinen Patienten auch so phlegmatisch war.

Jürgen Winkler war vor einer Woche beerdigt worden. Kalle konnte Viola Lubjuhn schlecht einschätzen. Ihr Vorgänger, Staatsanwalt König, wäre an die Decke gesprungen, wenn sie eine Woche nach einer Beerdigung eine Exhumierung gefordert hätten.

Er schob die Notiz zur Seite und kramte eine Zigarette aus der Hosentasche. Mittlerweile gab es nur noch einen Raum im gesamten Gebäude, in dem geraucht werden durfte. Dieser befand sich ein Stockwerk über ihm im Nordflügel. Kalle erhob sich und riss beide Fenster weit auf. Der erste Zug blieb ihm fast im Halse stecken. Angelo fuhr auf seinem Rennrad über den Hof. Kalle inhalierte noch einmal tief, drückte die Zigarette an der Außenwand aus und warf sie in den Papierkorb. So schnell hatte er nicht mit seinem Kollegen gerechnet. Angelo wollte zum Friedhof. Mit Ausnahme einer älteren Schwester aus Köln, die mit einem Rollstuhl ans Grab gefahren war, hatte Jürgen Winkler keinerlei Verwandte gehabt. Die Nachbarn schilderten ihn als verschrobenen Einzelgänger. Angelo wollte wissen, ob vielleicht frische Blumen am Grab abgelegt worden waren. Wenn Winkler keines natürlichen Todes gestorben war, musste es einen Grund dafür geben. Eine Bezugsperson könnte diesen Grund kennen.

Mit nachdenklichem Gesichtsausdruck betrat Angelo das Büro. Seine Nase bewegte sich für einen kurzen Augenblick wie die eines Kaninchens. Kalle reagierte sofort.

»Und? Frisches Gemüse auf dem Grab?«

Angelo schüttelte den Kopf und setzte sich an seinen Schreibtisch.

»Nein, im Gegenteil.«

Kalle überlegte kurz, was sein Kollege meinte, als dieser wieder die Nase rümpfte. Mit einer Armbewegung forderte er ihn auf weiterzureden.

»Das Grab war absolut leer geräumt. Dafür aber voller Fußspuren. Spuren von Stöckelschuhen.«

Angelo betonte das letzte Wort, als handele es sich um das alles entscheidende Indiz.

»Von Stöckelschuhen?«

»Ja. Ich habe mich umgehört. Bei keinem der Friedhofsgärtner ist eine Frau für die Grabpflege zuständig. Abgesehen davon wurde auch von keinem Angehörigen eine Grabpflege in Auftrag gegeben. Die Sache ist äußerst merkwürdig.«

Kalle setzte sich hin und tastete nach seiner Kaffeetasse, den Blick immer noch auf seinen Kollegen gerichtet. Grabpflege in Stöckelschuhen, er schüttelte den Kopf. Nachdenklich stellte er die Tasse ab. Fußspuren auf einem relativ frischen Grab. Das war vielleicht nicht unbedingt normal, aber für ihn auch nicht so außergewöhnlich. Fakt war, dass nichts auf eine Gewalttat hindeutete. Ohne den geringsten Ansatz würde die Staatsanwältin keine Exhumierung genehmigen. Für ihn war der Fall erledigt, während Angelo am Nachmittag noch einmal zum Friedhof fahren wollte, um die ominöse Stöckelschuhträgerin ausfindig zu machen.

3

Wesel-Bislich. Anna Marie Gehrke saß mit verheulten Augen am Esstisch in der Wohnküche. Sie konnte nicht begreifen, warum jemand so etwas tat. Die beiden Schutzpolizisten ihr gegenüber wirkten ein wenig hilflos. Die Kollegen von der Nachtschicht hatten den Fall schon aufgenommen. Allerdings schenkten sie dem Bauern Brahms wenig Glauben. Zu fantastisch hörte sich seine Geschichte an und zu prägnant war seine Alkoholfahne. Mittlerweile war die Frau in dem dünnen roten Kleid Gesprächsthema Nummer eins im kleinen Bislich. Offenbar ordnete Brahms seinen Schlaf dem dörflichen Mitteilungsbedürfnis unter. Jeder wusste davon, aber niemand außer Walter Brahms hatte sie gesehen.

»Wer macht so etwas? Mein Vater hat doch niemandem wehgetan?«

Die Beamten sahen sich an. Kurt Engelbrecht, der Ältere der beiden, ergriff das Wort.

»Woran ist Ihr Vater eigentlich gestorben?«

Die Frau trocknete mit dem zerknüllten Baumwolltuch ihre Tränen und räusperte sich.

»Es kam völlig überraschend für uns. Mein Bruder hat ihn morgens neben dem Küchenstuhl gefunden. Herzversagen, sagte Doktor Stranz. Dabei war er kerngesund. Ich verstehe das nicht.«

Der Vorhang zur Kochnische wurde beiseite geschoben und ein junges Mädchen trat herein. Der Duft von frisch aufgebrühtem Kaffee erfüllte den Raum. Schweigend stellte sie drei Tassen auf den Tisch und verschwand wieder. Einer der Beamten winkte noch dankend ab, sie nahm es nicht mehr wahr. Ihm lag die Frage auf der Zunge, ob ihr Vater irgendwelche Feinde gehabt hatte. Im gleichen Augenblick betrachtete er sie als überflüssig.

»Das Grab sah so schön aus«, unterbrach sie seine Gedanken.

»So viele Kränze und Blumen. Und jetzt ...«

Die Polizisten sahen sich betreten an.

Vor einer halben Stunde hatten sie vor dem Grab gestanden. Vereinzelte Sonnenstrahlen waren durch die junge Birke gedrungen und hatten den vom Morgentau noch feuchten Marmor des Grabsteines erstrahlen lassen. Die Luft hatte klar und süßlich gerochen, als ob sie den schönsten aller Sommertage versprechen wollte. Ein Blick auf das Grab von Alfons Gehrke hatte die aufkommende Freude darüber abrupt verblassen lassen. Es war ein Bild der Verwüstung. Die aufwendigen Blumengebinde und Kränze rundum verteilt, als hätte sie jemand voller Wut beiseite getreten. Die noch frische Erde übersät mit Fußabdrücken. Sie ergaben ein seltsames Muster. Viele von ihnen hatten nur aus der Fußspitze bestanden, andere hatten eine seitliche Vertiefung aufgewiesen. Nur bei wenigen war der Abdruck eines pfenniggroßen Absatzes zu erkennen gewesen. Das Gesamtbild hatte für die Beamten ein merkwürdiges Muster dargestellt. Laut der Aussage des Bauern Brahms hatte die Frau auf dem Grab getanzt. So sehr sie sich auch bemüht hatten, die Art des Tanzes aus den Abdrücken zu lesen, es war ihnen nicht gelungen. Eine Krähe war auf dem Grabstein gelandet und krächzte sie hämisch an, während einer der beiden Fotos von dem Szenario machte.

»Wir haben alles aufgenommen, Frau Gehrke. Die Gärtnerei kann das Grab wieder herrichten.«

Kurt Engelbrecht bemühte sich dabei um einen ruhigen Tonfall. Ihre roten Augen sagten ihm, dass es keinen Trost für diese Tat gab. Zu gerne würde er seinem ersten Gedanken am Grab nachgehen. Ihm war sofort klar, dass die Kollegen der Nachtschicht sich irrten. Für ihn sah es nicht nach willkürlichem Vandalismus aus. Es musste mehr dahinter stecken. Die Pietätlosigkeit, sie nach einer vergrämten Liebhaberin ihres Vaters zu fragen, brachte er nicht zustande. Vermutlich würde sie auch gar nichts davon wissen, redete er sich ein.

Während sein Kollege sich noch ein belegtes Brötchen im Laden holte, zermarterte Engelbrecht sich das Hirn. Es war immer wieder die gleiche Frage, die ihn beschäftigte. Welches Geheimnis hatte der 69-jährige Bäckermeister mit ins Grab genommen?

4

Krefeld. Das Kinn mit beiden Händen abgestützt, blickte Angelo auf den Flachbildschirm vor ihm. Das Foto schien ihm etwas zu verbergen. Er zog den Ausdruck aus dem Schacht des Laserdruckers und legte ihn vor sich auf den Schreibtisch. Vorhin auf dem Friedhof konnte er ein grobes Zeitfenster ermitteln. Demnach war das Grab gestern um 21.30 Uhr noch völlig unversehrt. Einer weiteren Zeugin, die auf dem Weg zur Arbeit die Blumen auf einem benachbarten Grab gegossen hatte, waren die Verwüstungen um 6.30 Uhr aufgefallen. Gebannt betrachtete Angelo die Aufnahme. Die Spuren schienen kreisförmig nach einem bestimmten Muster zu verlaufen. Er nahm sich einen Filzstift und begann damit, gleiche Abdrücke zu kennzeichnen. Es gab zwei Arten von Abdrücken, einmal den ganzen Schuh und einmal nur den vorderen Teil. Ihre Anordnung wirkte zufällig, kaum ein Abdruck ähnelte dem anderen. Angelo stand auf und versuchte, die Schritte nachzumachen. Kalle sah ihm stirnrunzelnd zu. Mit dem Ausdruck in der Hand stakste er gestikulierend durchs Büro.

»Es ist ein Tanz!«, rief er unerwartet laut.

Kalle zuckte zusammen. An das südländische Temperament, das er für die gelegentlichen Gefühlsausbrüche seines Kollegen verantwortlich machte, konnte er sich nur schwer gewöhnen. Mit einer Mischung aus Missmut und Neugier sah er ihm zu. Angelo schien ständig unter Strom zu stehen. Nach einem anstrengenden Dienst zog er sich den Trainingsanzug an und lief mal eben zwanzig Kilometer, spielte Tennis oder fuhr stundenlang mit seinem Rennrad durch die niederrheinische Landschaft. Im letzten Jahr gewann er einen Triathlon, beim Düsseldorfer Brückenlauf wurde er Dreizehnter. Kalle war schon stolz, es in seiner Freizeit zum Powerseller bei Ebay gebracht zu haben.

»Die Fußspuren auf Winklers Grab. Guck hier!« Angelo deutete mit dem Zeigefinger auf seine Füße. Kalle zuckte mit den Schultern.

»In der letzten Nacht ging eine Frau zu dem Grab von Winkler, räumte alle Blumen und Kränze beiseite und tanzte darauf. Findest du das normal?«

Kalle öffnete den zweiten Knopf seines Hemdes. Die Außentemperatur betrug mittlerweile 32 Grad. Die Raumtemperatur lag durch die weit geöffneten Fenster nur unwesentlich darunter. Es war nicht der einzige Grund für die glänzenden Schweißperlen, die sich auf seiner Stirn vermehrten. Was ging hier vor? Hatten sie es mit Paragraf 164 StGB, Störung der Totenruhe, zu tun, oder sollte Angelo recht behalten? Kalle griff mit ausgestrecktem Arm zum gegenüberliegenden Schreibtisch und nahm den Ausdruck an sich. Die mit dem Filzschreiber umrandeten Abdrücke ergaben ein Gesamtbild, das wie die Anleitung zu einem Tanz aussah. Ihm fiel auf, dass drei der Abdrücke wesentlich tiefer waren als die anderen. Kalle versuchte, einen ganz banalen Grund für diesen Vorfall auszumachen. Er dachte über Drogen nach, über schwarze Messen und Satanismus. Aber warum ausgerechnet auf diesem Grab? Nachdenklich rieb er sich das Kinn und füllte beiläufig seine Tasse mit mittlerweile lauwarmem Kaffee. Angelo durchforstete derweil das Internet nach Tanzfiguren.

Der Gedanke schmeckte Kalle so schlecht wie der Reissalat, den Petra ihm gestern Abend diätplanmäßig serviert hatte. Aber einen Zusammenhang zwischen der Schändung des Grabes und dem Tod Winklers konnte nur eine Obduktion klären. Kalle biss die Lippen zusammen und hackte die Nummer der Staatsanwältin in die Tastatur.

5

Olsberg. Der kleine Bachlauf schlängelte sich um den künstlich angelegten Berg. Über einen kleinen Hang stürzte er in den Teich. Die Lavasteine aus der Eifel dienten einer Vielzahl einheimischer Insekten als Unterschlupf.

Zwei Taubenschwänzchen tanzten vergnügt über das Teichufer. Der süße Nektar des Eisenkrautes lockte sie jeden Tag aufs Neue an. Eine Libelle schien eine Handbreit über dem Wasser in der warmen Sommerluft zu verweilen, um die Darbietung der Schmetterlinge zu beobachten.

Der Artenreichtum am unteren Ende der Nahrungskette sorgte wiederum dafür, dass im Garten der Reinders Vögel zu Gast waren, die man im Ort nur selten zu Gesicht bekam.

Siegmund Reinders hatte es sich auf einem der sechs großen Eichenstühle, die über die Holzterrasse verteilt standen, gemütlich gemacht. Durch die von roten Rosen umrankte Pergola blickte er auf den Garten. Im hinteren Teil der Anlage war seine Frau damit beschäftigt, das Meer der Blumen mit Wasser zu versorgen. Ein Zaunkönig flog mit einem Wurm im Schnabel die Haselnusshecke ab, offensichtlich auf der Suche nach einem seiner Nester.

Reinders' Kopfschmerzen wurden immer stärker. Dazu der aufkommende Schwindel. Ein Unbehagen beschlich den pensionierten Bauingenieur. Mit dem Daumen ließ er den Porzellanverschluss von der Bierflasche springen und schüttete sich etwas ins Glas. Seine Hände zitterten dabei. Ihm war die Lust auf das Bier vergangen, aber der ekelig bittere Geschmack im Mund verlangte nach Beseitigung. Siegmund Reinders zog das Foto aus der Innentasche seiner Sommerweste und betrachtete es eingehend. Er führte es so dicht an seine Augen, als suche er nach einem versteckten Detail. Eine innere Unruhe überkam ihn. Er spürte das Blut immer schneller durch seine Venen jagen. Das monotone Plätschern des Wassers, welches gewöhnlich seine Seele sanft massierte, nahm er nur noch verzerrt war.

Behandeln Sie mich bitte wie eine Dame.

Dieser Satz ging ihm nicht mehr aus dem Kopf. Er hielt das Bild nun weiter weg, um seine Gesamtheit zu betrachten. Niemals würde ihm in den Sinn kommen, diese Person wie eine Dame zu behandeln, was denkt sie sich dabei. Eigentlich sah sie ja nicht schlecht aus, dachte er amüsiert. Für seinen Geschmack zu auffällig geschminkt, vor allem zu dunkel. Aber die langen, schwarzen Haare, das blutrote Kleid. Der Gesamteindruck war recht passabel, wenn er es nicht genauer wüsste.

Er dachte an das Treffen mit ihr, vor einer halben Stunde, einige Meter abseits vom Park.

Reinders war unwohl dabei. Er hatte nicht hingehen wollen. Aber die Frage, ob seine Frau wisse, in welchen Etablissements er verkehre, hatte ihn überzeugt. Er hatte ihr Geld geboten, viel Geld. Für ihr Schweigen, ja auch. Aber er wollte es als Schmerzensgeld, als Wiedergutmachung geben für etwas, das er nicht mehr gutmachen konnte. Sie hatten den Bogen überspannt, waren sich nicht darüber im Klaren gewesen, welche Konsequenzen es letztendlich für sie persönlich haben würde. Stets hatten sie den Glauben als oberste Prämisse vor sich hergetragen. Ihr Glaube, der Menschlichkeit und Toleranz beinhalten sollte, hatte er sie in diesen Augenblicken verlassen? Voller Unsicherheit und Zweifel war er der Einladung gefolgt. Die Angst, mit ihr gesehen zu werden, hatte sich mit jedem Schritt, den er sich dem Treffpunkt näherte, vergrößert.

Mit weichen Knien war er dem auffordernden Lächeln gefolgt und hatte sich neben sie auf die Bank gesetzt. Sie hatte wieder dieses blutrote Kostüm getragen, wie in jener Nacht. Wie damals war sie sehr auffällig geschminkt gewesen. Ihre Wangen hatten matt gewirkt. Für eine Sekunde hatte er sie bewundert. In diesem Augenblick wünschte er sich ihre Selbstsicherheit. Die mentale Stärke, sein unbesiegbares Selbstvertrauen, all dies schien verschwunden.

Seine Hände waren feucht geworden wie beim ersten Rendezvous damals nach der Schule auf dem alten Hochstand im Wald. Nervös hatte er seinen Blick gesenkt. Zwischen ihnen auf der Bank hatte ein schmales Deckchen gelegen. Ein kleines Körbchen mit Brot, zwei Weingläser und eine Flasche Spätburgunder hätten zufällig vorbeischlendernde Spaziergänger auf das Picknick eines frisch verliebten Pärchens schließen lassen. Ihre belanglose Konversation hatte ihn immer unruhiger gemacht. Sie freute sich über den herrlichen Sommertag, den Gott ihnen geschenkt hatte. Über Vögel, die vergnügt von Baum zu Baum flogen und Schmetterlinge, die ausgelassen um Blüten flatterten. Ihre Augen hatten dabei einen seltsamen Glanz versprüht. Er hatte sich inständig gewünscht, sie würde endlich zum wahren Grund dieses Treffens kommen, damit diese gespenstische Szenerie ein Ende nehmen konnte. Immer wieder hatte sie ihm zwischendurch zugeprostet. Er machte sich nicht viel aus Wein. Schon gar nicht aus diesem. Er hatte einen so widerwärtigen Abgang. Auf gar keinen Fall wollte er ihren Unmut hervorrufen.

Reinders hatte es geschehen lassen und inständig auf das Ende dieser makabren Veranstaltung gehofft. Nach jedem Schluck hatte er ein Scheibchen Brot gekaut. Schließlich hatte er seinen restlichen Mut zusammengefasst und sie stotternd nach dem Grund dieses Treffens gefragt. Sie hatte ihr Gesicht geneigt und ein sanftes, friedvolles Lächeln als Rahmen für ihre Antwort gewählt.

Ich vergebe dir. Du kannst in Frieden gehen.

Er erinnerte sich, dass diese Worte eine seltsame Erleichterung in ihm ausgelöst hatten.

Siegmund Reinders konnte das Bild kaum noch erkennen. Die Konturen verschwammen, als läge es unter Wasser. Ihm wurde unsagbar heiß. Schweiß rann in kleinen Bächen über seine Wangen. Er blickte in den Garten, der schwankte, als würde er ihn bei Windstärke acht von der Reling eines kleinen Fischerbootes aus beobachten. Worte, die er zu seiner Frau hinausschreien wollte, fanden nicht den Weg aus seinem Mund. Ein letzter Hilfeschrei blieb an seinen Lippen kleben und versiegte. Aus unendlicher Ferne drang die Stimme seiner Frau herüber. Wogend und von einem Rauschen überlagert, als schwämme sie auf einer Welle zu ihm.

Noch ein letztes Mal sah er sie vor sich. Eine Strähne ihres schwarzen Haares vor dem Gesicht.

Mit dem Wein stimmt etwas nicht, sagte er ihr.

Der Wein ist nur für dich.

Ihr Lächeln entfernte sich und nahm ihn mit ins Jenseits.

6

Krefeld. Angelo fluchte leise vor sich hin. Seit einer Stunde durchkämmte er das Internet.

Tanzschritte – Tanzfiguren – Schrittfolge bei Tänzen – Tanzschulen – Tanzriten.

Womit er die Suchmaschine auch fütterte, er kam zu keiner befriedigenden Lösung. Mittlerweile hatte er auf einem leeren Blatt Fußabdrücke skizziert und mit gestrichelten Linien versehen. Sein Problem war, dass er die Ausgangsstellung nicht kannte. Zudem waren seine Tanzkenntnisse auf einige Standardtänze beschränkt. Er nahm sich vor, am späten Nachmittag die Tanzschulen in der Umgebung aufzusuchen. Immer öfter beschlich ihn die Vermutung, es könne sich um willkürliche Schritte handeln. Kalles lautes Herein ließ ihn hochfahren.

Staatsanwältin Viola Lubjuhn nahm am oberen Ende der Schreibtische von Angelo und Kalle Platz. Sie hatte noch etwas mit Kriminalrat Elsing zu besprechen und ersparte ihnen so den Weg zum Gericht. Kalle konnte sich das Thema ihrer Unterredung mit seinem Vorgesetzten vorstellen.

Während einer Wohltätigkeitsveranstaltung zugunsten des Kinderhilfswerks UNICEF am vergangenen Wochenende war Elsing beim Anblick der Staatsanwältin fast der Kuchen von der Gabel gefallen. Damit hatte er nicht gerechnet, als Klaus Hafenstein, Pressesprecher der

Stadt Krefeld und Moderator des Abends, den Auftritt der orientalischen Bauchtanzgruppe angekündigt hatte. Der glitzernde Chiffonrock und ihr BH waren über und über mit Pailletten, Perlen und kleinen Strasssteinen verziert gewesen. Dazu hatte sie netzartige Stulpen, die ihre Unterarme verzierten, getragen. Die gesamte Komposition, einschließlich des hauchdünnen Schleiers, der die untere Hälfte ihres Gesichtes halbwegs verdeckt hatte, leuchtete in einem frischen Orange. Direkt vor den Augen des Kriminalrates hatte sie mit fünf anderen Damen zu orientalischen Klängen einer türkischen Combo getanzt. Der erotisierende Hüftschwung, die lasziven Bewegungen, als gleite ihr Körper auf sanften Wogen dahin, hatten das Publikum immer wieder zu Beifallsstürmen hingerissen. Mit besorgtem Blick hatte Elsing sich bei jeder kurzen Pause zu den Medienvertretern umgedreht. Der sehnliche Wunsch, sie mögen die Staatsanwältin nicht erkennen, stand ihm dabei ins Gesicht geschrieben. Aus Sorge, sie könne nach dem Tanz zu ihm an den Tisch kommen, hatte er die Aufführung mitten im letzten Stück in Richtung der Toiletten verlassen.

Der Flurfunk in der Behörde hatte in den Tagen danach mit Ausnahme einiger älterer Kolleginnen durchweg positiv über den Auftritt der neuen Staatsanwältin berichtet. An die Presse war bislang nicht das Geringste durchgedrungen, was in Elsings Augen auch tunlichst so bleiben sollte.

Neugierig sah sie die Polizisten an. Ihre Augen schienen vor Freude und Tatendrang überzusprudeln. Kalle war es fast peinlich, dienstlich zu werden. Angelo kam ihm zuvor und berichtete ausführlich von ihrem Anliegen, den Rentner obduzieren zu wollen. Ihr Blick wurde eine

Spur ernster. Einen kurzen Augenblick dachte sie darüber nach. Ihre Antwort war völlig überraschend.

»In Ordnung. Ich werde die Exhumierung veranlassen.«

Sofort bemerkte sie die Unsicherheit ihrer Kollegen. Sie schienen sich auf eine lange Diskussion vorbereitet zu haben.

»Es wäre natürlich besser gewesen, die Obduktion vor der Beerdigung durchzuführen. Aber nun denn, wir sind bislang noch unter dem Limit, was Obduktionen anbelangt.«

Daher die schnelle Zustimmung, dachte Kalle. Die Polizei unterlag, wie jede andere Behörde auch, Sparzwängen. Gerade Obduktionen stellten einen enormen Posten auf der Ausgabenseite dar. Ihre jährliche Anzahl wurde im vergangenen Jahr vom Innenministerium auf 180 begrenzt. Sie hatten das Glück, dass ihr gerichtsmedizinisches Institut nicht wie viele andere geschlossen, sondern sogar noch erweitert wurde. Es hielten sich beharrlich Gerüchte, demnach immer öfter zaudernde Ärzte unter sanftem Druck dazu bewegt wurden, eine natürliche Todesursache auf dem Totenschein zu vermerken. Medien berichteten in der ihr eigenen Dramaturgie, als Resultat dieser Sparmaßnahmen würde mittlerweile nur noch jeder zweite Mord als solcher erkannt.

Viola Lubjuhn stand auf und verabschiedete sich, als ihr Blick auf Angelos Skizze hängen blieb. Mit geneigtem Kopf musterte sie die Zeichnung. Nach wenigen Sekunden sah sie ihm in die dunkelbraunen Augen und lächelte vergnügt.

»Sie lernen ›Paso doble‹, wie schön. Der Tanz mit seinem südländischen Temperament passt zu Ihnen. Wird nur viel zu selten gespielt. Ich hoffe, Sie tanzen ihn bei Gelegenheit mal mit mir.«

Langsam stellte Kalle die Kaffeetasse vor sich ab. Staunend sah er die Staatsanwältin an. Damit hatte er nicht gerechnet. Auch Angelo schaute ungläubig. Die Staatsanwältin wurde unruhig, ihre Blicke kreuzten sich, dann begriff sie.

»Die Spuren auf dem Grab! Jemand hat dort getanzt?«

»Ja, ich meine, wenn Sie es sagen«, Angelo schluckte, fasste sich dann aber ganz schnell.

»Was ist das für ein Tanz, dieser ›Paso doble‹?«

Viola Lubjuhn ließ sich erneut auf dem Stuhl nieder. Einen kurzen Augenblick hielt sie inne, nickte kurz und begann.

»›Paso doble‹ stammt aus dem Spanischen und bedeutet Doppelschritt. Er ist eigentlich«, sie zögerte einen Moment, »na ja, die Spanier bezeichnen ihn als Tanz des Mannes. Er ist der stolze, wagemutige Torero, die Dame«, Kalle lachte kurz auf, »ist *nicht* der Stier, sondern die Muleta oder Capa, das rote Tuch. Sie folgt tanzend den Bewegungen des Mannes, kann aber auch widerspenstig sein und entgegengesetzt tanzen. Der ›Paso doble‹ gehört übrigens zu den lateinamerikanischen Tänzen. Bei Turnieren wird er im 2/4-Takt getanzt, falls Ambitionen bestehen.«

Bei ihrem letzten Satz blinzelte sie Angelo zu. Sie nahm sich den Ausdruck des Fotos vom Grab von Angelos Schreibtisch und inspizierte ihn. Ihre Füße begannen nach einem stummen Takt zu wippen. Plötzlich hielt sie inne. Ihr Gesichtsausdruck wirkte angespannt.

Nachdenklich legte sie den Ausdruck wieder zurück. Angelos Blick haftete an der dünnen, hellblauen Bluse der Staatsanwältin. Etwa an der Stelle, an der der zweite geöffnete Knopf ihr Dekolleté erahnen ließ.

»Unmöglich.«

Mit gerunzelter Stirn sah die Staatsanwältin die Polizisten an.

»Auf einer Fläche von zwei bis drei Quadratmetern kann man keinen ›Paso doble‹ tanzen.«

Sie sprang auf und lief in wiegenden Schritten an den verdutzten Kollegen vorbei. Hinter Angelo blieb sie stehen und deutete mit ausgestrecktem Arm auf dessen Skizze.

»Das sind die Grundschritte vom ›Paso doble‹. Mit ein wenig Fantasie«, fügte sie einschränkend hinzu, »aber dieser Tanz benötigt sehr viel mehr Raum, als ein leergeräumtes Grab hergibt.«

Langsam nahm sie wieder Platz und rieb ihre Nasenspitze.

»Merkwürdig ist es aber schon. Ich meine die frappierende Ähnlichkeit der Grundschritte. ›Paso doble‹ ist hierzulande viel zu unbekannt.«

»Eben«, Angelo schlug mit der Hand auf die Tischplatte, »das war kein Zufall!«

»Es handelt sich also um eine Art ›Paso doble‹ im Miniaturformat«, versuchte Kalle die neuen Erkenntnisse zusammenzufassen.

»Eigentlich unmöglich«, die Staatsanwältin zögerte, »mir fällt allerdings kein anderer Tanz ein, zu dem diese Schritte passen würden.«

Viola Lubjuhn versprach, sich so schnell wie möglich um die Exhumierung und die anschließende Obduktion zu kümmern.

Während Kalle die Kaffeemaschine neu befüllte, ging ihm der ›Paso doble‹ nicht mehr aus dem Kopf. Angelo hatte noch kein Wort gesagt, seitdem die Staatsanwältin gegangen war.

»Was hältst du davon?«, fragte Kalle.

»Ist sie eigentlich verheiratet?«

Kalle schüttelte sprachlos den Kopf. Sein Kollege grinste und er fragte sich, ob er seine Geste wohl missverstand. Sein verklärter Gesichtsausdruck verschwand allerdings allmählich, er nahm sich das Foto vom Grab und kaute gedankenversunken an seinem Filzstift. Es musste eine Bewandtnis haben, so die Staatsanwältin. Warum tanzte eine Frau auf dem Grab vom Rentner Jürgen Winkler ›Paso doble‹. Ein Tanz, bei dem der Mann die dominante Rolle übernahm. Musste er für diese Dominanz sterben?

Kalle zuckte mit dem Kopf, als wolle er seine Gedanken löschen. Es waren einfach zu viele offene Fragen. Und noch gab es nicht den geringsten Beweis dafür, dass dieser Rentner gewaltsam ums Leben gekommen war. Ebenso konnte es sich um Zufall oder Vandalismus handeln. Aber die Zweifel nagten an ihm.

7

Bochum. Hauptkommissar Rüdiger Lammfell von der Bochumer Kriminalpolizei betrachtete das Bild der rot gekleideten Dame.

Seine Kollegen hatten Annette Reinders soeben nach Hause gefahren.

Ich flehe Sie an, finden Sie heraus, wer das ist!

Die Worte der Witwe hallten in seinem Hirn nach. Es waren Worte der Verzweiflung. Die Frau schwor Stein und Bein, dass ihr Mann keine Liebhaberin gehabt hatte. Wie sicher konnte sich eine Ehefrau sein, überlegte Lammfell. Er holte seine Lesebrille aus der Schublade und betrachtete das Foto noch einmal eingehend. Sie hatte eine tadellose Figur, lange, schwarze Haare, sinnliche Mokkaaugen. Da konnte das Herz eines Siebzigjährigen schon mal überfordert sein.

Sein Herz schlug zum letzten Mal beim Betrachten dieses Bildes. Seine Frau hatte ausgesagt, ihr Mann sei kerngesund gewesen. Für den Hausarzt war die Todesursache aber eindeutig: Herzinfarkt. Somit war der Fall klar, bevor es einer werden konnte. Lammfell hielt das Foto immer noch in der Hand. Vor ihm der aufgeschlagene Aktenordner. Denn einen Fall gab es dennoch. Die Kollegen hatten nach Paragraf 164 StGB, Störung der Totenruhe, zu ermitteln. Den früheren Begriff ›Grabschändung‹ fand Lammfell in diesem Fall passender.

Das Grab von Siegmund Reinders war in der vergangenen Nacht von Blumengebinden und Kränzen befreit worden. Anschließend sollte eine Dame darauf getanzt haben. So zumindest stand es im Protokoll der Kollegen, das in der vor ihm aufgeschlagenen Akte lag. Zeugen hatten leise Musik aus der Richtung des Grabes vernommen und Minuten später eine Frau in rotem Gewand davonlaufen sehen. Sie hatte einen Gegenstand bei sich getragen, den sie allerdings nicht hatten erkennen können. Lammfell las noch einmal den genauen Wortlaut des Protokolls. Die Zeugin beschrieb die Frau als schlank und ziemlich groß. Sie trug ein dunkelrotes, leicht durchsichtiges Kleid und hatte lange, schwarze Haare. An der nächsten Seite war mit einer Büroklammer ein Foto angeheftet. Lammfell betrachtete die Fußspuren. Sie sahen tatsächlich nach einem Tanz aus. Laut Aussage des Leiters des Friedhofamtes habe es einen ähnlichen Fall in der Vergangenheit noch nicht gegeben.

Der Hauptkommissar stand auf und lief nachdenklich im Büro umher. Im Radio wurde wieder einmal darüber diskutiert, wie die Smoggefahr in den Städten zu mindern sei. Lammfell sah durch das geschlossene Fenster hinunter in den Glutofen der Innenstadt. Anfänglich war er absolut gegen die gesundheitsschädliche Klimaanlage gewesen, in diesem Sommer war er froh darüber.

Eine innere Stimme warnte ihn davor, die Akte zu schließen und sie den Kollegen zu überlassen. Es war dieser Instinkt, der ihn durch über dreißig Jahre Polizeidienst leitete. Dieses Gefühl, irgendeinem Detail nicht genügend Aufmerksamkeit geschenkt zu haben. Verbissen bohrte sich sein Verstand durch die wenigen Anhaltspunkte, die ihm zur Verfügung standen. Die Kreise seiner Gedanken wurden immer enger und endeten schließlich bei Annette Reinders. Ihre Sicherheit war es, die seine

Zweifel aufrecht hielten. Nicht eine Sekunde und nicht im Entferntesten zog sie eine außereheliche Beziehung ihres Mannes in Betracht. Es war nicht die empörte Sicherheit einer Frau, die nicht an etwas glauben wollte, was nicht sein durfte. Es war tiefe Überzeugung.

Ich flehe Sie an, finden Sie heraus, wer das ist!

Immer wieder ging ihm dieser Satz durch den Kopf. Der ganze Ort sprach darüber. Reinders hatte eine Geliebte, hieß es überall. Dieses Mitleid schien sie aus tausend Augen zu betrachten, auf jeden Schritt durch die Gemeinde zu verfolgen. Bis dahin waren sie anerkannte und ehrbare Bürger, die von allen Mitmenschen mit größtem Respekt behandelt wurden. Annette Reinders' Wut darüber behielt sie für sich, nur ihre Augen brachten sie zum Vorschein.

Das Ehepaar Reinders war 45 Jahre verheiratet. Zwei Töchter, drei Enkelkinder. Ein sehr schönes Haus in den Hügeln des Hochsauerlandes, zwei Urlaube im Jahr, einen großen Freundeskreis. Nachbarn berichteten, die Reinders liefen jeden Abend Hand in Hand durch Olsberg. Er sah sie wieder vor sich sitzen. Diesen entschlossenen und zugleich verzweifelten Ausdruck. Jemand hat mir meinen Mann genommen, schien er zu sagen.

Sie sprach es nicht aus. Kurz vor seinem Tod war er noch einmal im Ort gewesen, hatte den Wagen waschen lassen wollen. Sie hatte keine Erklärung dafür, warum er es nicht getan hatte.

Langsam und zögerlich legte Lammfell das Bild in die Akte und klappte sie zu. Nachdenklich verweilte sein Blick auf dem Deckel des Ordners, als könne dieser ihm offene Fragen beantworten. Ein Gefühl des Unbehagens kam in ihm hoch. Irgendwas musste er noch unternehmen. Seine Augen wanderten zu dem Foto der ominösen

Unbekannten. Mit einem Ruck nahm er es und legte es in den Scanner. Während das Gerät surrend aus dem Foto eine digitale Datei erstellte, öffnete Lammfell sein Mailprogramm. Ohne sich viel davon zu versprechen, verfasste er eine Rundmail an die Dienststellen des Landes und das Landeskriminalamt.

8

Wesel. Die Motivation des Weseler Kommissars Andreas Steilmann tendierte gegen null. Es kam ihm vor, als habe man ihn gerade mitten in's Sommerloch gestoßen. Als sein Kollege am Freitag seine Angelausrüstung eingepackt hatte, um für drei Wochen in's Sauerland zu verschwinden, hatte ihm noch ein mehrwöchiges Erholungsprogramm für gestresste Kripobeamte vorgeschwebt. Bei vollem Gehalt ein paar angestaubte Akten durchblättern und zwischendurch in der Stadt ein Eis essen gehen. Den Traum vom großen Fall, den er in Abwesenheit seines Seniorpartners lösen konnte, hatte er schon lange zu seinen anderen gescheiterten Träumen abgelegt.

Störung der Totenruhe auf dem Bislicher Friedhof. Er hatte schon prickelndere Fälle bearbeitet. Fast ein Fall für das Kellerarchiv. Ein paar Ermittlungen vor Ort und das war's. Wäre da nicht der neue Kollege vom Schutzbereich, Kurt Engelbrecht. Dieser penetrante Hobbykommissar gab keine Ruhe. Er vermutete irgendwelche Zeichen in den Trampeleien auf dem Grab. Steilmann betrachtete noch einmal das Foto, das sein Kollege von dem Grab gemacht hatte. Er musste sich eingestehen, ein gewisses Muster war zu erkennen. Während er das Bild drehte, griff er mit der linken Hand nach dem Protokoll. Er hatte diesem bislang noch keine Beachtung geschenkt. Die Aussage des Bauern Brahms ließ ihn nachdenklich werden. Eine Frau in rotem Gewand tanzte mitten in der Nacht auf dem Grab eines frisch Verstorbenen, das war zumindest merkwürdig. Engelbrecht vermutete einen Zusammenhang zwischen der Tänzerin und dem Tod des Rentners. Das ging Steilmann ein bisschen zu weit. Die natürliche Todesursache war vom Hausarzt klar festgestellt worden. Es gab keinen Grund, daran zu zweifeln. Dummerweise reichte das Erinnerungsvermögen dieses Brahms nicht aus, ein Phantombild anzufertigen. Immerhin hat die Kriminaltechnik die Fußspuren gesichert. Zeugen gab es außer diesem Bauern keine. Steilmann gab die Daten in die polizeiliche Datenbank ein und schloss energisch die Akte.

9

Krefeld. Kalle sah auf die Uhr und fluchte verärgert nach einem Blick auf den Hauptweg. 5 Uhr 40, die Veranstaltung hatte gerade erst begonnen, da erschienen auch schon die ersten Journalisten. Lautstark debattierten sie mit den uniformierten Kollegen, die ihnen den Durchgang zu diesem Teil des Krefelder Friedhofes verweigerten. Exhumierungen fanden unter anderem deshalb morgens in aller Frühe statt, um ungestört zu sein und nicht das Interesse der Öffentlichkeit zu erregen. Diesmal hatte es noch einen weiteren Hintergrund. Angelo war es gelungen, Doktor Schneider zu überreden, noch in den frühen Morgenstunden mit der Obduktion zu beginnen. Glücklicherweise gab es keine Verwandten, die der Exhumierung hätten beiwohnen wollen. Interessiert beobachtete Kalle die leitende Staatsanwältin, Viola Lubjuhn. Sie war vor einer Minute abgehetzt hinzugekommen. Es war ihre Premiere. Äußerlich war ihr nicht die geringste Unsicherheit anzumerken, von einer leichten Blässe abgesehen. Als Doktor Schneider den Sarg öffnete und sie heranwinkte, verabschiedete die Staatsanwältin sich aber eiligst mit einem stummen Kopfschütteln und zugehaltenem Mund in Richtung der Friedhofstoiletten. Angelo und Kalle betrachteten den Toten. Es wirkte beinahe so, als sei Jürgen Winkler friedlich eingeschlafen. Mit leichten Zweifeln fuhren sie zum Präsidium.

Wortlos betrachteten Kalle und Angelo die E-Mail, die ihre Dienststelle vor wenigen Sekunden erreicht hatte. Das Fahndungsfoto der Bochumer Kollegen zeigte eine Frau um die Vierzig, möglicherweise jünger. Sie trug ein dunkelrotes Kleid. Ihr Blick wirkte warm, aber seltsam fremd. Darunter ein Foto, das ein Grab zeigte. Es war von Fußspuren übersät. Als sollte dieses groteske Bild einen Rahmen haben, lagen an seinen Rändern frische Blumengebinde und Kränze. Sie erkannten das Muster sofort. Es war fast identisch mit ihrem. Sie sahen sich für eine Sekunde in die Augen. Kalle reagierte als Erster.

»Das gibt es doch gar nicht, was hat das zu bedeuten?«

Angelo schnappte sich das Telefon und tippte hektisch eine Nummer ein. Nach einer Minute war das Gespräch beendet.

»Der Doktor kommt gleich. Er möchte uns gerne persönlich von seiner Arbeit berichten.«

»Das ging aber schnell.«

Kalle atmete tief durch. Eines dürfte sicher sein: Falls es sich um keinen natürlichen Todesfall handelte, bräuchten sie jetzt wohl die Unterstützung des LKA. Gut möglich, dass ihre Staatsanwaltschaft mit den Ermittlungen beauftragt würde. Kalle hoffte inständig, dass es nicht so sein würde. Ihn beschlich jedoch eine dunkle Ahnung. Per Tastendruck beendete er den Bildschirmschoner und loggte sich in die interne Datenbank ein. Für einen kurzen Augenblick erkannte er sein Spiegelbild. Er fuhr sich mit der flachen Hand über die Wangen. Eine Rasur war mal wieder überfällig und der kleine Fleck Magerquark auf seinem karierten Hemd hielt sich auch beharrlich, Kalle schenkte ihm aber kein gesondertes Interesse. Nach zwei Minuten hatte er gefunden, wonach er suchte. Mit versteinertem Gesichtsausdruck blickte er auf den Monitor. Seine Suche galt Straftaten nach Paragraf 164 StGB. Die Kripo Wesel behandelte einen solchen Fall. Angelo stand mittlerweile dicht hinter ihm und las gebannt mit. Eine Frau in einem durchsichtigen, dunkelroten Kleid mit langen, schwarzen Haaren tanzte in der Nacht von Freitag auf Samstag auf dem Grab des 69-jährig verstorbenen Alfons Gehrke. Gehrke starb am 3. Juni gegen 5 Uhr an Herzversagen.

Kalle schluckte. Seine Gedanken wirbelten durcheinander. Eine perverse Frau, die gerne auf frischen Gräbern tanzt, versuchte er sich zu beruhigen. Es gelang ihm nicht mal ansatzweise. Drei frische Gräber, verwüstet von einer ominösen Tänzerin .

Der Duft von Angelos zuckersüßem Rasierwasser stieg ihm ins Gehirn und schien seine Gedanken zu verkleben. Die Toten, mit einem Ruck befreite er sich wieder, zumindest Winkler und dieser Gehrke waren im gleichen Alter. Neben der Suche nach der Dame im roten Kleid würde es wichtig sein, Gemeinsamkeiten zwischen den Opfern zu finden. Bei dem Gedanken schreckte er auf. Gab es überhaupt Opfer?

Durch die angelehnte Bürotür trat der Gerichtsmediziner Doktor Schneider ein. Ohne ein Wort zu sagen, lediglich mit einer Armbewegung bot Kalle ihm den Besucherstuhl an. Sein Blick fiel auf die fast zwei Meter lange Trikolore, die die Wand hinter Angelo verzierte. Doktor Schneider trug einen maßgeschneiderten, hellgrauen Anzug, dazu eine dunkelrote Fliege über einem blütenweißen Hemd. Allem Anschein nach stand ihm ein Gerichtstermin bevor. Er warf eine fingerdicke Kladde auf den Tisch und kam direkt zur Sache.

»Glückwunsch, meine Herren. Das war ein Volltreffer.

Der alte Herr ist zwar, wie auf dem Totenschein so pauschal vermerkt, an Herzversagen gestorben, aber ...«

Kalle seufzte vernehmlich und blickte flehend zur Zimmerdecke, als würde er auf himmlischen Beistand hoffen. Insgeheim hatte er es erwartet, seine Hoffnung aber beschrieb einen anderen Weg. Doktor Schneider sah ihn zunächst leicht irritiert an, bevor er fortfuhr.

»Das Herzversagen wurde herbeigeführt durch eine große Menge von Digitalisglykosiden. Die Vergiftung führt zunächst zu starkem Blutdruckanstieg, anschließend zu einem ebenso raschen Abfall des Blutdrucks. Der Tod tritt schließlich durch Kammerflimmern ein.«

»Moment, das habe ich doch schon mal gehört, dieses Digi... Digi...«

»Digitalispräparate werden in der Medizin bei Herzinsuffizienz, also Herzschwäche, eingesetzt. Gewonnen werden sie zum Beispiel aus dem Fingerhut oder, wie in unserem Fall, aus Maiglöckchen.«

Kalle zog seine Stirn nachdenklich in Falten.

»Sie meinen, der Tote hat Maiglöckchen gegessen?«

»Ja, aber nicht pur sozusagen. Wir fanden in seinem Magen etwa zu gleichen Teilen Reste von Maiglöckchen und Bärlauch. Nicht allzu ungewöhnlich übrigens. Die Blätter der beiden Pflanzen sehen sich täuschend ähnlich. Diese Vergiftungen kommen jedes Jahr hundertfach vor. Die Notaufnahmen im Süden der Republik können ein Lied davon singen. Für einen erwachsenen Mann in mittlerem Alter und guter körperlicher Verfassung auch nicht unbedingt tödlich. Aber bei der Mischung.«

»Gibt es denn Hinweise auf Fremdverschulden?«

Der Mediziner hob langsam und bedeutungsvoll die Schultern, bevor er sich doch zu einer eindeutigen Aussage entschied.

»Nein. Es kann ein Unfall gewesen sein. Möglicherweise auch Selbstmord. Wie das Gift in seinen Mund gelangte, kann ich nicht sagen. Spuren von Gewalt waren nicht nachzuweisen. Allerdings kann es sich ja auch um psychische Gewalt gehandelt haben.«

Kalle ging zur Fensterbank und holte die Kaffeekanne. Der Doktor winkte ab. Kalle schaufelte ein halbes Dutzend Löffel Zucker in seine Tasse und dachte laut nach.

»Merkt man das nicht beim Essen?«

Der Gerichtsmediziner lehnte sich entspannt zurück und kratzte sich am Ohr.

»Habe ich mich zunächst auch gefragt. Maiglöckchen sollen tatsächlich einen eigentümlichen Geschmack haben. Allerdings wird Bärlauch nach vielen Rezepten mit einem Knoblauchdressing verfeinert, das könnte den Geschmack der Maiglöckchen übertüncht haben. Im Magen befanden sich tatsächlich erhebliche Mengen Knoblauch. Letztendlich würde nur ein Versuch Klarheit verschaffen, wovon ich allerdings abrate. Noch etwas: Vielleicht hilft es irgendwann weiter. Der Bärlauch war von erlesener Qualität. Wir haben unzerkaute Spuren davon in den Zähnen entdeckt. Zwar mikroskopisch klein, aber garantiert biologisch angebaut. Die genaue Analyse befindet sich in dem Bericht.«

Der Mediziner verabschiedete sich mit dem Hinweis auf einen Gerichtstermin, man hatte ihn als Gutachter geladen.

Kalle knallte frustriert den Kugelschreiber vor sich hin. Angelo schürzte die Lippen. Einen kurzen Augenblick zögerte er und überlegte, ob sie das Ergebnis der Obduktion freuen sollte oder nicht. Immerhin war die natürliche Todesursache nun vom Tisch.

Doktor Schneider war noch keine Minute fort, als die

Frau Staatsanwältin ihre Aufwartung machte. Sie hatte bereits bei ihrer Vorstellung durchklingen lassen, dass sie bei laufenden Ermittlungen immer auf dem neuesten Stand sein wollte. Das waren sie von ihrem Vorgänger gewohnt, nur kam der dafür nicht zu ihnen ins Büro. Sie trug eine dünne, mintfarbene Bluse. Kalle überlegte, ob sie ihre Kleidung bewusst etwas enger wählte, um ihre Figur zu betonen. Detailliert berichtete er ihr von den Ergebnissen des noch sehr jungen Tages. Ihre Augen strahlten an diesem Morgen nicht den für sie so typischen Frohsinn aus. Ihr Make-up, ansonsten kaum wahrnehmbar, war sofort zu erkennen. Kalle dachte darüber nach, ob die morgendliche Exhumierung der Grund dafür war.

»Ich habe gestern Abend noch eine Zeugin befragt«, Kalle hob die Augenbrauen. Von einer Staatsanwältin, die sich aktiv in die Ermittlungen einschaltet, hatte er bislang noch nichts gehört, »die Dame hatte Spätschicht in Düsseldorf. Ich habe mich gegen Mitternacht in einer Kneipe am Bahnhof mit ihr getroffen.«

»Soso!«

Angelos Kommentar brachte sie aus dem Konzept. Ihre Augenlider klimperten, ein Zeichen von Unsicherheit.

»Ähem, ich möchte nicht Ihren Job machen. Es ist nur ... die Dame ist eine Bekannte von mir. Wir sind im selben Tanzclub.«

Angelo winkte lässig ab und bat sie weiterzureden. Als wolle sie seinen Blicken ausweichen, wandte sie sich Kalle zu.

»Nun ja, sie wohnt in der Nachbarschaft von Winkler und hat ihn am Abend vor seinem Tod in Begleitung einer Dame gesehen. Sie spazierten in Richtung Nordwall. Die Dame trug ein dunkelrotes Kleid.«

»Scheint ihre Lieblingsgarderobe zu sein«, lachte Angelo.

»Darin könnte ein Ansatz liegen«, entgegnete die Staatsanwältin, »sie trägt immer dasselbe Kleid, welche Frau macht das? Es muss einen Grund dafür geben.«

Kalle verkniff sich die Frage, welche Frau schon mitten in der Nacht auf Gräbern ›Paso doble‹ tanzt.

So merkwürdig die ganze Angelegenheit auch war, sie hatten noch keinen Hinweis auf einen Mord. Kalle rief die Dienststellen in Bochum und Wesel an und schilderte den Fall. Der Kollege Lammfell aus Bochum schien nur auf diesen Anruf gewartet zu haben, wollte sofort zum zuständigen Staatsanwalt, um die Exhumierung zu beantragen.

»Verdammt noch mal«, fluchte Kalle, »der Kollege aus Wesel scheint mich überhaupt nicht ernst zu nehmen. Die Todesursache stehe einwandfrei fest.

Ich werde mich mal direkt an den dortigen Staatsanwalt wenden.«

Über Viola Lubjuhns Gesicht huschte ein leichtes Grinsen.

»Die Kollegin Gerland ist dort zuständig. Ich mache das schon.«

»Kennen Sie diese Frau Gerland?«

»Ja, wir haben uns beim letzten Seminar angefreundet.« Kalle atmete tief durch, nahm seine Tasse und lehnte sich zurück. Diese Staatsanwältin war ein Schuss ins Schwarze. Nach dem knurrigen Profilneurotiker König konnte es nur besser werden, aber gleich so?

Ich habe gestern Abend noch eine Zeugin befragt.

Kalle musste laut lachen. Angelo sah ihn verwundert an. Für die Akten bräuchten sie noch das Protokoll dieser Zeugenbefragung. Kalle war versucht, das Amt des Schriftführers während dieser Ermittlungen zu übernehmen. Das konnte er nun als, wenn auch vorübergehender, Leiter der Krefelder Mordkommission nicht mehr. Plötzlich fiel ihm das Gespräch mit Lammfell wieder ein. Siegmund Reinders, der in dem verwüsteten Grab im Sauerland lag, ist kurz vor seinem Tod siebzig Jahre alt geworden. Ein erster Zusammenhang wurde also durch das Alter hergestellt. Kalle zweifelte keine Sekunde daran, dass dem Ableben von Reinders und Gehrke ebenfalls eine andere als die auf dem Totenschein vermerkte Todesursache zugrunde lag. Sie wären dann verpflichtet, das LKA zu informieren, falls sie die Rundmail dort nicht schon längst ausgewertet hatten. Im Übrigen musste nun so schnell wie möglich eine Mordkommission zusammengestellt werden. Kalle faxte die Fotos an Wesel mit der Bitte, Zeugen zu befragen.

10

Bochum. Rüdiger Lammfell rückte die Lesebrille zurecht und begann damit, den Obduktionsbericht zu lesen. Nach wenigen Zeilen stockte ihm der Atem. Er hatte es nicht glauben wollen, zweifelte an seinem Instinkt. Diese Ahnung, die ihm sogar den Schlaf raubte. Oder war es Angst? Angst, älter zu werden und Fehler zu machen? Er hatte in der Vergangenheit immer wieder die Sorge, sein analytischer Verstand, seine Fähigkeit des logischen Denkens, mit denen er seinen Kollegen immer eine Spur voraus war, würden ihn im Stich lassen. Er tat sich zunehmend schwerer, die neuen Computerprogramme zu verstehen, wachte in Nächten vor Lehrgängen schweißgebadet auf. Keiner merkte es ihm an, er funktionierte immer noch einwandfrei und so musste es auch noch acht Jahre lang bleiben. In Gedanken ging er noch einmal alles durch. Nichts deutete darauf hin, dass er einen Fehler gemacht hatte. Er konnte es nicht ahnen. Nüchtern und sachlich stand es in dem Bericht. Siegmund Reinders starb an einer Nikotinvergiftung. Reinders war Nichtraucher gewesen. Lammfell wusste es nicht, auch das stand in dem Bericht. Das Nikotin gelangte in Rotwein aufgelöst in seinen Magen. Ungefähr 120 Milligramm, 85 wären bereits tödlich gewesen. Ein Milligramm je Kilogramm Körpergewicht, las er. Lammfell hatte bereits vor 20 Jahren das Rauchen aufgegeben. Er studierte den Bericht interessiert. Zigarettenasche wurde in Wasser aufgelöst, der Sud dem Wein zugegeben. Er erinnerte sich an einen Zeitungsartikel aus dem vorigen Jahr. Ein Dutzend Kleinkinder waren in diesem Land gestorben, weil sie eine Zigarette gegessen hatten. Lammfell dachte an Saskia, seine Enkeltochter, die er nach der Scheidung seines Sohnes nur noch selten sah. Ihr war es einen Tag vor Weihnachten sehr schlecht gegangen. Der Kinderarzt hatte das Nikotinpflaster auf ihrem Oberarm entdeckt. Sie hatte es ihrer Mutter nachmachen wollen.

Der Hauptkommissar legte seinen Kopf in den Nacken, um die Verspannungsschmerzen zu lindern. Der Moderator im Radio sprach vom heißesten Sommer seit vierzig Jahren. Die Klimaanlage ließ ihn draußen. Er nahm sich das Telefon und wählte die Nummer der Krefelder Polizeibehörde.

Der Kollege schien wenig begeistert zu sein von der Mitteilung. Schmitz seinerseits erzählte ihm von ihrem Obduktionsbericht. Nach Lage der Dinge hatten sie es mit einem Serientäter zu tun.

Wo ist dieser brave Opa da bloß reingeraten? Drei identische Fälle, am dritten zweifelte nun niemand mehr, und dieser biedere Familienvater mittendrin. Lammfell kamen erste Zweifel. Es gab viel Licht im Umfeld dieser Familie, also musste es auch Schatten geben. Die Wagenwäsche war ein Vorwand, um sich mit dieser Dame zu treffen. Er kannte sie also. Lammfell mochte nach dem Gespräch mit Frau Reinders nicht an eine Beziehungstat glauben. Das Motiv musste woanders liegen. Rache vielleicht, wofür? Erpressung, schoss es ihm durch den Kopf. Hatte Siegmund Reinders eine Leiche im Keller. Lammfell telefonierte mit dem Behördenleiter. Sie mussten sofort eine Mordkommission gründen. Die Ermittlung im Umfeld des Opfers hatte oberste Priorität. Er sah zu dem verwaisten Stuhl gegenüber. Die Behörde nutzte das Sommerloch zum Abbau von Überstunden. Sein Kollege würde nächste Woche wiederkommen, danach sollte er gehen. Sie hatten getauscht. Shit happens.

11

Wesel. Andreas Steilmanns Laune stand in großem Widerspruch zu diesem Sommertag. Dunkelgraue Wolken legten einen düsteren Schatten auf sein Gemüt. Die Exhumierung, der er heute Morgen um sechs beiwohnen musste, hatte ihm schon den Appetit verdorben. Aber die Frage der Staatsanwältin, warum denn die Krefelder Kollegen die Exhumierung beantragt hatten und nicht er, kam ihm vor wie ein Faustschlag in die Magengrube. Sein Vorgesetzter regte zudem an, den Kollegen Grimm aus dem Urlaub zu beordern. Die unterschwellige Unterstellung, er könne der Situation nicht gewachsen sein, machte ihn wütend.

Doktor Albrecht musste zunächst darunter leiden. Wutentbrannt stürmte der Weseler Kommissar im Anschluss an die Exhumierung in dessen Praxis. Nervös gab der Mediziner seine anfängliche Verwunderung über den plötzlichen Herztod seines Patienten zu. Gehrke hatte zwar unter Bluthochdruck gelitten, diese Erkrankung jedoch durch die regelmäßige Einnahme von Medikamenten im Griff gehabt, so der Mediziner. Nach Sachlage und eingehender Untersuchung sei eine andere Beurteilung also abwegig gewesen. Vor einigen Jahren war Gehrkes Vater ebenfalls an einem plötzlichen Herzinfarkt gestorben, allerdings im Alter von 84 Jahren. Steilmann atmete tief durch. War es wirklich so leicht, einen Arzt zu täuschen?

Über eine kurze Allee mit alten Pappeln gelangte Andreas Steilmann auf den von Scheunen und Stallungen umrahmten Innenteil von Brahms Bauernhof. Einige Männer mit nackten, muskulösen Oberkörpern entluden einen Hänger. Er fragte einen von ihnen nach Brahms. Mit russischem Akzent verwies er Steilmann ins Hauptgebäude. Als seine Rufe nicht erwidert wurden, ging er durch die offen stehende Tür hinein. Aus der Wohnküche drang lautes Schnarchen. Es roch nach billigem Schnaps und kaltem Zigarrenrauch. Hinter dem Küchentisch sah er den mächtigen Bauch des Bauern auf und niedergehen. Auf der fleckigen Tischdecke stand eine fast leere Flasche Wacholderschnaps neben einem ehemaligen Senfglas. Als sein Räuspern unbeantwortet blieb, schlug Steilmann mit der Hand auf den Tisch. Flasche und Glas wackelten gefährlich. Augenblicklich schoss Brahms hoch. Perplex sah er den Ermittler an. Eine fettige Strähne seiner grauen Haare fiel über sein unrasiertes Gesicht.

»Was willst du hier?«

Steilmann hielt ihm seinen Ausweis unter die Augen und setzte sich neben ihn. Schwerfällig und mit singendem Atem setzte der Bauer sich aufrecht. Er schien plötzlich hellwach zu sein. Seine Fahne sorgte dafür, dass dem Weseler Kommissar übel wurde. Beim Anblick des einzigen Zeugen kamen ihm größte Bedenken. Er fingerte in seiner Jacke und zeigte seinem Gegenüber das Foto der Frau.

»War sie das?«

Steilmann war nicht nach langer Konversation, er wollte so schnell wie möglich hier weg. Brahms mächtige Hand fuhr kratzend über sein Gesicht. Seine Finger waren dreckig, schwarze Ränder zierten die Nägel. Er nickte. Erst ganz leicht und undeutlich, dann heftiger.

»Ja, das ist sie. Habt ihr sie?«

Mit so einer eindeutigen Aussage hatte Steilmann nicht gerechnet. Eigentlich hatte er sich überhaupt nichts erhofft, als er hier hergefahren war. Ihm fiel das Protokoll ein, die Aussage des Bauern.

»Ich denke, Sie haben die Frau nur kurz von der Seite gesehen. Was macht Sie so sicher?«

Brahms stutzte. Sein Blick verdunkelte sich.

»Ich habe sie gesehen und basta. Wenn ich Ihnen sage, sie ist es, dann ist sie es auch.«

Steilmann rieb sich die Stirn. Diese Art der Argumentation konnten sie nicht gebrauchen. Aber Brahms war nun mal ihr wichtigster Mann.

»Ist Ihnen irgendetwas aufgefallen?«

»Nä.«

Steilmann atmete tief durch.

»Vielleicht an ihrer Stimme oder an ihrem Gang?«

Brahms goss sich das Senfglas voll. Andreas Steilmann fürchtete um eine seriöse Aussage. Mit einem Zug leerte der Bauer das Glas.

»n' komischen Gang hatte die. Wie ein Bauerntrampel.«

Brahms schien nicht eine Sekunde an seinen eigenen Stand zu denken.

»Wie lief sie? Schnell, langsam?«

»Zuerst äh, ... langsam, trampelig eben. Dann blieb sie stehen, bückte sich und danach lief sie ziemlich schnell. Jedenfalls war sie ruckzuck im Nebel verschwunden.«

»Kannten Sie Herrn Gehrke?«

»Klar, den kannte hier jeder.«

»Wäre es denkbar, dass er eine Geliebte hatte?«

Brahms prustete laut. Dabei gelangten einige Tropfen seiner Körperflüssigkeit in das Gesicht des Polizisten. Angeekelt wischte er mit dem Taschentuch darüber.

»Der alte Gehrke und eine Geliebte. Da war der doch viel zu fromm für. Schätze, seine Marie hat der auch nur an Weihnachten beglückt.«

»Hm, gerade die, bei denen man es nicht vermutet.«

Brahms winkte sofort ab.

»Im Leben nicht. Ich habe mal 'ne Polin auf'm Hof gehabt. Deren Familie drüben war es dreckig gegangen. Für nen Fuffi hatte die die Beine breit gemacht. Hab ich dem Alfons mal angeboten. Da hätten Sie den mal erleben sollen. Mein lieber Scholli. Hat er sogar im Kirchenvorstand zur Sprache gebracht, der Arsch. Danach hatte ich die Landfrauen an der Backe.«

Steilmann hatte sich alles notiert. Wenn es nicht ähnliche Fälle gäbe, würde er die Akte schließen. Gespannt fieberte er dem Obduktionsbericht entgegen.

12

Düsseldorf, Landeskriminalamt. Das Warnblinklicht des englischen Cabriolets aus den Sechzigern war in der schon kräftigen Morgensonne kaum zu erkennen. Seit einer halben Stunde befanden sie sich bereits auf dem Standstreifen der A 57 kurz vor dem Kaarster Kreuz. Joshua Trempe sah auf seine ölverschmierten Hände und fluchte. Sein Kollege Daniel van Bloom war nicht zu bewegen, zumindest einen Blick unter die Motorhaube seines Oldtimers zu riskieren. Sein weißer Leinenanzug könnte sich ja das eine oder andere Schmutzpartikelchen einfangen. Die beiden Hauptkommissare vom Landeskriminalamt Düsseldorf wohnten beide in Krefeld. Mit Grauen dachte Joshua daran, dass sein Kollege die ganze Woche Fahrdienst hatte. Dabei verfügte Daniel noch über einen wundervollen Jaguar. Aber den Zwölfzylinder führte er nur am Wochenende aus. Der ADAC war längst überfällig. Ihr Fahrer steckte vermutlich auch im Stau wie sie vorhin. Kaum lief es wieder, machte die Möhre schlapp, ärgerte er sich. Plötzlich sprang er aus dem Auto. Etwas wollte Joshua noch probieren. Er zog den Schlauch hinter der Benzinpumpe ab und wies Daniel an, den Wagen zu starten. Aus dem Schlauch kam nur warme Luft.

»Verdammter Mist, die Spritpumpe ist hin.«

Wieder im Auto schlug Joshua wütend auf's Armaturenbrett. Als er sich zurücklehnte, glaubte er seinen Augen nicht zu trauen. Die Nadel der Tankanzeige, bis dahin ständig in der Mitte, sprang links gegen den Anschlag. Daniel zuckte nur mit den Schultern und sah ihn betroffen an.

»Klemmt öfter, muss ich mal reparieren lassen.«

Joshua schlug sich vor die Stirn. Daniels Ruhe brachte ihn um den Verstand. Sein Kollege kannte sämtliche Aktienkurse, machte ein Vermögen an der Börse, aber scheinbare Kleinigkeiten gingen an ihm vorüber wie der nun wieder fließende Verkehr neben ihnen.

»Zieh doch bitte mal den Tabak aus meiner Innentasche.«

Joshua hielt seine verschmutzten Hände nach vorne und beugte sich zu seinem Kollegen. Mit spitzen Fingern zog dieser das Päckchen Tabak aus der zerkratzten Lederjacke und hielt es ihm hin. Ein Sattelzug rauschte wenige Zentimeter an dem wackelnden Kleinwagen vorbei.

»Kannst du mir vielleicht mal eine drehen, oder soll ich Motoröl rauchen?«

»Ich?«

Umständlich zog er ein Blättchen aus dem Etui und füllte es mit viel zu viel Tabak. Er wendete das halb fertige Konstrukt mehrmals und wunderte sich darüber, dass die gummierte Seite nach außen überstand. Joshua verlor die Geduld und riss ihm die Utensilien aus der Hand.

Zehn Euro nahm der Mann vom ADAC für die fünf Liter Benzin. Daniel zahlte nur widerwillig. Eine halbe Stunde später liefen sie durch die Gänge des Landeskriminalamtes Düsseldorf.

Joachim Holsten, den alle einfach Jack nannten, erwartete sie bereits vor ihrem Büro. Unauffällig sah er auf seine Uhr. Joshua war sofort klar, dass diese Begrüßung nichts Gutes bedeutete.

»Wir haben einen Großauftrag, Leute.«

Joshua lief zur Toilette durch, die beiden anderen folgten ihm. Jack betrachtete Joshuas Hände.

»Ist dein Auto kaputt?«

»Meins nicht.«

Er sah zu Daniel rüber, dieser winkte lapidar.

»Ist ja auch egal. Drei Morde und eine Tänzerin werden uns die nächste Zeit beschäftigen, um es zunächst mal kurz zu machen.«

Joshua zog einen Stapel Papiertücher aus dem Wandapparat und bearbeitete damit seine Hände. Der Duft des Frühlings war in den langen Fluren des Landeskriminalamtes nicht mal mehr zu erahnen. Die verbrauchte, lauwarme Raumluft hatte längst die Gerüche ihrer Umgebung angenommen. Ein Kollege mit einem hoch beladenen Rollwagen schlenderte von Tür zu Tür und hob eine Hand zum Gruß, ohne sie anzusehen.

Karin Seitz sah kurz von ihrem Monitor auf und nickte freundlich, als die drei Kollegen das Büro betraten. Die Sonnenbrille in ihren Haaren ließ erkennen, dass sie noch nicht lange dort saß. Daniel schaltete das Licht ein. Karin hob genervt den Kopf, ging zum Fenster und öffnete den Lamellenvorhang eine Handbreit. Ein kurzer Blick der 48-jährigen sorgte dafür, dass ihr Kollege erneut den Lichtschalter betätigte. Joshua grinste den verwirrt blickenden Kollegen an.

»Also«, an ein Sideboard gelehnt, begann Jack, »dann kläre ich euch mal auf.«

»Beeil dich, der Hahn hat schon gekräht. Wir sollen schnellstmöglich Abordnungen für die Mordkommissionen benennen!«

Karin Seitz imitierte dabei in parodistischer Übertreibung die Stimme des Behördenleiters, Bernd Schorndorf.

Die beiden waren von einer harmonischen Beziehung so weit entfernt wie ein Schimpanse vom Abitur. Vor vier Jahren hatten ihre gegenseitigen Antipathien erstmalig begonnen, konkrete Formen anzunehmen. Guido Braun, der Fallanalytiker des LKA und Experte für Serienstraftaten, war zum Bundeskriminalamt befördert worden. Schorndorf war der Ansicht gewesen, diese Stelle zunächst nicht besetzen zu müssen. Während der Ermittlungen in einer Serie von Vergewaltigungen hatte Karin, zu dieser Zeit für die Gewerkschaft der Polizei tätig, ihn massiv unter Druck gesetzt. Als sie den Medien gestehen mussten, aus Kostengründen derzeit keinen ausgebildeten Fallanalytiker in ihren Reihen zu haben, hatte er widerwillig nachgegeben. Karin hatte sich sofort für die Umschulungsmaßnahme gemeldet. Während einer Betriebsversammlung hatte Schorndorf dann die Neuigkeit verkündet. Den Klang der Worte, die unverblümt die vorläufige Stagnation ihrer Karriere verkündeten, hatte sie noch lange in den Ohren gehabt. Vor der versammelten Kollegenschar hatte er bekannt gegeben, die 25-jährige Angela Rettig für die Umschulungsmaßnahme vorgeschlagen zu haben. Als das Raunen im Forum abgeebbt war, hatte Karin ruhig und betont höflich nach einer Begründung für diese Personalentscheidung gefragt. Schorndorf diese Steilvorlage gegeben zu haben, ärgerte sie heute am meisten.

Sehen Sie, werte Kollegin, hatte er in jovialem Tonfall und mit freundschaftlich ausgebreiteten Armen begonnen, *diese Maßnahme kostet den Steuerzahler einen Betrag, der weit im sechsstelligen Bereich anzusiedeln ist. Da sollte man schon die perspektivische Situation im Auge behalten.* Nachdem er ihr mit diesem Pfeil das Prädikat ›alt‹ auf die Stirn geschossen hatte, beendete er seine Begründung mit dem hämisch untermalten Satz: *Ich hoffe, Sie haben dafür Verständnis, Frau Seitz.* Nachdem nun auch diejenigen, die bis dahin mit geschlossenen Augen ihr Kinn auf's Brustbein stützend, der Versammlung beiwohnten, die Bloßstellung begriffen hatten, bedankte sie sich mit einem betont lässigen Grinsen und wünschte der Kollegin viel Erfolg. Das hatte sie ernst gemeint, schließlich hatte sie sich damals bewusst dazu entschieden, die lange Auszeit zu nehmen, um bei ihren Kindern zu sein, statt Karriere zu machen. Es ärgerte sie aber, dass der Leiter einer so wichtigen Behörde wie dem LKA ein derart hohes Defizit an Objektivität aufgewiesen hatte. Als sie kurz darauf von einer Kollegin gefragt worden war, wie es zu dieser Entscheidung kam, sagte sie: Der Hahn hat gekräht. Seitdem wurde dieser Spruch bei jeder Anweisung Schorndorfs im gesamten LKA verwendet.

Joshua sah seinen Kollegen neugierig an. Karin hatte in der Mehrzahl, also von Mordkommissionen gesprochen.

Jack erläuterte die bisherigen Kenntnisse. Zwei vergiftete Männer, die als Gemeinsamkeit das annähernd gleiche Alter aufwiesen. Interessant war die Tänzerin, die beide Gräber verwüstete. Joshua hängte seine alte Lederjacke an den Haken neben der Tür und setzte sich hinter seinen Schreibtisch. Grübelnd sah er Jack an.

»Hm, zwei Giftmorde und verwüstete Gräber. Was macht dich so sicher, dass die Fälle zusammengehören?«

»Auf den Gräbern wurde getanzt. Eine Art ›Paso doble‹, ein hierzulande nicht so gebräuchlicher Tanz. Im Übrigen warten wir noch auf den Obduktionsbericht aus Wesel und die Ergebnisse der Spurenermittlung. Dort ist ein Rentner im selben Alter beerdigt worden. Auf seinem

Grab wurde anscheinend ebenfalls dieser Tanz aufgeführt. Ich verwette meine Pension darauf, dass der alte Herr auch vergiftet wurde.«

Für einige Sekunden war nur das monotone Surren des Deckenventilators zu vernehmen. Das Modell ›Casablanca‹ war so etwas wie das verspätete Einstandsgeschenk von Daniel.

»Eine Serienmörderin«, konstatierte Joshua, »was sagt unsere Fallanalytikerin dazu?«

Jack lachte kurz auf, als hätte Joshua nach dem Ende der Hitzewelle gefragt. Karin begann zu lächeln. Auffordernd sah Joshua sie an.

»Frau Rettig ist seit vier Wochen im Mutterschaftsurlaub«, antwortete sie trocken. Wieder surrte ›Casablanca‹, während die Anwesenden sich kopfschüttelnd ansahen.

Daniel hatte seine Leinenjacke ausgezogen und auf dem rechten Ärmel einen kleinen, schwarzen Fleck entdeckt. Nach einem kurzen, strafenden Blick zu Joshua hielt er den Ärmel dicht vor sein rechtes Auge. Er starrte darauf, als wolle er ihn mittels Hypnose entfernen. Jack deutete auf seine Kaufhausuhr und stand auf.

»Ich habe zu tun. Die Staatsanwaltschaft Krefeld ist zwar mit der Leitung der Ermittlungen beauftragt worden, aber sie haben uns um Unterstützung gebeten. Wir übernehmen grundsätzliche Aufgaben der Koordinierung und einen großen Teil der Öffentlichkeitsarbeit.«

Da derartige Fälle erfahrungsgemäß ein gesondertes Interesse der Medien nach sich zogen, war das LKA mit seinen Einrichtungen und dem entsprechend geschulten Personal besser geeignet.

»Wir stellen eine zwanzigköpfige Sonderkommission Tänzerin auf die Beine. ›Wir‹ sind in dem Fall ich.

Fünfzehn Uhr ist Meeting, bis denn. Ach, Karin, Tom hat schon viermal angerufen. Kannst du das nicht mal klären?«

Da gibt es nichts zu klären, dachte sie. Tom, beruflich Leiter des Dezernats Wirtschaft und privat ihr Nochehemann, hatte sich verzockt und alles verspielt. Rien ne va plus. In den letzten Wochen stand bei ihm immer häufiger Nachtdienst auf dem Plan. Freiwillig, wie sie erfahren hatte. Ebenso hatte es sich bei Sabine verhalten, der jungen Kollegin, die vor drei Monaten aus Wiesbaden gekommen war. Tom war nie ausgesprochen fantasievoll gewesen, aber ein wenig mehr Raffinesse hätte die Angelegenheit, mehr war es für Karin nicht mehr, für beide Seiten weniger peinlich gestaltet.

Eine billige Absteige am Bahnhof. Es war nicht die erste Razzia in diesem Viertel gewesen. Vielleicht die erste, von der er nichts mitbekommen hatte. Zu intensiv und feinfühlig waren sie in ihre Ermittlungen vertieft gewesen, als die Kollegen das Zimmer stürmten.

Der Flurfunk hatte gleich am nächsten Tag in Sondersendungen darüber berichtet. Kollegen, denen sich kaum ausweichen ließ, hatten überflüssigen Trost spenden wollen.

Wenn du mal jemanden zum Reden brauchst.

Sie hatte es nicht mehr hören können. Aufmunternd wurde ihr auf die Schulter geklopft, was Karin zuwider war. Warum hatten sie sich nicht einfach raushalten können? Tom hatte jetzt freie Bahn, konnte zu Sabine ziehen.

Hatte sie seinen Stolz verletzt, Sonntagmorgen? Tom war von der Nachtschicht gekommen, tatsächlich. Vor der Haustür hatten drei seiner Koffer gestanden, das Schloss hatte sie ausgetauscht, er musste klingeln. Als müsse er eine Eisschicht brechen, hatte er betont freundlich gefragt:

Ziehen wir aus?

Wir nicht.

Danach hatte er wieder vor die verschlossene Haustür geblickt. Das war's, kurz und knapp. Worüber sollte noch geredet werden, dachte Karin.

Joshua stand vor einer Tafel an der Wand hinter Karin. Mit Magneten waren dort Fotos von den Gräbern und der ominösen Tänzerin befestigt. Es gab Zeiten, da hingen dort die Zeugnisse menschlicher Perversion in Form von grausam zugerichteten Mordopfern. Zumindest von diesem Sumpf blieben sie verschont. Daniel, der inzwischen die Akte las, räusperte sich.

»Also für mich hat das was Rituelles.«

Karin presste die Lippen und schüttelte langsam den Kopf.

»Die Mordmethoden zeugen von einer gewissen Intelligenz, die Vorbereitung war akribisch. Dazu die Verwüstungen auf dem Grab. Für mich sieht das eher nach einem Racheakt aus. Diesen Tanz kann ich allerdings nicht zuordnen.«

Joshua Trempe griff sich in den Nacken, wollte instinktiv seine langen, blonden Haare nach hinten legen. Seit letzter Woche hatte er einen modischen Kurzhaarschnitt. Sommerlich und modern, wie Janine meinte. Er mochte sich nicht an das neue Outfit gewöhnen. Ebenso wie er sich immer noch nach seiner alten Dienststelle sehnte. Leiter der Mordkommission in Krefeld, in diesem Job war er aufgegangen. Aber dieser Job hätte auch beinahe seine Ehe zerstört. Janine litt ständig unter Angstzuständen. Seit seiner schweren Schussverletzung wurde sie von Albträumen geplagt und war in therapeutischer Behandlung. Ihr zuliebe war er ›nach oben gewechselt‹ auf diesen Schreibtischposten beim LKA, wie er ihn seiner Frau schmackhaft gemacht hatte. Daniel van Bloom war mitgekommen und sein Jugendfreund Jack, der seit der Ausbildung dort war, hatte ihm die Versetzung leichter gemacht. Sein Familienleben blühte auf wie Rosen in der Morgensonne. Jedes Wochenende wurden gemeinsame Ausflüge unternommen. Britt und David waren glücklich wie nie zuvor. Aber die überwiegende Bürotätigkeit frustrierte ihn, er musste raus aus dem Käfig, raus auf die Straße. Wenn sie dann knietief durch seelischen Müll und menschliche Grausamkeiten wateten, verfluchte er diesen Job. Die Ermittlung in Mordfällen war eine Art Hassliebe. Joshua brauchte diesen Kick. Zum Ausgleich hatte er sich nach 10 Jahren Abstinenz wieder beim Boxklub angemeldet. Seinem Sohn David, der ihm nacheifern wollte, redete er diesen Sport aus. Seit einem Jahr spielte David nun Fußball. Sonntag war das letzte Saisonspiel angesetzt, mit einem Sieg würde die C-Jugend in die Bestengruppe aufsteigen. Für diesen Fall hatte Joshuas Freund Kalle ihm versprochen, die ganze Mannschaft mit Polizeiwagen zu ihm zu fahren und dann den Grill anzuheizen. Im Garten wollte Kalle ein kleines Zeltlager für die ganze Mannschaft errichten. Britt durfte auch dabei sein. Mit seiner Nervosität steckte der kleine Trempe schon alle an. Für den Abend hatte Joshua zwei sündhaft teure Karten für ein Konzert von Paul McCartney besorgt. Anschließend wollte er bei einem Dinner mit Kerzenschein unter freiem Himmel ihren Hochzeitstag feiern. Seine Augen schweiften ab und blieben für einen Moment an dem kleinen gerahmten Foto hängen, das Britt, David und seine Frau zeigten. Karin bemerkte seinen Blick. Es kam ihm so vor, als habe sie kurz gezwinkert. Sofort war er wieder bei der Sache.

»Hm, Intelligenz? Ohne diese Tanzveranstaltungen wären diese Morde gar nicht aufgefallen. Perfekte Verbrechen. Alles war in bester Ordnung. Bis die Täterin uns diese Tanzspuren serviert hat. Sie wollte, dass wir ermitteln. Aber warum?«

»Weil sie gar nicht die Täterin ist«, Daniel zupfte an seinem Krawattenknoten. Man konnte ihm ansehen, wie gerne er sie abnehmen würde. Aber das kam für ihn nicht in Frage. Der Blick auf Joshua, der sich im kurzärmeligen T-Shirt in seinem Stuhl räkelte, wirkte missbilligend.

»Sie kennt den Täter, kann den Namen aber nicht preisgeben. Vielleicht ihr Ehemann oder Chef? Sie will uns etwas mitteilen.«

Karin nahm die Sonnenbrille aus ihrer dunkelblonden, mit Strähnchen aufgelockerten Frisur und kaute gedankenversunken an einem der Stege.

»Wäre aber eine reichlich komplizierte Methode der Mitteilung. Ich meine, warum ruft sie uns nicht anonym an, wendet sich an die Medien, schreibt uns aus einem Internetcafé eine Mail oder was auch immer?«

Daniel zuckte nur mit den Schultern. Auf seinem rechten Ärmel tummelte sich ein Haar, welches er mit spitzen Fingern entfernte.

Ein Bote brachte die Pressemappe und legte sie vor Joshua hin. Sie enthielt Kopien von relevanten Zeitungsartikeln der größten Tageszeitungen in NRW. Joshua blätterte sie kurz durch. Auf der Titelseite zweier Revolverblätter wurde plakativ von der *Tänzerin* und einer Serie von Giftmorden in NRW berichtet. Darunter die üblichen Floskeln: Die Polizei tappt im Dunkeln, wie sicher sind unsere Bürger und dergleichen. Die Exhumierungen gingen wie meistens nicht heimlich vonstatten, sodass sich die Polizeibehörden zu Pressekonferenzen genötigt sahen.

Auf den meisten Titelseiten war das Foto eines Grabes abgebildet. Darunter immer die gleiche Frage: *Was bedeuten diese Spuren?*

Es gab keinen günstigen Zeitraum für solche Taten. Aber das Sommerloch der Medien war der denkbar ungünstigste.

Joshua hatte einen unliebsamen Gedanken. Wenn man Wesel-Bislich mit einbezog, hatten sie es mit drei Morden desselben Täters zu tun. Ihnen gemein war die Tatsache, dass die Opfer laut Totenschein eines natürlichen Todes starben. Ein Mord wurde erst jeweils durch den Auftritt der Tänzerin bekannt und dies erst einige Zeit später. Wie viele Mordopfer konnten noch auf den Friedhöfen des Landes liegen?

13

Kirchfeld. Agnes Fleischer wälzte sich hin und her. Ihr dünnes Bettlaken fühlte sich so handfeucht an, als käme es frisch aus der Waschmaschine. Die ganze Woche hatte sie tagsüber die Rollläden heruntergelassen und das Fenster bei Einbruch der Dunkelheit weit aufgerissen. Heute Morgen vergaß sie, es zu schließen. In ihrem Schlafzimmer wurde die Hitze unerträglich. Dazu dieser schöne Traum, der sich nach dem Aufwachen als Albtraum zu erkennen gab. Es war gerade einmal zwei Monate her. Hand in Hand waren sie über die Strandpromenade von Zinnowitz nahe der Seebrücke auf Usedom gelaufen. Sie hatten diese wunderschönen Tage genossen, den Herbst ihres Lebens, hatten Pläne geschmiedet. Vom nächsten Urlaub hatten sie geträumt. Von Jerusalem, das sie beide noch einmal sehen wollten. Plötzlich schlugen Autotüren zu. Der Klang des Bleches drang durch das offene Fenster, landete zwischen ihnen in Usedom und durchtrennte den Film wie ein Tranchiermesser. Mit seligen Gefühlen erwachte sie. Ihre Augen strahlten wie damals.

Der Griff in das Bett neben ihr ließ die alte Dame zusammenfahren. Das weiße Laken wirkte wie eine Leinwand. Sie sah wieder jenes Bild vor sich, das sie nur für wenige Stunden in Nächten ohne Albträume verschonte. Dieser Abgrund, die Grube, hinter dessen Brettern Würmer aus der feuchten Erde krochen. Am Grund der Sarg, der das warme, fröhliche Gesicht ihres Mannes für immer vor ihr verbergen sollte. Vereinzelte Tränen, die über ihre Wangen rollten, wuchsen zu kleinen Bächen. Sie konnte den Schmerz nicht überwinden. Nach einer Weile stand sie auf, schloss das Fenster und zog sich an. Vier Uhr dreißig. Die Sonne müsste jeden Moment aufgehen. Sie wollte zu ihrem Mann. Mit ihm reden, einfach nur bei ihm sein.

Leise zog sie die Haustüre hinter sich ins Schloss und ging zum Friedhof. Die Nacht verlor an Dunkelheit. Erste, noch zarte Sonnenstrahlen gaben der Natur ihre Farben zurück. Die Wiese lag noch in einem blassen, gräulich grünen Farbton da. Klatschmohn und Kornblumen, Gänseblümchen und Löwenzahn läuteten die Farbenpracht des beginnenden Sommertages ein. Agnes Fleischer wollte es nicht sehen. Sie war wieder gefasst, fragte sich sogar, wieso sie um diese Zeit zum Friedhof ging. Redete sich ein, wehleidig und senil zu sein. Gisbert hätte gesagt: Agnes, du musst stark sein. Wenn einer von uns geht, muss der andere für ihn mitleben.

Das Dorf wirkte einsam und verlassen. Das blasse Gelblicht der Laternen verlor langsam an Wirkung. Vor dreißig Jahren waren sie hierher gezogen. Ihre Kinder sollten nicht in der Großstadt aufwachsen. Lange hatten sie nach einem geeigneten Ort gesucht. Die Stelle als Rektor der Grundschule war wie ein Wink des Himmels gekommen. Nur Kinder hatten sie keine bekommen können.

In der Ferne, aus der Richtung des Friedhofes, hörte sie Motorengeräusch verstummen. Am Wochenende kamen die Jugendlichen meist in den frühen Morgenstunden von der Disco im Nachbarort. Als sie noch mit ihrem Mann Abend für Abend durch's Dorf spaziert war, hatten die jungen Leute oft am Straßenrand angehalten, um ein paar Worte mit ihrem ehemaligen Lehrer zu wechseln.

Das alte, schmiedeeiserne Friedhofstor stand weit offen. Agnes sah sich verwundert um. Pastor Gründgens ging abends gegen zehn Uhr regelmäßig seine Runde, dabei zog er immer das Tor zu, damit die Toten in Frieden ruhen konnten. Im Dorf schmunzelte man oft über die Marotten des kauzigen Geistlichen. Sie sorgte sich, hoffte, dass dem Pastor nichts zugestoßen war. Seine Grabrede war ergreifend, nicht so monoton und bibellastig wie üblich.

Die Morgendämmerung wurde von den Sträuchern und Bäumen geschluckt. Schemenhaft ragten rechts und links des Weges Grabsteine wie mächtige Schatten aus dem Erdreich. Eine Lerche begrüßte fröhlich singend den neuen Tag. Agnes Fleischer ärgerte sich darüber, nicht ein wenig später gegangen zu sein. Die Fußspur vor ihr auf den am Vorabend frisch geharkten Wegen konnte sie noch nicht erkennen. Das flaue Gefühl in der Magengegend schien sie warnen zu wollen.

Sie vernahm ein seltsam klingendes Lied, das der Wind zu ihr herübertrug. Agnes glaubte wieder zu träumen.

14

Bochum. Die achtzehnköpfige Mordkommission war binnen einer Stunde zusammengestellt. Nach einem kurzen Briefing durch Hauptkommissar Rüdiger Lammfell machten sie sich auf den Weg nach Olsberg. In Zweiergruppen begannen sie, die Bevölkerung zu befragen. Es galt nicht nur, die Identität der Tänzerin zu erfahren, sondern vor allem Kenntnis darüber zu erlangen, wo sie sich mit ihrem Opfer getroffen hatte. Der Tatort musste dringend kriminaltechnisch untersucht werden. Bislang gab es bis auf das Foto und die Fußspuren auf dem Grab nicht die geringsten verwertbaren Spuren. Rüdiger Lammfell fuhr zu Frau Reinders. Sie öffnete ihm ganz in Schwarz gekleidet. Auf einem kleinen Schränkchen im Wohnzimmer lag ein Stapel schwarz umrandeter Briefe. Sie schienen noch ungeöffnet zu sein.

Die Witwe saß ihm gegenüber, ihre gefalteten Hände lagen im Schoß. Mit ausdruckslosen Augen sah sie ihn an. Lammfell fragte sich in diesem Augenblick, warum er nicht Arzt geworden war wie sein Bruder. In seiner Praxis in Sundern war dieser den ganzen Tag damit beschäftigt, den Menschen Gutes zu tun.

»Frau Reinders, wir müssen wissen, wo Ihr Mann sich mit dieser Dame getroffen hatte. Gab es einen Ort, zu dem er besonders gerne ging, gab er Ihnen vielleicht einen Hinweis?«

Nachdenklich hob sie ihren Kopf. Für eine Sekunde glaubte Lammfell, Wut in ihren Augen zu erkennen.

»Wir sind sehr viel spazieren gegangen. Ich denke, es könnte überall sein.«

Sie zögerte, beugte sich nach vorne und sah auf einmal sehr misstrauisch aus.

»Glauben Sie, mein Mann hatte ein Verhältnis?«

Lammfell schüttelte den Kopf.

»Nein, davon gehen wir nicht aus.«

»Was macht Sie so sicher?«

Lammfell war irritiert. Gestern in seinem Büro war sie so überzeugt. Hatte sie ihre Meinung geändert, etwas erfahren?

»Wie es aussieht, sind dieser Dame noch mehr Männer zum Opfer gefallen.«

Scheinbar zufrieden lehnte sie sich zurück. Offenbar war es die Bestätigung, die sie suchte.

»Ich kann mir denken, wie es für Sie aussieht.«

Aus ihren Worten klang Verzweiflung.

»Wie sieht es denn aus?«

»Mein Mann trifft sich heimlich mit einer Frau und seine naive Gattin glaubt an seine Treue.«

Lammfell musste zugeben, dass dieser Gedanke naheliegend war. Aber er hatte tatsächlich keine Sekunde daran geglaubt.

»Wir waren sehr glücklich. Es gab keine Geheimnisse zwischen uns. Es war wirklich das erste Mal. Glauben Sie mir, Herr Kommissar, ich zerbreche mir den ganzen Tag den Kopf darüber, warum mein Mann mir nichts von diesem Treffen erzählt hatte.«

Es war vermutlich nicht gelogen, aber dennoch falsch. Ein Geheimnis hatte es geben müssen. Ein so gravierendes, das als Motiv für einen Mord ausreichte. Mehr sogar, die Verwüstungen auf dem Grab deuteten auf großen Hass. Woher ihr Mann das Foto hatte, konnte sie ihm nicht sagen. Sie hatte es nie zuvor gesehen. Aber gerade dieses Foto, war Lammfell sicher, barg einen Hinweis in sich. Warum hatte er es vor seiner Frau versteckt? Warum betrachtete Reinders es noch in der Minute seines Todes? Was an diesem Bild war so eigenartig?

15

Düsseldorf. Die SoKo Tänzerin war bereits um 6 Uhr 30 vollständig anwesend. Nach der gestrigen ersten Zusammenkunft hatten sie ihre Arbeit sofort aufgenommen, die bis weit in die Nacht andauerte. Etwa zwei Drittel der Kolleginnen und Kollegen waren damit beschäftigt, nach Zeugen zu suchen und deren Aussagen auszuwerten. Die IT-Spezialisten des LKA setzten eigens für diesen Fall eine Homepage mit dem Namen ›taenzerin.de‹ ins Netz. Nachdem der zuständige Richter aus Krefeld die Öffentlichkeitsfahndung zugelassen hatte, ging das Foto der Tänzerin seit Tagen durch alle Medien. Es dürfte wohl kaum jemanden geben, der dieses Bild nicht gesehen hatte. Dennoch hatte es bislang mit Ausnahme der üblichen Wichtigtuer nur sehr spärliche Hinweise aus der Bevölkerung gegeben. Zwei konkrete Aussagen kamen aus einem kleinen Ort bei Korschenbroich. Joshua und Daniel wollten dieser Spur nachgehen.

Der Gerichtsmediziner Eugen Strietzel brachte den Obduktionsbericht zu Alfons Gehrke. Man hatte den Leichnam nach der Exhumierung sofort von Bislich zum gerichtsmedizinischen Institut nach Düsseldorf gefahren. Der blasse Mediziner mit den hellrot gelockten Haaren legte den Bericht vor sich ab und nahm Platz. Was eigentlich ungewöhnlich war, denn normalerweise hatte er nie Zeit und verwies auf den entsprechenden Bericht. Gespannt sahen sie ihn an.

»Ich beginne mal mit dem Fazit. Der Delinquent hat Herrn Gehrke mit Ricin vergiftet, wenn er es nicht selber tat, sprich, es sich um Suizid gehandelt hat. Das Gift wurde einem Vollkornbrot beigemischt.«

»Was zum Teufel ist Ricin?«

Für eine Sekunde sah der Gerichtsmediziner Joshua verständnislos an. Anschließend schob er die schmale Brille seine Nase herauf.

»Ricin gewinnt man aus der Ricinus communis. Besser bekannt als Christusdorn oder Wunderbaum. Im Allgemeinen presst man die Samen dieser Pflanzen aus, um Rizinusöl zu gewinnen. In dem zurückbleibenden Presskuchen befindet sich das hochgiftige Toxin Ricin. Die Al Kaida entwickelt daraus derzeit Biowaffen, habe ich zumindest gelesen. Die ungeöffneten Samen sind übrigens harmlos und wirken nur abführend.«

»Musste er die Samen zerkauen, oder waren sie schon entsprechend manipuliert?«, wollte Karin wissen. Strietzel warf ihr einen anerkennenden Blick zu, während er abermals an seiner Brille nestelte.

»Sie waren gemahlen oder gepresst. Ich konnte kein einziges intaktes Samenkorn finden. Wohl aber Reste von zerpresstem Samen im Gebiss. Der Tod kann übrigens, je nach Dosis, bis zu vier Tage später erfolgen. Ein Gegengift gibt es derzeit nicht.«

Joshua schnellte plötzlich vor und schlug mit der Hand auf den Tisch. Daniel, der während der Ausführungen Strietzels das Internet durchforstete, zuckte zusammen.

»Verdammter Mist! Wir haben hier drei verschiedene Giftmorde und die Herren Hausärzte geben jedes Mal Herzversagen als Todesursache an. Es ist zum K...«, er stoppte sich noch rechtzeitig.

Eugen Strietzel blieb gelassen, grinste sogar leicht.

»Verständlich. Die Todesursache war ja auch, zumindest hier, Herzversagen. Sehen Sie, der Arzt hat ja nicht unsere Möglichkeiten. Im Fall Gehrke hat der Patient zwar zuvor allerlei Symptome wie blutiges Erbrechen, erweiterte Pupillen, beschleunigten Puls, Nierenversagen und Koliken aufgewiesen. Aber schlussendlich stirbt er an Atemlähmung und Herzversagen. Bei einem 70-jährigen Mann nichts absolut Außergewöhnliches. Wenn der bescheinigende Kollege dem Todeskampf nicht beiwohnt, könnte er – naja.«

Er hob langsam seine Schultern und machte einen hilflosen Gesichtsausdruck. Die Geste trug nicht dazu bei, Joshuas Wut auf die scheinbar oberflächlichen Mediziner verfliegen zu lassen.

Strietzel hatte sich längst verabschiedet, als Daniel im Internet fündig wurde.

»Hilft uns zwar nicht weiter, aber einen Ricin-Fall gab es schon einmal. Der bulgarische Schriftsteller Georgi Markow wurde 1978 mit einem mit Ricin präparierten Regenschirm an einer Londoner Bushaltestelle verletzt und starb vier Tage später an den Folgen der Vergiftung. Ricin, steht hier, wird in Geheimdienstkreisen immer beliebter.«

Freudestrahlend sah Daniel in die Runde.

Joshua verdrehte genervt die Augen. Karin ging die Sache zu weit.

»Ich glaube nicht, dass wir es hier mit einem Geheimdienst zu tun haben. Das Wort ›geheim‹ beinhaltet auch, dass der Täter nicht nach seiner Tat auf dem Grab des Opfers eine Art ›Paso doble en miniature‹ tanzt, oder?«

Daniel sah sie beleidigt an und begann, sich einen Darjeelingtee zuzubereiten. Die Art und Weise glich einem Ritual. Mit einem Thermometer prüfte er die Temperatur des Wassers. Nachdem es exakt achtzig Grad erreicht hatte, schüttete er es in eine kleine Glaskanne, in die er zuvor zwei gestrichene Löffel grünen Darjeelingtee gegeben hatte. Nun drückte er die Starttaste seiner Stoppuhr. Der Tee durfte nicht mehr als zwei Minuten ziehen. Währenddessen stellte er eine zweite Kanne mit einem Teesieb bereit und stellte seine Tasse auf eine Untertasse. Eine Ecke Zitrone kam in die dazu passende Presse. Nach exakt zwei Minuten gab die Stoppuhr ein deutliches Piepen von sich.

Daniel kippte den Tee in die zweite Kanne, zündete ein Teelicht an und stellte sie auf das Gestell. Das Einschenken des Tees in die Tasse beendete die Zeremonie. Mit spitzen Fingern fasste er sie am Henkel und trug sie zu seinem Schreibtisch. Karin unterbrach ihre Gedanken, um sich die Zeremonie anzusehen. Als Daniel sich setzte, sahen Joshua und sie sich amüsiert an. Sofort war sie wieder bei der Sache.

»Die Art und Weise, wie die Taten vorbereitet wurden, deutet allerdings nicht auf eine durchgeknallte Psychopatin hin.«

»Das ist unser Problem«, Joshua runzelte nachdenklich die Stirn, »alles ist Teil eines Plans. Die Täterin macht meiner Meinung nach nichts zufällig. Also müssen wir rausbekommen, was es mit diesem Tanz auf sich hat und vor allem, warum sie tanzt. Und«, Joshua stockte, »wann sie es das nächste Mal macht.«

»Wir benötigen ein Täterprofil, sowie ein Tatmuster, nachdem sie vorgeht«, konstatierte Karin.

Daniel glaubte nicht daran, dass die Tänzerin noch einmal zuschlagen würde.

»Wenn sie tatsächlich so intelligent ist, wird sie es nicht wagen. Sämtliche Zeitungen jagen sie auf ihrem Titelbild. Radio und Fernsehen berichten in Sondersendungen von dem Fall. Egal, wo sie auftaucht, wir erfahren davon.«

Joshua kritzelte seine Schreibtischunterlage voll. Es fiel ihm schwer, einen klaren Gedanken zu fassen. Drei unterschiedliche Giftmorde. Dreimal ›Paso doble‹ . Drei Rentner um die siebzig. Dreimal Herzversagen als natürliche Todesursache. Es wirkte geradezu so, als wolle man ihnen zeigen, wie einfach es ist, einen Menschen zu ermorden. In der Polizeischule hatten sie mal gelernt, dass ein perfektes Verbrechen schon an der menschlichen Eitelkeit scheitert. Dem Täter fehlt die Würdigung seiner Tat, er braucht die Anerkennung für sein Ego. Als Ersatz für ein herkömmliches Motiv. Ein Dutzend Kollegen waren derzeit damit beschäftigt, einen Zusammenhang unter den Mordopfern, eine gemeinsame Schnittstelle zu entdecken. Das war momentan der einzige Weg, der zum Mörder führen könnte. Plötzlich kam ihm ein Gedanke.

»Digitalisglykoside, Nikotin, Ricin«, nachdenklich rieb er sein Kinn, »nicht gerade übliche Mordmethoden.«

Karin zuckte die Schultern.

»Frauen morden halt perfider.«

Joshua schüttelte den Kopf.

»Es ist nicht so, dass ich ein Messer oder eine Schusswaffe erwartet hätte. Aber vielleicht Arsen oder Rattengift, die Klassiker. Hat jemand von euch schon mal etwas von Ricin gehört?«

»Stimmt. Aber nach der Erklärung unseres Doktors scheint es mir gar nicht so exotisch zu sein. Daniel hat es doch auch in wenigen Sekunden im Internet gefunden.«

»Es ist die Kombination. Sie benutzt jedes Mal ein anderes Gift. Es muss eine Person sein, die sich auskennt.«

Karin nickte zustimmend. Wenngleich sie sich nicht hundertprozentig der Meinung ihres Kollegen anschließen wollte, konnte hier ein erster Hinweis liegen.

Joshua blickte auf seinen Monitor und sah die tanzenden Zahlen. Der Bildschirmschoner zeigte 8.30 Uhr an. Der Nachrichtensprecher im Radio eröffnete seine Sendung mit dem Giftmord von Wesel. Offensichtlich war ihr Pressesprecher auch schon im Dienst. Gestern Abend hatten sämtliche Fernsehsender darüber berichtet. Die Giftmorde waren Thema Nummer eins im Land und hatten das Sommerloch voll im Griff.

Joshua nahm sich den Bericht der Kriminaltechnik. Schuhgröße vierzig, glatte Sohle. Keinerlei Auffälligkeiten. Spuren einer Allerweltsschuhcreme, die sie nicht weiterbringen dürften. Ansonsten nichts außer den Fotos. Keine Fingerprints auf Grabsteinen, keine Faserspuren, kein DNA-Material, einfach nichts. Joshua legte den Bericht zur Seite und überflog die Gesprächsnotizen der Wache. Zwei beinahe identische Zeugenaussagen aus einem Dorf namens Kirchfeld. Die Tänzerin wurde dort in den frühen Morgenstunden im Abstand von zehn Minuten gesehen. Grübelnd hielt er die Zettel in der Hand.

»Zwei Beerdigungen.«

Joshua legte die Zettel zurück auf den Schreibtisch und blickte zu Karin hoch.

»Zwei Beerdigungen hatten sie dort in den letzten vier Wochen. Eine Frau, 54 Jahre alt, Krebs und ein pensionierter Rektor, 70 Jahre alt, Herzversagen.«

Joshua fuhr hoch. Fordernd sah er in ihre Augen.

»Habe ich auch sofort gedacht, aber ein verwüstetes Grab gibt es dort nicht.«

Daniel zog sich das Jackett über. Joshua wollte nach seiner Lederjacke greifen, überlegte es sich aber anders.

16

Kirchfeld. Agnes Fleischer legte resigniert den Telefonhörer auf. Der Schreck steckte ihr immer noch in den Gliedern. Coco und Chanel zwitscherten vergnügt. Die beiden Wellensittiche schienen immer gut gelaunt zu sein. Sie vermochten Agnes nicht abzulenken. Das Grab ihres Mannes war komplett abgedeckt. Sie hatte sich soviel Mühe damit gegeben, die Blumenarrangements und Kränze frisch aussehen zu lassen. In der kleinen Gärtnerei des Ortes gab man sich unwissend. Pastor Gründgens wusste auch nicht, wer dafür in Frage kam. Eine Hand voll Frauen, von denen sie wusste, dass sie manchmal sehr früh zum Friedhof gingen, hat sie ebenfalls befragt. Aber von denen wäre keine weggelaufen.

Als sie in die Dämmerung gerufen hatte, war die Musik augenblicklich verstummt und die Geräusche von Schritten im Kies waren immer leiser geworden. Minuten später hatte sie ein Auto fortfahren hören.

Agnes schaute die Quittungen durch. Sie hatte alles bezahlt, es gab keinen Grund, das Grab abzuräumen. Davon hatte sie auch noch nie etwas gehört. Mit einem Taschentuch trocknete sie ihre feuchten Augen. Was hatte Gisbert verbrochen, dass man ihn so behandelt, fragte sie sich immer wieder. Der Sachbearbeiter vom Gartenbauamt versprach Klärung und Rückruf. Darauf ruhte nun die gesamte Hoffnung der Witwe. Agnes Fleischer ging ins Arbeitszimmer ihres Mannes. Ihr Neffe wollte zur

Mittagszeit kommen, den Schreibtisch holen. Sie hatte es ihm versprochen.

Die Witwe stellte zwei große Pappkartons rechts und links neben den Lederstuhl und machte sich daran, die persönlichen Sachen ihres Mannes aus dem Schreibtisch zu räumen. Er hatte das Büro lediglich noch in seiner Funktion als Schriftführer beim Gartenbauverein und dem Heimatverein benutzt. Einen kurzen Augenblick hielt sie inne. In diesem Zimmer machte ihr die große Leere, die ihr Leben nun dominierte, besonders zu schaffen. Es kam ihr vor, als spüre sie seinen Atem. Heftig drückte die Witwe ihre Augen zu, als wolle sie die Tränen einsperren, bevor sie ihre Aufgabe begann.

Ein paar Akten, einige Mappen und lose Blätter, es passte alles in einen Karton. Einige CDs und Disketten verstaute sie separat. Zum Schluss öffnete sie noch die schmale Schublade, in der ihr Mann seine Schreibutensilien aufbewahrte. Neben Kugelschreibern, Büroklammern und anderem Krimskrams lag ein kleines, ledergebundenes Notizbuch. Sie hatte es ihm im vorigen Jahr geschenkt, weil er zunehmend seine Termine vergaß. Er führte es nie mit sich, es war ihm wohl peinlich. Aber nach dem Frühstück ging er regelmäßig ins Büro, um einen Blick hineinzuwerfen. Agnes amüsierte sich über die Eitelkeit ihres Mannes. Sie lehnte sich zurück und blätterte in dem kleinen Buch. Ihr Hochzeitstag war zweimal vermerkt. Einmal an dem Tag und einmal mit einem Hinweis eine Woche vorher. Ihr Geburtstag war lediglich eine Woche vorher eingetragen. Offensichtlich wollte er sich in Ruhe um ein Geschenk kümmern. Sie zögerte einen Augenblick, bevor sie zum letzten Monat umblätterte. Eine merkwürdige Unruhe überfiel sie. Vorsichtig schlug sie die Seite um und schloss dabei ihre Augen. Dann stutzte sie. In der Spalte des 22.Juni stand:

Treffen mit Alexandra, 16 Uhr

Das waren vier Stunden vor seinem Tod. Gisbert hatte noch in die Stadt fahren und Unkrautvernichtungsmittel besorgen wollen.

Agnes wurde bleich.

17

Gevelsberg, November 1979. Traurig stand er am Fenster und blickte in den Garten. Gerne würde er weinen. So heftig wie der Himmel über ihnen. Aber er musste stark sein. Tapfer kämpfte er gegen seine Gefühle an.

Junger Mann, du musst gut auf deine Schwester aufpassen. Immer wieder wiesen ihn seine Eltern auf die vorgesehene Rollenverteilung hin. Seine Schwester durfte zart und zerbrechlich sein. Von ihm wurden Stärke und Mut verlangt. In seinen Tagträumen wünschte er sich oft, die Rollen tauschen zu dürfen.

Heart of glass. Erneut spielte der Plattenspieler die Single von Blondie ab. Seit einer halben Stunde spielte sie diesen Song. Fast trotzig, immer wieder und wieder. Sie hatte die Scheibe vorgestern zu ihrem elften Geburtstag bekommen.

Mit gesenktem Haupt drehte er sich herum. Seine Zwillingsschwester saß mit verheulten Augen auf ihrem Bett. Die Stille eben, bevor die Nadel des Plattenspielers erneut aufsetzte, schien sie beruhigt zu haben. Die Eltern hatten aufgehört zu streiten. Von Schuldgefühlen geplagt, setzte er sich zu seiner Schwester auf's Bett. Es war doch nur ein Spiel. Sie trugen immer einheitliche Garderobe. Nicht, dass sie sparen mussten. Papa war ein berühmter Rechtsanwalt, zumindest in Gevelsberg, aber Mutti hatte es schick gefunden. Bis zum letzten Weihnachtsfest. Oma war der Ansicht, seine Schwester wäre jetzt eine kleine

Dame und hatte ihr ein Kleid geschenkt. Von diesem Tag an waren sie verschieden. Sie war so hübsch, er bewunderte seine Schwester. Manchmal wünschte er sich, so zu sein wie sie. Wenn sie alleine waren, spielten sie dieses Spiel, dass er sich ausgedacht hatte: ›*Junge und Mädchen tauschen*‹. Er zog das Kleid an und die Schwester seine Cordhose. Zuerst heimlich, später fanden sie Gefallen daran, andere zu täuschen. Mutti merkte es sofort und lachte. Wenn ihre Eltern mal nicht zu Hause waren, tauschten sie die Rollen auch draußen im Garten. Alle ihre Nachbarn fielen darauf herein. Seit ein paar Wochen fanden sie es aufregend, so in die Schule zu gehen. In den Büschen hinter der Bushaltestelle an der Schule zogen sie sich unbemerkt um. Während es von seiner Schwester als witzig empfunden wurde, gewann es für ihn immer mehr an Bedeutung. Im Umgang mit seinen Klassenkameradinnen fühlte er sich von Tag zu Tag wohler. Die Jungen waren oft so gemein zu ihm gewesen. Gestern waren sie einen Schritt weitergegangen. Seine Schwester sagte, er traue sich nicht, mit den Mädchen am Schwimmsport teilzunehmen. Es wunderte ihn, wie wenig Mut er dafür aufbringen musste. Und dann war alles viel schöner als sonst. Herr Rinken ließ sie zunächst einige Bahnen schwimmen. Anschließend übten sie in Dreiergruppen den Absprung vom Startblock. Die letzte halbe Stunde durften sie wie immer machen, was sie wollten. Die Mädchen in der rechten Hälfte des Beckens und die Jungen in der linken. Davor hatte er sich sonst immer zwei Wochen lang gefürchtet. Sie zogen ihm oft, unbemerkt von seinem Lehrer, die Beine weg. Drückten ihn dauernd unter Wasser, boxten und traten ihn. Einmal hatte er sich bei Herrn Rinken darüber beschwert. Er hatte so viel Wasser geschluckt, dass er sich beinahe übergeben hätte. Drei seiner Mitschüler hatten daraufhin am Nachmittag in die Schule kommen und eine Strafarbeit schreiben müssen. Noch nach dem Schwimmunterricht hatten sie ihn dafür verprügelt. Seine Schwester war stärker als er. Sie hatte sich gewehrt oder war ihnen geschickt ausgewichen. Aus der anderen Hälfte des Beckens hatte er dem Treiben zugesehen und mit den Mädchen um die Wette gekichert.

Alles war ihm so selbstverständlich und schön vorgekommen, dass er die nötige Vorsicht völlig außer Acht gelassen hatte. Wie immer und ohne darüber nachzudenken, hatte er in der Umkleidekabine seine nassen Sachen ausgezogen. Als sich die spitzen Schreie der Mädchen in seinen Verstand gebohrt hatten, war es zu spät gewesen. Mit Handtüchern und bloßen Händen hatten sie auf ihn eingeschlagen und ihn aus der Kabine gejagt.

Am Nachmittag war sein Vater zu einem Gespräch zu Herrn Rektor Horn nach Hause gefahren. Vor einer Stunde hatte die Familie in der Küche zusammengesessen. Seine Schwester und er hatten einige Ohrfeigen bekommen, die noch lange wehtaten. Außerdem durften sie ihre Zimmer bis Weihnachten nur verlassen, um zur Schule zu gehen. Mutti hatte unentwegt geweint. Papi meinte, es sei alles ihre Schuld gewesen und wie er jetzt dastehen würde. Ein Glück, dass Rektor Horn sein Parteifreund wäre. Gleich am nächsten Tag fuhren sie mit ihm zu Doktor Wiegalt, um sich Rat zu holen.

Seine Schwester sah ihn fragend an. Er nahm sie in den Arm und streichelte über ihr Haar.

»Alles meine Schuld«, flüsterte er.

18

Kirchfeld. Eine große Tafel aus zusammengesetzten, braun gestrichenen Eichebrettern begrüßte die Besucher des Ortes mit den eingeschnitzten Worten:

›*Herzlich willkommen in Kirchfeld*‹

Ein mit dunkelroten Ziegeln einreihig bedecktes Spitzdach spendete den Begrüßungsworten Schatten und schützte die Tafel vor der Witterung. Wenige Meter davor verdeckte die Krone eines Ahornbaumes das obligatorische, leuchtend gelbe Ortseingangsschild. Jack hatte sie soeben über die Verwüstungen des Grabes von Gisbert Fleischer unterrichtet. Das leise Geräusch der Reifen wechselte in ein monotones Rumpeln, als sie die gepflasterte Ortsdurchfahrt befuhren. Eine Tafel mit Leuchtziffern, die hinter einem Blumenkübel auf dem Gehweg stand, gab an, dass sie dies mit 62 Stundenkilometern taten. Joshua steuerte den Dienstwagen in eine Parkbucht zwischen der Dorfkirche und einer kleinen Eisdiele. Als sie aus dem Wagen stiegen, kam ihnen die Hitze für einen Augenblick unerträglich vor. Vor der Eisdiele stand eine junge Frau hinter einem Kinderwagen. Freudestrahlend hielt ein kleiner Junge ein Hörnchen mit Schokoladeneis in der Hand. Als er Joshuas Schultergurt sah, wedelte er hektisch mit den Armen. Dabei fiel der Inhalt seines Hörnchens auf den Bürgersteig. Mit beiden Händen griff er in den Eishaufen, der sofort zu schmelzen begann, und schaufelte ihn zurück in die Waffel. Daniel drehte sich der Magen um. Er beugte sich hinunter.

»Das kannst du aber nicht mehr essen.«

Der Junge sah ihn verdutzt an. Schließlich machte er ein ernstes Gesicht und hielt Daniel die eisverschmierte Hand hin.

»Eis – baba«

»Die musst du abwischen«, meinte Daniel noch verständnisvoll.

Seine Reaktionszeit ließ für einen Kriminalbeamten zu wünschen übrig, als der Junge mit der flachen Hand über seine helle Leinenhose strich. Entsetzt blickte Daniel auf den braunen Fleck, der den Reißverschluss seiner Hose großflächig umrahmte. Die junge Mutter wurde puterrot. Nervös kramte sie aus ihrer Handtasche ein Papiertaschentuch hervor. Kurz vor dem Fleck zog sie ihre Hand zurück. Joshua drehte sich ab und hielt sich den Mund zu.

»Das ... das ist mir so peinlich«, stammelte die junge Frau. Daniels Gesicht wirkte blass.

»Kommen Sie. Ich wohne hier ganz in der Nähe. Ich wasche den Fleck schnell raus.«

Dabei zog sie Daniel sanft am Ellenbogen. Joshua grinste ihn an und zuckte mit den Schultern.

»Ich befrage in der Zwischenzeit schon mal die Zeugen, oder möchtest du mitkommen?«

»Das ... das geht doch nicht«, Daniel wirkte konsterniert. Sein Blick wanderte nervös zwischen Joshua und der jungen Frau hin und her und landete schließlich auf seiner Hose. Joshua sah die Frau an und für eine Sekunde wünschte er sich, mit seinem Kollegen tauschen zu können. Über ihrer kurzen, gelben Hose schimmerte ein schmaler Streifen braungebrannter Wespentaille. Ihr dünnes, himmelblaues Top verriet, dass sie es angesichts der Hitze vorzog, auf überflüssige Unterwäsche zu verzichten. Joshua ließ sich ihre Adresse geben und wollte Daniel in einer knappen Stunde dort abholen.

Nach zehn Minuten hatte Joshua den Friedhof des Dorfes erreicht. Johan Neesken, ein holländischer Gärtner, der für die Gemeinde arbeitete, erwartete ihn bereits am schmiedeeisernen Eingangstor. Er war um die fünfzig und trug einen grünen Arbeitsanzug. Nachdem sie sich begrüßt hatten, lehnte er seine Harke an die Friedhofsmauer und drehte sich eine Zigarette. Joshua zog ein Foto aus der Tasche und hielt es ihm hin.

»Haben Sie diese Frau schon einmal gesehen?«

Neesken steckte den Tabakbeutel weg und zündete sich die Zigarette an. Dabei blickte er nur ganz kurz auf das Foto der Tänzerin.

»Das kenne ich, habe ich gestern in die Zeitung gesehen. Kann schon sein, dass die das war.«

Joshua atmete tief durch und drehte sich ebenfalls eine Zigarette. Zwischendurch sah er Neesken scharf an.

»Ja, sie war wohl fünfzig Meter weg. Als sie mich gesehen hat, drehte sie sich andersherum und ist wieder gegangen. Aber ja, ich denke, das war sie.«

»Wo ist sie hingegangen?«

»Dahin«, er zeigte mit ausgestrecktem Arm quer über den Friedhof.

»Sind Sie nicht hinterhergegangen?«

Neesken runzelte die Stirn.

»Aber nein. Warum soll ich die Frau hinterhergehen. Die ist ja auch gleich weggefahren.«

»Ist Ihnen irgendwas an der Dame aufgefallen?«

Neesken fuhr sich mit der flachen Hand über den flauschigen, grauen Bart seiner Wangen.

»Sie hatte eine große, dunkle Tasche über die Schulter hängen. So eine aus Korb, wie sagt man, geflochten, hä?«

Ein Kaninchen setzte sich auf den Hauptweg und sah sie mümmelnd an. Joshua fiel auf, dass alle Wege frisch geharkt waren. In diesem Dorf schienen Ordnung und Sauberkeit die obersten Gebote zu sein. Sie gingen zu dem Grab des pensionierten Rektors. Ein smarter Mann in hellgrauem Anzug und altmodischer Frisur stand davor und schien zu beten. Als sie näher kamen, schlenderte er wortlos weiter. Neesken rief ihm noch einen flüchtigen Gruß hinterher.

»Was wollten Sie eigentlich mitten in der Nacht auf dem Friedhof?«

Neesken wurde verlegen.

»Ich bin immer so schluderig. Alles lege ich immer irgendwo hin. Ja und dann vergesse ich es. Ich habe überall meine Brieftasche gesucht. Da bin ich noch einmal hier hin. Was soll ich dir sagen, auf einem von de Grabsteine lag das Ding.«

Joshua fand den Gärtner sympathisch. Seine lockere Art gefiel ihm.

»Befinden sich an der gegenüberliegenden Seite noch weitere Besucherparkplätze?«

»Nein, das nicht. Die sind nur für die Arbeiter. Da gibt es auch einen kleinen Stall für die Geräte von uns und das Gebeinehaus.«

»Gebeinehaus?«

Joshua lief ein Schauer über den Rücken, als Neesken ihm in seiner typischen Art den Begriff erklärte. Früher hatte man vor Neubelegung eines Grabes die darin gefundenen sterblichen Überreste in einem so genannten ›Gebeinehaus‹ untergebracht. Heute wurden die Knochen mit einem Häcksler zerkleinert und dem Boden als Dünger zugeführt.

»Ist der Platz nicht gesichert?«

Johann Neesken blieb vor einem Grab stehen.

»Wie meinst du das? Ach so. Nein, die Parkplätze sind offen. Wer möchte dort parken? Nein, nein.«

Joshua betrachtete das Grab. *Gisbert Fleischer* stand auf dem kleinen, unscheinbaren Grabstein aus weißem Marmor. Neben dem Namen war ein kleines Kreuz eingemeißelt. Ohne billig zu wirken, zeugte es von Bescheidenheit.

»Haben Sie hier irgendwas verändert?«

Neesken wedelte mit der rechten Hand.

»Nein, das machen die von Wagenfeld. Sollten eigentlich schon hier sein.«

Blumengestecke lagen verkehrt herum auf den Nachbargräbern. Einige Schleifspuren waren zu erkennen, aber keine Fußabdrücke. Joshua ging in die Hocke. Ein vereinzelter Fußabdruck war undeutlich zu sehen. Die vordere Hälfte hörte an einem Randstein auf. Interessanter war ohnehin die kleine Kuhle am anderen Ende des Abdrucks. Der Holländer räusperte sich. Offensichtlich musste er weiterarbeiten.

»Wie ist die Dame gelaufen. Ich meine, hatte sie Stöckelschuhe an?«

Neesken strich sich erneut über die Wangen.

»Nee ... nee, ganz sicher nicht. Sie hatte so weiße Schuhe an. Vielleicht Joggingschuhe oder so was. So schnell hätte sie auch gar nicht laufen können mit Stöckelschuhen.«

Neesken sah auffällig auf seine Uhr.

»Gut, das wär's erstmal, vielen Dank.«

»Alstublieft.« Neesken steckte die Visitenkarte weg und schlenderte gemütlich nach vorne.

Joshua betrachtete eingehend das Grab. Gedankenversunken sah er auf den Abdruck vor ihm. Die Tänzerin war offensichtlich gestört worden. Woher stammte der Fußabdruck? Es konnte nur bedeuten, dass sie zuvor schon einmal hier gewesen und ebenfalls überrascht worden war. Oder aber, sie benutzte zwei Paar Schuhe. Joshua verwarf den Gedanken sofort wieder. Während er sein Handy aus der Hosentasche zog, tippte ihm jemand auf die Schulter.

»Gärtnerei Wagenfeld. Dürfte ich mal hier dran. Ich muss das Grab wieder in Ordnung bringen.«

»Nein.«

Joshua hielt dem verblüfften, jungen Mann seinen Dienstausweis unter die Nase. Sein kahl geschorener Kopf hatte eine leichte Rotfärbung. Auf der rechten Wange deutete ein hässlicher Fleck auf eine ehemalige Tätowierung hin. Nachdenklich betrachtete der Gärtner die Karte.

»LKA Düsseldorf, Trempe. Hier darf vorläufig nichts verändert werden. Wer hat Sie beauftragt?«

»Frau Fleischer, die Witwe«, antwortete er irritiert, ohne den Blick von der Karte zu nehmen.

Joshua ließ sich die Adresse der Frau geben und bedankte sich. Nachdem er die Schutzpolizei angewiesen hatte, den Friedhof abzusperren und die Spurensicherung verständigt war, machte er sich auf den Weg zu Frau Engelhardt, der zweiten Zeugin.

Joshua sah auf den Zettel mit der Wegbeschreibung. Heidi Engelhardt wohnte gegenüber der Westseite des Friedhofes. Joshua entschloss sich, den Wagen auf dem

Friedhofsparkplatz stehenzulassen und das Stückchen zu Fuß zu gehen.

Frau Engelhardt wohnte in einer zum Wohnhaus umgebauten, kleinen Scheune. Ein verschnörkelter Weg aus Kopfsteinpflaster führte vorbei an liebevoll gestalteten Blumenbeeten zum Haus. In der rechten der beiden riesigen, grünen Flügeltüren war eine Haustür eingebaut. Vergeblich suchte Joshua einen Klingelknopf. Er ballte seine Faust, um gegen die Tür zu klopfen, als er neben sich eine dunkle, schmiedeeiserne Stange mit einem klobigen, gedrillten Knauf sah.

Der Hall der Glocke ließ vermuten, dass die Scheune leer stand. Nach wenigen Sekunden öffnete ihm eine grauhaarige, schlanke Frau mit neugierig funkelnden Augen. Aus den Taschen ihres dunkelgrünen Kittels ragten Arbeitshandschuhe und eine Rosenschere. Sie geleitete ihren Gast durch einen langen, kühlen Flur in den Garten. Durch rankende Rosen und efeubewachsene Spaliere gelangten sie auf eine kleine Holzterrasse am Ufer eines Teiches. Ohne zu fragen, schenkte die Dame ihm eine Tasse Kaffee ein. In der Mitte des Tisches stand ein Tablett mit selbstgebackenem Rhabarberkuchen. Während Joshua über das verpasste Frühstück nachdachte, servierte Frau Engelhardt ihm bereits ein Stück. Joshua wollte erst den dienstlichen Teil hinter sich bringen und zeigte ihr das Foto der Tänzerin.

»Kennen Sie diese Dame, Frau Engelhardt?«

»Aber natürlich, das habe ich Ihrem Kollegen doch bereits am Telefon mitgeteilt. Sprechen Sie sich denn gar nicht ab?«

Joshua schluckte.

19

Düsseldorf. Karin nahm das Handy vom Scanner und drückte die grüne Taste. Es war Daniel van Bloom. Josh-ua hatte anscheinend wieder die Handys vertauscht. Sie hatten beide ein Nokia und aus Bequemlichkeit den voreingestellten Klingelton belassen. Seine Stimme klang ausgelassen. Er wollte Joshua nur mitteilen, dass dieser sich Zeit lassen könne. Leicht verwirrt drückte Karin auf den roten Hörer.

Sie fühlte sich leer und elend. Es fiel ihr schwer, sich auf ihren Job zu konzentrieren. Vor einer halben Stunde hatte sie von einer Kollegin erfahren, dass man ihren 15-jährigen Sohn Robin mit zwei Gramm Cannabis auf dem Schulhof erwischt hatte. Sie fiel aus allen Wolken. Robin hatte sie so lange über die Gefahren des Rauchens aufgeklärt, bis sie es eines Tages aufgab. Er galt bisher als Musterschüler. Tom hielt ihn sogar für zu brav.

Ihre Tochter verbrachte mit einer Freundin den ersten Urlaub ohne Eltern in Südfrankreich und ging seit gestern nicht mehr an ihr Handy. Zum ersten Mal hatte Karin das Gefühl, die Zügel nicht mehr in der Hand zu halten. Seitdem sie ihren Mann hinausgeworfen hatte, waren die Kinder weitgehend auf sich allein gestellt. Ihre Arbeit nahm zuviel Zeit in Anspruch. Karin blickte in ihren Taschenspiegel. Das Gesicht kam ihr grau und leblos vor. Es blieb keine Zeit für Selbstmitleid.

Joshua rief an und berichtete von dem Grab in Kirchfeld. Schorndorf hatte sich schon zweimal nach dem Stand der Ermittlungen erkundigt. Die Medien machten ihm die Hölle heiß. Man musste jetzt mit dem vierten Mord rechnen. Die Tänzerin forcierte das Tempo. Jack kam herein und fragte nach dem Bericht vom Vortag. Es war enorm wichtig, alle an der Ermittlung beteiligten Personen auf dem gleichen Kenntnisstand zu halten. Ihnen war klar, dass sie sich in einem Wettlauf gegen die Zeit befanden. Den Takt gab dabei die Tänzerin vor. Sie würden ihre Familien äußerst selten sehen, bis sie geschnappt war. Aber daran verschwendete man sowieso keinen Gedanken.

»Die Abstände werden kürzer, das finde ich beunruhigend«, stellte Jack fest und ließ sich in Joshuas Sessel fallen.

»Ich finde schon die Tatsache beunruhigend, dass es noch Abstände gibt«, entgegnete Karin. Jack nickte zustimmend. Sie konnten nicht mal ahnen, ob es noch weitere Opfer gab.

Draußen wurde es allmählich dunkel. Die schwarzen Wolkenberge schienen die Stadt erdrücken zu wollen. Jack wunderte sich über die Ruhe und sah zur Decke. ›Casablanca‹ war abgestellt.

»Vielleicht war es ein Fehler, so schnell mit dem Foto an die Medien zu gehen? Vermutlich haben wir sie damit unter Druck gesetzt.«

»Welche Wahl hatten wir denn«, fragte Karin, »hätten wir die Hände in den Schoß legen sollen?«

»Nein, du hast recht. Ich frage mich nur, warum wir sie noch nicht haben oder zumindest ihre Identität kennen.«

Karin lehnte sich entspannt zurück und verschränkte die Arme vor ihrer Brust.

»Allerdings. Darüber sollten wir nachdenken. Nach der Hysterie in allen Medien dürfte ihr Gesicht momentan bekannter sein als das des Bundespräsidenten. Trotzdem scheint sie niemand zu kennen und sie kann weiter unbehelligt ihren ›Paso doble‹ tanzen, oder was immer das darstellen soll.«

Jack legte die Hände in seinen Nacken.

»Vielleicht sollten unsere Experten mal ein Bild von ihr mit kurzen, blonden Haaren und in Jeans und T-Shirt basteln?«

Jack grinste dabei. Ihm war klar, dass es ein Eigentor wäre, die Medien in der jetzigen Phase mit einem Versuchsballon zu füttern. Andererseits stieg die Wahrscheinlichkeit, das wahre Aussehen der Tänzerin gar nicht zu kennen, mit jeder Minute. Der wichtigste Ansatzpunkt zerbröselte wie ein aufgewärmtes Brötchen. Ein Foto des Täters war in der Regel das beste Mittel, welches sie haben konnten. Darauf ruhte ihre größte Hoffnung. In diesem Fall schien es völlig wertlos zu sein. Es war so, als bliebe der Abstand zum Ziel trotz aller Anstrengungen unverändert.

»Eine bestimmte Gruppe«, dachte Karin laut nach, »die Anzahl der Opfer ist beschränkt und genau festgelegt. Daher das forcierte Tempo. Sie könnte doch erstmal untertauchen und in Ruhe abwarten, bis Gras über die Sache gewachsen ist. Dass sie das nicht macht, kann bedeuten, dass sie einen festgelegten Plan verfolgt.«

»Die Opfer sind völlig unterschiedlich. Jedes für sich an einem anderen Ort und in einem anderen sozialen Umfeld aufgewachsen. Bis jetzt haben unsere Leute nur herausbekommen, dass sie sich untereinander gar nicht kannten.«

»Bis jetzt«, Karin wollte ihre Überlegung noch nicht begraben. Sie musste den Fall so schnell wie möglich lösen, um wieder Ordnung in ihr Leben zu bringen. In ein Leben, das sie bis gestern noch im Griff zu haben glaubte.

20

Kirchfeld. Joshua sah sie erwartungsvoll an. In aller Seelenruhe schaufelte sie sich Sahne auf den Rhabarberkuchen.

»Und?«

»Was und?«

»Wer ist diese Dame?«

Überrascht sah sie ihm in die Augen. Eine Amsel landete auf der Tischkante und pickte dreist Krümel von der Kuchenplatte. Statt ihm zu antworten, begrüßte sie zunächst die Amsel in einer Sprache, in der sich gewöhnlich Omis mit ihren kleinen Enkelkindern unterhielten. Anschließend wandte sie sich kopfschüttelnd ihrem Gesprächspartner zu.

»Woher soll ich wissen, wer diese Dame ist? Ich habe sie ja nur einmal gesehen«, antwortete sie ihm mit einer Spur Empörung in der Stimme.

Joshua lehnte sich zurück und flutete seine Lunge mit der warmen Sommerluft. Kurz überlegte er, ob sich diese Oma vielleicht heute Morgen vorgenommen hatte, einen Polizisten zu reizen. Es dauerte noch eine weitere Tasse Kaffee und ein Stückchen Kuchen, bis er ihr die spärlichen Informationen aus der Nase gezogen hatte. Sie hatte die Tänzerin an ihrem Küchenfenster vorbeigehen sehen und sich über den ungewöhnlich schnellen Gang gewundert. Sie entsprach haargenau der Person auf dem Foto, dessen war sich Frau Engelhardt hundertprozentig sicher.

Unzufrieden mit seiner Ausbeute bedankte er sich für die Bewirtung und ließ sich zur Tür bringen. Die Amsel nutzte die Gunst der Stunde und begnügte sich nicht mehr mit den kleinen Krümeln. Im Flur murmelte die Frau so laut und deutlich hinter seinem Rücken, dass Joshua sich interessiert umdrehte. Er hatte die Haustür schon geöffnet und hielt die Klinke noch in der Hand. Sofort hob sie abwehrend die Hände und fuchtelte damit herum.

»Man will ja nichts gesagt haben, aber zuzutrauen wär's ihr schon.«

»Wem wäre was zuzutrauen, Frau Engelhardt?«

Sie biss sich auf die Lippen und senkte für eine Sekunde den Kopf. Als sie ihn wieder ansah, loderten ihre Augen. Mit verschwörerischer, leiser Stimme antwortete sie ihm.

»Der Kräuterhexe. Ihren Mann hat sie ja auch vergiftet!«

In Joshua keimte der Verdacht, die alte Dame würde ihm noch eine Räuberpistole zum Abschied mitgeben. In der jetzigen Situation mussten sie aber jeden noch so vagen Hinweis ernst nehmen. Er forderte sie auf, ihm mehr über diese Kräuterhexe und ihren Verdacht zu erzählen. Als sie sich zunächst zierte, beteuerte Joshua, wie wichtig ihre Aussage für die Polizei wäre. Besorgt sah sie zur offenen Tür.

»Na schön. Lassen Sie uns noch mal in den Garten gehen. Ich kann so schlecht stehen.«

Joshua trottete erneut hinter ihr her in den Hof. Ein markerschütternder Schrei der alten Dame ließ ihn zusammenfahren.

»ELSE!«

Für den Bruchteil einer Sekunde schien die Natur den Atem anzuhalten.

»Gehst du mal da weg. Was hat die Oma dir gesagt?«

Die Amsel entschloss sich, der Anweisung unverzüglich Folge zu leisten. Sie pickte sich noch ein großes Stück aus den zerfledderten Teilchen und flog damit auf den Rasen. Dort saßen bereits zwei Artgenossen und verzehrten Oma Engelhardts Rhabarberkuchen. Auf der Pergola zwischen Rosenzweigen saß eine übergewichtige Taube und verfolgte das Treiben. Die Vögel genossen hier scheinbar eine Rundumversorgung. Frau Engelhardt fluchte vor sich hin, während sie überprüfte, was noch zu retten war. Offensichtlich war die Amsel nicht nur zum Fressen an den Tisch gekommen. Ein kleines, weißes Häufchen auf einem der Stücke deutete die Vielseitigkeit des Vogels an. Joshua zog sein Tabakpäckchen aus der Hosentasche und drehte sich eine Zigarette. Er dachte daran, wie lange sein Kollege wohl jetzt schon auf ihn warten würde. Der Frauen gegenüber schüchterne und unbeholfene Daniel dürfte seine ersten Schweißausbrüche schon hinter sich haben. Amüsiert dachte Joshua an Daniels entsetzten Gesichtsausdruck, als die junge Dame sich mit dem Papiertaschentuch bis auf wenige Zentimeter seinem Hosenschlitz näherte. Die ältere Dame hatte sich mittlerweile weitestgehend beruhigt und saß ihm entspannt gegenüber. Bevor sie zum Wesentlichen kam, musste sie jedoch noch etwas loswerden, was ihr wohl schon länger unter den Nägeln brannte.

»Sagen Sie mal, junger Mann, müssen Sie eigentlich keine ordentliche Dienstkleidung tragen?«

Joshua verdrehte genervt die Augen. Seine verwaschene Jeans und das T-Shirt mit dem gräulichen Kragen waren nicht für eine Audienz bei der zukünftigen Schwiegermutter geeignet, aber für seine Arbeit durchaus nicht hinderlich. Die zerkratzte und abgewetzte Lederjacke, die er seit zwanzig Jahren vor dem Altkleidercontainer in Sicherheit brachte, hätte ihre Augen wohl tödlich beleidigt. Zum Glück hing sie im Büro. Er schüttelte wortlos den Kopf.

»Aber es wird Regen geben, sie hätten sich eine Jacke überziehen sollen.«

Instinktiv warf er einen Blick in den strahlend blauen Sommerhimmel. Er überlegte, einen strengeren Tonfall zu wählen, um nicht bis in den Abend über Modefragen und andere Nichtigkeiten zu diskutieren. Schließlich entschloss er sich, zu schweigen und sie erwartungsvoll anzustarren. Die Wirkung ließ nicht lange auf sich warten.

»Na ja, es geht mich nichts an«, begriff sie endlich, »Sie interessieren sich ja mehr für die Kräuterhexe.«

Dabei wollte sie Joshuas Tasse füllen. Aus der Kanne tröpfelte der Kaffee nur noch spärlich. Joshua hoffte inständig, dass sie nicht in die Küche gehen würde. Rasch lenkte er sie ab.

»Wie heißt diese Kräuterhexe eigentlich?«

»Gudrun Wenders. Sie ist vor zwölf Jahren hierher gezogen. Hat sich den alten Kotten von Ehlers gekauft und«, sie zögerte einen Augenblick, »danach verkommen lassen.«

Joshua zog einen verknickten Notizblock aus der Gesäßtasche. Der darin befindliche Bleistiftstummel war nur noch wenige Zentimeter lang.

»Kraut und Rüben, sag ich nur. Meterhoch das Unkraut wachsen lassen. Angeblich ist sie Homo… äh, Heilpraktikerin. So ein Quatsch. Gefährlich ist die, jawohl!«

»Was war mit ihrem Mann?«

»Das war kurz nachdem sie hier hergezogen sind. Der Klaus war ein netter Kerl. Viel älter, aber das muss ja jeder selber wissen. Obwohl, ist schon schade für so eine junge Frau. Eines Tages hat sie ihn vergiftet, einfach so.«

Die Taube hatte mittlerweile die Herrschaft über das Kuchenbuffet am Teichufer übernommen. Die Amseln tanzten wütend um sie herum. Joshua mochte die Geschichte nicht so recht glauben.

»Ist dieser Klaus an der Vergiftung gestorben?«

»Nein, das nicht. Aber er ist kurz darauf ausgezogen. Seither traut sich kein Mann mehr dorthin. Aber man erzählt, sie hätte seit kurzem einen neuen. Die Hexe kommt nicht ins Dorf, macht alles selber.«

»Hm, hat sie denn Ähnlichkeit mit der Dame, die sie heute Morgen gesehen haben?«

Frau Engelhardt zauderte und wackelte verlegen mit dem Kopf.

»Also so genau habe ich die Dame ja nun auch nicht gesehen.«

Joshua notierte sich die Adresse und verabschiedete sich. Am Himmel zogen erste Schleierwölkchen auf. Es wurde ein wenig kühler, ein leichter Wind wehte vom Friedhof herüber. Zwei Streifenwagen standen davor. Joshua wollte seine Gedanken ordnen, setzte sich in den Wagen. Auf dem Hauptweg unterhielten sich zwei uniformierte Kollegen mit einem Pärchen. Über der Schulter des Mannes hing eine Tasche mit dem Aufdruck eines Kameraherstellers. Joshua schüttelte den Kopf. Er fragte sich, wie die Presse immer wieder so schnell an ihre Informationen kam.

Zwei Stunden blieben noch bis zur SoKo-Sitzung. Ihm fiel es schwer, das Geschwätz der alten Dame ernst zu nehmen. Mit Unbehagen dachte er an das verwüstete Grab. Einiges deutete darauf hin, ein viertes Opfer der Tänzerin präsentiert zu bekommen. Seine Gedanken rasten. Nirgendwo tat sich ein Spalt auf, eine Kerbe, in die man greifen konnte. Sie schienen ein Phantom zu jagen.

Er dachte über die Aussagen der Zeugen nach. Die Tänzerin spazierte seelenruhig durch den Ort. Offenbar sicher, nicht erkannt zu werden. Der Tote war ein alteingesessener Bürger des Ortes. Die drei anderen Opfer kannten ihre Mörderin, dessen war Joshua sicher. Demnach war es wahrscheinlich, dass die Tänzerin auch dieses Opfer kannte. Überhaupt kam es ihm so vor, als hielte dieses idyllische Dorf ein Geheimnis verborgen.

Wenige Meter entfernt knallten Autotüren zu. Als er ausstieg, drang Stimmengewirr zu ihm herüber. Die Kollegen der Spurensicherung standen hinter ihrem Bus und zogen sich ihre hellen Ganzkörperkondome über. Karin Seitz lief auf ihn zu. Mit ausgestrecktem Arm hielt sie ihm ein Handy entgegen.

»Hallo Joshua, könnte ich mein Handy zurückhaben?«

Während sie mit den Kollegen zu dem Grab gingen, unterrichtete er sie über das Ergebnis seiner Zeugenbefragungen. Ihre Mimik deutete Zweifel an.

»Das Gespräch mit der alten Dame würde ich nicht so hoch hängen.«

Joshua nickte. Sie mussten dem nachgehen, er versprach sich allerdings überhaupt nichts davon.

»Hier scheint sie niemand zu kennen, wenn sie so offen durch den Ort läuft.«

»Das ist es ja, was mich stutzig macht. Sie kannte ihr Opfer und im Ort kennt sie niemand?«

Karin blieb stehen, ihre Augen wirkten leer. Sie stemmte die Hände in die Hüfte und ließ langsam die Luft aus ihrer Lunge. Joshua sah den Kollegen hinterher.

»Niemand ist übertrieben. Immerhin gab es ja zwei Zeugen. Aber du hast natürlich recht. Die Tatsache, dass sie es riskiert, sollte uns zu denken geben.«

Mit diesen Gedanken beschäftigt, gingen sie zu dem verwüsteten Grab.

»Was ist eigentlich mit Daniel los? Der rief mich quietschvergnügt an und meinte, du könntest dir noch Zeit lassen.«

Joshua stutzte. Daniel trank eigentlich nicht im Dienst. Er war auch sonst ein eher nüchterner Zeitgenosse. Joshua erzählte ihr von dem Vorfall an der Eisdiele. Karin lachte laut auf. Es klang fast so, als würde sie es ihrem Kollegen gönnen.

Die Spurenermittler nahmen ihre Arbeit auf. Sie drängten Karin und Joshua zurück und sperrten das Grab weitläufig ab. Joshua zeigte ihnen den Fluchtweg der Tänzerin. Beim Parkplatz am Gebeinehaus könnten sich zumindest Reifenspuren befinden. Karin berichtete vom Rummel der Medien. Ihre ansonsten ausreichend ausgestattete Pressestelle war mittlerweile personell und räumlich überfordert. Man hatte Personal aus anderen Dienststellen angefordert und in der Turnhalle im Keller ein notdürftiges Mediencenter eingerichtet. Die Hysterie in der Bevölkerung nahm durch die teilweise überzogen populistische Darstellung, vor allem der Printmedien, dramatisch zu. Im Schulungsraum befand sich zudem ein kleines Callcenter. Die eigens von der Sonderkommission eingerichtete Hotline stand kurz vor dem Zusammenbruch. Der Server war ebenfalls bis zur Grenze ausgelastet, weil sich immer mehr Zeitgenossen genötigt sahen, zum Teil unkomprimierte Bilddateien zu senden. Bisher hielt Schorndorf dem Druck der Öffentlichkeit noch stand, wenngleich der Behördenleiter schon bedenklich wankte. Das Innenministerium sah sich genötigt, per Presseerklärung beruhigende Statements zu verbreiten. Die Stimmung unter den beteiligten Einsatzkräften war äußerst gereizt. Über

300 sachdienliche Hinweise aus der Bevölkerung trafen alleine heute Vormittag ein. Zwei Drittel davon konnten von Mitarbeitern des Callcenters direkt als unbrauchbar oder mit Sicherheit falsch aussortiert werden. Das restliche Drittel aber reichte immer noch aus, fast das komplette SoKo-Team mit blinden Spuren lahm zu legen. Als Fazit blieb stets die bittere Erkenntnis, dass niemand die Identität der Tänzerin kannte.

Inzwischen trafen die Kollegen der Krefelder Mordkommission ein. Daniel hatte sie am Nachmittag auf dem Weg nach Kirchfeld unterrichtet. Der Ort lag in ihrem Zuständigkeitsbereich, die Hinweise kamen allerdings über die Hotline des LKA. Neben Kalle und Angelo lief eine sommerlich bunt gekleidete Dame mit modischer Sonnenbrille. An ihrer Hüfte baumelte eine Kamera. Eher flüchtig begrüßte Joshua die beiden Männer und versäumte es dabei, sie mit Karin bekannt zu machen. Ohne Vorwarnung fauchte er die attraktive, dunkelblonde Frau an.

»Wer zum Teufel hat die Presse eingeladen?«

Angelo und Kalle sahen sich sprachlos an. Die Dame zog ihre Sonnenbrille hoch und entspannte die Situation mit einem reizenden Lächeln.

»Viola Lubjuhn, Staatsanwältin. Ich freue mich auch, Sie kennen zu lernen.«

Vergnügt streckte sie ihm ihre Hand entgegen, während ihr strahlender Blick ihn festzuhalten schien. Joshua spürte einen Kloß im Hals. Die Kollegen der Schutzpolizei hatten bereits vor einer Viertelstunde das Gebiet rund um den Friedhof abgesperrt. Das oberste Gebot an die Einsatzkräfte lautete, keine Medienvertreter durchzulassen. Zögerlich gab er ihr die Hand und entschuldigte sich. Inzwischen hatten sich alle bekannt gemacht.

Joshua berichtete von seinen bisherigen Ermittlungen. Anschließend teilten sie sich ein. Joshua wollte mit Daniel zu Gudrun Wenders, Angelo und Kalle im Ort nach weiteren Zeugen suchen und die Frau Staatsanwältin eine schnellstmögliche Exhumierung in die Wege leiten. Karin Seitz versprach, die Witwe auf die Exhumierung und bevorstehende Obduktion vorzubereiten. Gleichzeitig musste sie versuchen, jedes noch so kleine Detail über den Verstorbenen zu erfahren. Es galt, möglichst schnell die Verbindung des vermutlich ermordeten Gisbert Fleischer zu seiner Mörderin herauszubekommen.

21

Kirchfeld. Melissa Bothen öffnete ihm fröhlich lachend die Tür. Aus den hinteren Räumen klang Kindergeschrei vermischt mit seltsam klingendem Gesang, den er aus alten Indianerfilmen kannte. Es duftete nach heißen Spaghetti, Tomaten und frischer Wäsche. Als sie Joshua sah, machte sie einen Schritt zur Seite und bat ihn herein.

»Ich wollte nur meinen Kollegen abholen. Ehrlich gesagt sind wir sehr in Eile.«

»Oh, ich weiß nicht, ob er schon fertig ist. Einen Moment.«

Sie ging bis zu dem Türrahmen des nächsten Raumes.

»Daniel, kommst du mal bitte.«

Joshua war es gewohnt, nüchtern und logisch zu denken. Es gab kaum eine Situation, die ihn wirklich überraschen konnte. Dieser Punkt schien nun erreicht zu sein. Eben erst hatte er sein Gehirn mit der Beantwortung der Frage beauftragt, warum ein der Damenwelt gegenüber derart reservierter Kollege wie Daniel sich nach einer Stunde mit einer wildfremden Frau duzte, da öffnete sich vor Staunen sein Mund. Peinlich gerührt hob Daniel zaghaft seine rechte Hand zum Gruß, während sich in seinem Gesicht eine leichte Röte ausbreitete. Ohne ein Wort zu sagen, betrachtete Joshua seinen Kollegen. Oberhalb seiner Lenden war alles wie gewohnt. Vielleicht abgesehen davon, dass er mit einer roten Wäscheleine umwickelt war. Es war die viel zu enge, knallrote Boxerhose mit den

Äffchen und bunten Clowns, die Joshuas fassungsloses Staunen in schallendes Lachen verwandelte. Sichtlich nervös wandte Daniel sich der Gastgeberin zu.

»Ähem, Melissa, ist meine Hose schon fertig?«

»Aber natürlich. Ich hole sie dir.«

Daniel musste heftig schlucken und sah betreten zu Boden, Joshua grinste

Unterwegs sagte zunächst keiner ein Wort. Im Gegensatz zu Daniel schien Joshua die Stille richtig zu genießen. Immer wieder schüttelte er den Kopf und lächelte. Bis Daniel ihn schließlich darum bat, in der Dienststelle nichts über diesen Vorfall, wie er es nannte, zu erzählen. Mit ernstem Blick sah Joshua zu ihm hin.

»Natürlich nicht. Großes Indianer-Ehrenwort.«

»Sehr witzig.«

Joshua erzählte seinem Kollegen von dem Gespräch mit Frau Engelhardt. Er beschrieb sie als schrullige Oma, wies aber auf den Kern ihrer Aussage hin. Nach kurzem Zögern beschlich ihn ein Anflug von Resignation. Der Hinweis dieser Zeugin erschien ihm in diesem Augenblick nicht mehr wert zu sein als ein hauchdünner Strohhalm, an den sie sich zu klammern hatten.

Die alte Bauernkate lag weit außerhalb des Dorfes. Der asphaltierte Feldweg schlängelte sich vorbei an Wiesen, Obstplantagen und einem einsam gelegenen Angelteich mit smaragdgrünem Wasser. Unter einem Sonnenschirm am Ufer ragte eine Angel hervor. Von einem nahe gelegenen Acker wehte der Gestank von Gülle zu ihnen ins Auto. Daniel dachte über die Aussage von Frau Engelhardt nach.

»Diese Gudrun Wenders ist für die alte Dame vermutlich nur verdächtig, weil sie anders ist. Wirst sehen, den Weg hätten wir uns sparen können.«

Joshua zog eine Zigarette hinter seinem Ohr hervor. Er hatte es vorgezogen, im Beisein der alten Dame nicht zu rauchen. Während er sie anzündete, ließ er das Seitenfenster herunter. Daniel rümpfte wie immer die Nase. Er hatte es mittlerweile aufgegeben, ihn auf das Rauchverbot in Dienstwagen hinzuweisen. Joshua nickte kaum merklich.

»Möglich. Aber dieses Dorf muss eine Spur für uns haben. Diese Gudrun Wenders scheint eine Außenseiterin zu sein. Sie sieht das Dorf vielleicht aus einer anderen Sichtweise. Möglicherweise kann sie uns einen Hinweis geben.«

Daniel zuckte mit den Schultern, während sie auf den Hof des kleinen Häuschens fuhren. Es war eingerahmt von einer alten, kniehohen Mauer. Alle eineinhalb Meter ragte ein kleiner Sockel auf, der durch zwei grüne Eisenrohre mit dem nächsten verbunden war. Viele dieser Verbindungsstücke waren mit Efeu und anderen Rankgewächsen bis zur Unkenntlichkeit bewachsen. Dahinter breitete sich ein Meer von Pflanzen und Gräsern aus. Meterhoher Fingerhut, viele Beerensorten wie Sanddorn oder Blaubeeren und zahlreiche seltene Pflanzen, die in dieser Konzentration wohl einmalig waren, lenkten die Blicke des Besuchers von dem uralten ehemaligen Gesindehaus ab. Nur wenige Handbreit war der Weg, den die Natur zum Haus hin frei ließ. Ein Heer von Insekten tanzte um die Blütenpracht. Die Bienen sorgten für eine beruhigend monotone Hintergrundmusik. Von irgendwoher drang das Plätschern eines Bachlaufes zu ihnen herüber. Joshua suchte vergebens eine Klingel. Auch eine Stange oder ein Seil konnte er nirgends entdecken. Er klopfte kräftig an die quadratische, auf der Spitze stehende Scheibe in der dunkelgrünen Holztür. Nach einer Minute wiederholte er das Klopfen. Es tat sich nichts. Zwischen dem Blattwerk und den großen, blauweißen Blüten einer Passionsblume, die die Haustür einrahmte, schimmerte es an einer Stelle hell hindurch. Joshua schob einige Äste und Blätter zur Seite und erkannte eine alte, emaillierte Metalltafel.

Gudrun Wenders

Heilpraktikerin

Eingang rechts

Die Schrift zeichnete sich nur unwesentlich vom moosbewachsenen Hintergrund ab. Der Weg um das Haus war noch enger als der Hauptweg. Allerdings konnte man auch von vorne über eine breite Auffahrt an die Seite des Hauses gelangen. Die Auffahrt war mit feinem, weißem Kies bedeckt. An manchen Stellen wuchsen Brennnessel und Löwenzahn. Ein mächtiger, alter Nussbaum spendete Schatten. Am Ende der Auffahrt gab es einen alten Holzschuppen, dessen Flügeltüren weit geöffnet waren. Darin befand sich ein aufgebockter Citroën 2 CV mit geöffneter Motorhaube. Daniel rief nach Frau Wenders. Als keine Reaktion kam, gingen sie in den Holzschuppen. Unter der vorderen Stoßstange der Ente lugten zwei Beine hervor.

»Frau Wenders«, rief Daniel, dieses Mal lauter.

Eine Frau in ölverschmiertem, blauem Overall rollte unter dem Wagen vor. Sie stand auf, wischte sich kurz die Hände am Arbeitsanzug ab und reichte sie ihnen. Als die Ermittler zögerten, winkte sie ab.

»Die Praxis öffnet erst um 17 Uhr. Ist es sehr dringend?«

Joshua schüttelte den Kopf und hielt ihr seinen Dienstausweis hin. Eine Strähne der dunkelrot gelockten Haare fiel der schlanken Frau ins Gesicht. Mit einer Handbewegung wischte sie die Haare zur Seite. Dabei schmierte sie sich Motoröl auf die Stirn. Sie hatte ein ausgesprochen kantiges Gesicht. Die Wangenknochen zeichneten sich deutlich ab. Die tief liegenden, dunklen Augen wirkten kalt und fremd. Sie verrieten keinerlei Gefühl. Es war beinahe so, als blicke man in einer hellen Vollmondnacht auf die Oberfläche eines Sees. Ihre knochigen, verdreckten Finger verschwanden in einem grauen Tuch.

»Gehen wir in den Garten.«

Für eine Sekunde zögerten sie. Die Ermittler waren es gewohnt, als Erstes nach dem Grund für ihr Erscheinen gefragt zu werden. Dann folgten sie der Frau. Der riesige Garten war ebenso überwuchert wie der Vorgarten. Eine Ordnung war nicht zu erkennen. Joshua gewann den Eindruck, dass all das, was der gewöhnliche Hobbygärtner als Unkraut vernichtete, sich hier in harmonischer Einigkeit versammelte. Es wirkte auf ihn wie ein Asylheim für verfolgte Pflanzenarten. Von der linken Seite des Anwesens her schlängelte sich ein kleiner Bach quer durch das Gelände und mündete schließlich in einem großen Teich, von dem man aufgrund der hohen Bewachsung am Ufer nur die Mitte sehen konnte. Daniel sah sich fasziniert die Pflanzen am Bachufer an. Er schien sie zu kennen.

»Wir hätten einen Monat eher kommen sollen«, bemerkte er schulterzuckend. Gudrun Wenders verzog ihr Gesicht zu einem gequälten Lächeln. Daniel fiel dabei ihre markante Nase auf.

»Das ist Bärlauch. Sieht den Maiglöckchen allerdings täuschend ähnlich.«

Die ›Kräuterhexe‹ ließ sich auf einen der Rattanstühle nieder. Joshua und Daniel setzten sich zu ihr. Auf dem Tisch in der Mitte räkelte sich ein schwarzer Kater von der Größe eines Pudels.

»Das ist Kolumbus. Wenn er nicht auf Entdeckungstour ist, schläft er«, grinste Frau Wenders.

Die Augen fast geschlossen, schlug Kolumbus mit den Pfoten gelegentlich halbherzig nach Bienen und Wespen. Sein Interesse den Besuchern gegenüber beschränkte sich darauf, das rechte Auge für einen kurzen Augenblick ganz zu öffnen. Daniel streckte seinen Arm aus, um ihn zu streicheln. Sofort war der Kater hellwach. Blitzschnell schoss seine rechte Vorderpfote nach vorne und rammte die spitzen Krallen in Daniels rechte Hand. Einem lauten Aufschrei folgte der besorgte Blick auf die blutenden Wunden. Joshua begrub die Stirn in seine Hände und verkniff sich einen Kommentar.

»Haben Sie ein Pflaster für mich?«

Verständnislos sah Joshua auf die drei kleinen, blutroten Perlen auf Daniels Handrücken. Gudrun Wenders ging ein Stückchen ums Haus und kam mit Pflanzenteilen in der Hand wieder zurück. Sie brach einen Stiel durch und rieb mit der Bruchstelle über die blutenden Wunden. Daniel rümpfte die Nase.

»Das Öl riecht leicht streng, aber es stillt die Blutung.«

»Was ist denn das?«

»Ruprechtskraut. Stinkender Storchenschnabel trifft vielleicht eher zu.«

Daniel begutachtete misstrauisch die grünen Flecken auf seiner Haut. Das Blut hatte sie zuvor mit den Blättern abgewischt, neues lief zu seiner Verwunderung nicht mehr nach.

»Frau Wenders, wir hätten da ein paar Fragen an Sie.«

Sie lächelte ihn an. Ihre Augen versprühten zum ersten Mal eine Spur von Wärme. Mit gefalteten Händen beugte sie sich vornüber.

»Was hat die liebe Frau Engelhardt denn über die böse Kräuterhexe erzählt, Herr Kommissar?«

Joshuas Verdacht bestätigte sich bereits vor der ersten Frage. Die Seniorin hatte ihm vermutlich eine Räuberpistole aufgetischt.

»Zum Beispiel, dass sie ihren Mann vergiftet hat.«

»Och«, sie machte einen Schmollmund, wirkte ein bisschen traurig, »gar nichts Neues? Na ja, die Dame wird alt. Da lässt die Fantasie allmählich nach.«

Joshua atmete tief durch. Daniel schien recht zu behalten. Eine leise Wut kam in ihm hoch. Da draußen lief eine drei-, wahrscheinlich vierfache Mörderin durch die Gegend und sie beschäftigten sich mit den Hirngespinsten einer offensichtlich senilen, alten Dame.

»Wie war das denn«, mischte Daniel sich ein, »haben Sie denn Ihren Mann vergiftet?«

»Das war zum Glück unmöglich.«

»Warum?«

»Ich war nicht mit ihm verheiratet.«

Joshua schlug die Hand auf den Tisch und schüttelte den Kopf. Er hatte große Lust, zu der Oma zu fahren und ihr selbigen zu waschen. Kolumbus wurde bei dieser Aktion aus seinem eben erst begonnenen Mittagsschlaf gerissen. Er stand auf und machte einen Buckel. Daniel sank in seinen Stuhl. Kolumbus beschloss, dass jetzt der Zeitpunkt für eine Streicheleinheit gekommen war und sprang mit einem Satz auf Daniels Schoß. Nach drei Umdrehungen und einer Art Regentanz auf Daniels Oberschenkeln legte Kolumbus sich umständlich nieder. Daniel hob abwehrend die Hände und sah bleich in den dunkler werdenden Himmel.

»Sie können ihn ruhig streicheln, der tut nichts«, versuchte Frau Wenders ihn zu beruhigen. Ungläubig sah er sie an.

Eine Wolke zog vor die Sonne und schob langsam einen geheimnisvollen Schatten über ihr Gesicht.

»Um die Sache mit der Vergiftung aufzuklären: Ich hatte damals einen sehr viel älteren Freund. Wir haben uns ein Jahr vorher in Spanien kennen gelernt. Ich habe ein paar Jahre in der Nähe von Valencia gelebt und er verbrachte dort seinen Urlaub. Er war fast siebzig, ich halb so alt. Das war den Dörflern schon alleine ein Dorn im Auge. Am Anfang war es eine harmonische Liebesbeziehung, später behandelte er mich immer mehr wie seine Magd. Eines Tages befahl er mir, um 16 Uhr eine warme Mahlzeit für ihn zubereiten. Ich war gerade dabei, die Samen eines Christusdornes zu pressen, um Rizinusöl herzustellen. In meiner Wut habe ich ihm das Öl ins Essen getan. Es wirkt in kleinen Mengen abführend. Diese Dosierung hat dafür gesorgt, dass er auf dem Klo übernachten musste. Am nächsten Morgen war er verschwunden und hat überall erzählt, ich hätte ihn vergiftet.«

Daniel hatte inzwischen eine Hand zaghaft auf dem Rücken von Kolumbus platziert. Der Kater schnurrte entspannt. Joshua rieb sich nachdenklich das Kinn. Er zog seinen Tabak aus der Hose und drehte sich eine Zigarette. Frau Wenders zog ein Tabakblättchen von der doppelten Größe hervor und befüllte es. Zunächst mit Tabak aus einer blauen Tüte. Bevor sie ihr Werk zusammenrollte, schüttete sie braune Krümel aus einem kleinen Säckchen über den Tabak. Am Ende zündete sie die überdimensionale Zigarette an und inhalierte genussvoll.

Daniel wunderte sich über die offensichtliche Dreistigkeit der Gastgeberin.

»Also«, meldete er sich, »wir sind zwar nicht von der

Drogenfahndung, aber bauen Sie das etwa auch hier im Garten an?«

»Ja. Das würde ich Ihnen auch sagen, wenn Sie von der Droge wären.«

Mit einer lässigen Handbewegung deutete sie auf dürre hellgrüne Pflanzen hinter der Balustrade der Terrasse.

»Davana. Hat drei große Vorteile. Beruhigt die Nerven, massiert die Seele wohltuend und ist zugleich legal. Möchten Sie mal probieren?«

Daniel zuckte nervös mit den Händen. Diese Hektik war Kolumbus zuviel. Da konnte er unmöglich dösen. Grummelnd verzog er sich in den Garten.

»Sagen Sie, Frau Wenders, aus den Rückständen der Christusdornsamen wird doch ein Gift gewonnen, nicht wahr?«

Sie stülpte ihre blutroten Lippen nach vorne und nickte anerkennend.

»Nicht ganz, der Presssamen enthält Ricin. Aber alle Achtung, interessieren Sie sich für Heilpflanzen?«

Joshua zog das Foto der Tänzerin hervor und reichte es ihr.

»Ich interessiere mich in erster Linie für Mord. Die Dame auf dem Foto hat vermutlich einen Menschen mit Ricin vergiftet. Kennen Sie diese Frau?«

Sie warf einen kurzen Blick auf das Bild und legte es auf den Tisch zurück.

»Wer kennt sie nicht. An ihrem Foto kommt man doch kaum vorbei. Das ist doch die berühmte Tänzerin oder?«

»Ja und sie war heute Morgen hier im Dorf.«

Gudrun Wenders richtete sich kerzengerade auf. Sie schien noch nichts davon mitbekommen zu haben. Plötzlich begriff sie.

»Oh nein. Deswegen sind Sie hier. Die alte Engelhardt hat«, mitten im Satz stockte sie, »die Engelhardt hat behauptet, ich – ich meine, dass ich das bin. Dieses verdammte Luder, ich werde ihr ...«

»So beruhigen Sie sich doch, Frau Wenders«, ging Daniel dazwischen, »wir müssen jedem Hinweis nachgehen. Das bedeutet nicht gleich, dass wir Sie verdächtigen.«

Eine Libelle flog über die Terrasse und blieb zwischen Joshua und Daniel in der Luft stehen.

»Frau Wenders, wo waren Sie heute Morgen zwischen vier und sechs Uhr?«

Ein giftiger Blick wanderte durch die mittlerweile schwüle Luft in Richtung Joshua.

»Im Bett. Alleine«, gab sie trocken zur Antwort.

Das Fatale an den Morden war die Tatsache, dass sie zeitlich kaum zu lokalisieren waren. Der Tod nach Einnahme von Ricin zum Beispiel konnte drei bis fünf Tage später erfolgen. Joshua ärgerte sich darüber, die Alibis daher nicht genauer überprüfen zu können. Zu dem Zeitpunkt, als das Grab in Bislich verwüstet wurde, gab Gudrun Wenders ebenfalls an, alleine im Bett gelegen zu haben. Er fragte sich, ob es an dem Druck lag, der auf ihnen lastete, dass er diese Frau verdächtigte. Immerhin dürfte es für eine Heilpraktikerin nicht außergewöhnlich sein, Rizinusöl selber herzustellen. Die Anschuldigungen von Frau Engelhardt hielten jedenfalls keiner Überprüfung stand. Sie bedankten sich bei ihr und machten sich auf den Weg. An der Westseite des Hauses deutete er auf die Eingangstür ihrer Praxis, die untypisch für das Haus aus weißem Kunststoff bestand.

»Lohnt sich die Praxis, ich meine, können Sie davon leben?«

Immer noch leicht pikiert antwortete sie.

»Ich brauche keine Banken auszurauben, falls Sie das meinen.«

»Schon gut, war nur rein interessehalber.«

Ihr Gesichtsausdruck wurde wieder freundlicher. Sie akzeptierte anscheinend, dass ihre Besucher solche Fragen stellen mussten. Bereitwillig führte sie die Polizisten ins Wartezimmer. Es war ein heller Raum mit ausladenden Korbsesseln, sehr vielen Blumen und einem kleinen Zimmerbrunnen in der Mitte.

»Offiziell genieße ich in dem Ort den Status der Persona non grata, aber inoffiziell habe ich sehr viele Patienten aus genau diesem Ort. Sie besuchen mich oft so, wie Männer eine Prostituierte aufsuchen. Absolut diskret, nach vorheriger Terminabsprache. Mir ist aber schon klar, dass ich viele meiner Kunden Doktor Engelhardt zu verdanken habe.«

»Doktor Engelhardt?«, Joshua kam ein unangenehmer Verdacht.

»Ja richtig«, zum ersten Mal lachte sie herzlich.

»Der Sohn der alten Engelhardt. Sie sehen, jede Information ist nur so gut wie ihre Quelle. Er ist auch schon fast sechzig. Viele Patienten, bei denen dieser Quacksalber nicht mehr weiter weiß, oder die er seit einer halben Ewigkeit falsch behandelt hat, kommen zu mir. Drüben auf dem Friedhof liegen einige Ehemalige von ihm, auf dessen Grabstein hätten die Bestatter sponsored by Engelhardt schreiben können. Ich hätte schon mehr als einmal dafür sorgen können, dass er seine Zulassung verliert. Da stehe ich drüber, aber das kapiert die Alte ja nicht.«

Ein Schuss in den Ofen, ging es Joshua durch den Kopf. Die Dorfbewohner beschuldigten sich hier gegenseitig und Daniel und er sollten die Aufgabe übernehmen, ihre schmutzige Wäsche zu waschen. Zumindest bei diesem Totenschein wunderte ihn nichts mehr.

»War Gisbert Fleischer einer Ihrer Kunden?«

»Ja«, ihre Augen bekamen auf einmal einen warmen Glanz, »er und seine Frau. Unheimlich nette Leute. Sie scherten sich einen Dreck um den Dorftratsch und erzählten überall herum, wie zufrieden sie mit mir sind.«

»War Herr Fleischer nicht bei Doktor Engelhardt in Behandlung?«

»Schon seit Jahren nicht mehr. Warum auch, sie waren doch absolut zufrieden mit meinen Methoden.«

Joshua lief während der Unterhaltung langsam in dem gemütlichen Zimmer umher. Janine begab sich gelegentlich in homöopathische Behandlung, um ihre Albträume zu bekämpfen. Ab und an trat Besserung ein. Sein Vater hatte mithilfe eines Heilpraktikers seine Schlafstörungen in den Griff bekommen. Aber was war mit ernsthafteren Erkrankungen?

»Doktor Engelhardt hat auf dem Totenschein Herzversagen als Todesursache vermerkt. Ist Ihnen etwas von einer Herzschwäche bei Herrn Fleischer bekannt?«

»Ja, er litt unter Herzinsuffizienz. Als er von Engelhardt kam, war es ganz schlimm. Ich habe ihn mit Digitalispräparaten behandelt, die ich selber herstelle. Seitdem war er auf dem Weg der Besserung, wie die kardiologischen Untersuchungen in Düsseldorf auch regelmäßig bestätigten.«

Joshua verharrte vor einem Bild an der Wand. Es zeigte einen alten Herrn in einem schwarzen Anzug und eine jüngere Frau in einem langen, roten Abendkleid. Im Hintergrund sah man dieses Haus. Gudrun Wenders bemerkte sein Interesse.

»Eine Aufnahme mit meinem Vater. Es war meine Einweihungsparty. Alle sollten sich besonders schick machen. Ich wollte einen festlichen Ball mitten auf dem Land.«

Joshua nickte und ging langsam und nachdenklich hinaus.

22

Gevelsberg, Juni 1985.

»Zieh dich um. Bist du wahnsinnig? Die Gäste sind schon alle da.«

Mit entsetztem Blick sah seine Schwester ihn an. In einem langen, blutroten Kleid stand er vor der Spiegeltür seines Kleiderschrankes. Letzten Monat hatte er es sich heimlich gekauft. Er war dafür extra nach Bochum gefahren, wo ihn niemand kannte. Der Verkäuferin hatte er gesagt, er suche ein Geburtstagsgeschenk für seine Schwester. Die skeptischen Blicke nach der Anprobe hatten ihn amüsiert. Er hatte sich frei gefühlt, bar jeglicher Nervosität, die ihn auf der Hinfahrt noch so im Würgegriff gehabt hatte.

Heute sollte sein coming out stattfinden. Er hatte es sich so fest vorgenommen. Beim Blick in die angsterfüllten Augen seiner Schwester spürte er, wie der Mut ganz langsam aus seinem Körper wich. Kleine Schweißtröpfchen bildeten sich auf seiner Stirn und drohten das perfekte Make-up zu zerstören. Der Tee, eine Mischung aus Johanniskraut und Bachblüten, die er selber zusammengestellt hatte, schien seine beruhigende Wirkung vollends verloren zu haben. Nur die Worte des Herrn hielten ihn aufrecht. In den letzten Monaten flüchtete er immer häufiger in seinen Glauben, schöpfte Kraft aus den Worten der Bibel.

Der Gedanke, was ihn unten im Wohnzimmer erwarten würde, er hatte ihn so lange verdrängt. Nun war er wieder da, schien aus allen Richtungen in seinen Verstand zu dringen. Seine Schwester legte ihren Arm sanft um seine Hüfte.

»Komm doch mit, morgen Abend. Mir zuliebe, bitte. Ich werde dich auch beschützen.«

Ein kurzes Lächeln huschte bei diesem Satz über ihr trauriges Gesicht. Resigniert setzte er sich auf die Bettkante. Er hatte Frau Leifeld versprechen müssen, zur Abifete zu erscheinen. Ihre Klassenlehrerin hatte sich immer wieder für ihn eingesetzt, sich bemüht, ihn zu verstehen.

Seit Jahren war er dem Spott seiner Klassenkameraden ausgesetzt, daran hatte er sich gewöhnt. Es war ihm sogar gelungen, zu einigen Mädchen aus seiner Klasse ein freundschaftliches Verhältnis aufzubauen. Wenngleich ihm klar war, dass diese Freundschaften mehr auf Mitleid basierten. Seit dieser Klassenfahrt im Mai war er aber völlig auf sich allein gestellt. Der Spott seiner Mitschüler wechselte von Hohn in offene Abscheu. Der Grund dafür hieß Marc, ein Junge aus der Parallelklasse, mit der sie die Klassenfahrt gemeinsam unternommen hatten. Sie verstanden sich ausgezeichnet. Marc war der Klassenbeste, seine Mitschüler hofierten ihn nur, wenn er ihnen helfen sollte, bei Hausaufgaben oder vor Klassenarbeiten. Marc hatte ihn völlig verunsichert. Er wusste nicht, wie er das, was er in seiner Nähe fühlte, deuten sollte. Es war dieses merkwürdige Kribbeln in seinem Bauch. Am Anfang hatte es ihn völlig verwirrt. Sie unterhielten sich sehr offen, ohne dass er allerdings den Mut gefunden hatte, ihm von seinen Sehnsüchten zu erzählen. Nach einer Flasche Wein, allein in Marcs Zimmer, überwand er schließlich die Angst und streichelte sanft den Kopf seines Mitschülers. Nach einer Sekunde des Schreckens sprang Marc auf und schmiss ihn hinaus. Diese Abweisung war schlimm genug, aber musste Marc allen davon erzählen?

Er hatte innerlich abgeschlossen mit diesem Kapitel. An der Universität würde er noch einmal von vorne beginnen können. Heidelberg war weit weg, dort würde ihn niemand kennen. Diesen Lebensabschnitt wollte er als neuer Mensch beginnen. Heute Abend sollte der Anfang gemacht werden. Ihre Eltern hatten eine private Abiturfeier inszeniert. Die gesamte Verwandtschaft sowie einige Geschäftskollegen und Parteifreunde ihres Vaters waren bereits unten versammelt und erwarteten sie.

Sein Entschluss stand seit langem fest. Doktor Wiegalt sprach vor Jahren davon ›es würde sich in der Pubertät legen‹, eine Therapie hatte er nicht für erforderlich gehalten. Seine Eltern waren daraufhin beruhigt gewesen. Er war gewarnt, von dem Zeitpunkt an vorsichtig. Schamhaft versteckte er seine Neigungen. Er trat sogar einem Fußballverein bei, wurde richtig gut. Aber die zarten Knospen der Anerkennung durch seine Mannschaftskameraden gelangten nicht zur Blüte. Das war ihm auch nicht wichtig, er wollte nur eine Tarnkappe haben, verschloss sich immer mehr. Lediglich seine Schwester war eingeweiht. Sie wurde immer mehr zum wichtigsten Menschen in seinem Leben. Sie war der einzige Mensch, mit dem er offen reden konnte. Sie wusste, dass es keine Marotte war, die sich legen würde, dass er im falschen Körper geboren wurde und er vorhatte, dies zu ändern. Seine Eltern waren stolz auf einen Sohn, der jede freie Minute damit zubrachte, sich mit Nebenjobs Geld zu verdienen. Überall und bei jeder sich bietenden Gelegenheit erzählten sie, er wolle sein Studium unbedingt selber finanzieren.

Die Hormonbehandlungen und Operationen würden viel Geld verschlingen. Die Hälfte hatte er bereits anspa-ren können. Ein bis zwei Jahre würde er noch benöti-gen. Solange konnte er nicht mehr warten, die ständigen Heimlichkeiten ertragen. Entschlossen, heute Abend den Anfang zu machen und als Frau hinunterzugehen, erhob er sich.

23

Düsseldorf. Im Büro krähte der Hahn, wie Karin und mittlerweile alle im Gebäude zu sagen pflegten, wenn Schorndorf eine seiner berüchtigten Brandreden hielt. Karin, Joshua und Daniel wollten gerade zur SoKo-Sitzung gehen, als Schorndorf den Raum betrat. Zum zweiten Mal am heutigen Tag verlangte er nach schnelleren und effizienteren Ermittlungen. Vier Morde in drei Tagen, was so natürlich nicht stimmte, und nicht der geringste Anhaltspunkt brachten ihn in Anbetracht des immensen Personalaufwandes auf die Palme. Wobei er zumindest beim Personalaufwand richtig lag. Morgen sollten noch einmal dreißig Kräfte aus Essen und Dortmund hinzukommen. Mit dem eigentlichen Grund für seinen zweiten Besuch rückte Schorndorf allerdings erst am Ende heraus. Heute Morgen hatte er verkündet, der Fokus der Öffentlichkeit sei auf ihn gerichtet. Alle Welt würde ihm auf die Finger sehen. Daraufhin hatte jemand den Spruch an seine Bürotür geklebt:

Mancher Hahn glaubt, die Sonne würde für ihn aufgehen.

Niemand konnte sagen, wer für diesen Scherz verantwortlich war. Aber Karin Seitz musste sich auf Nachfrage ständig ein Grinsen verkneifen. Dass man ihn mit einem Hahn verglich, hatte er schon längst mitbekommen und stillschweigend geduldet. Doch *damit* sah er nun seine Autorität gefährdet.

»Eine Frage noch: Hat vielleicht irgendjemand von Ihnen eine Ahnung, von wem der Spruch an meiner Tür stammt.«

Schorndorf hatte den gleichen Verdacht wie alle anderen im Haus und sah Karin auch ganz unverhohlen an.

»Von Theodor Fontane«, antwortete Karin trocken. Scheinbar desinteressiert sah sie Schorndorf an.

Dessen Gesichtsfarbe verdunkelte sich schlagartig. Daniel strich seine Hosenbeine mit dem Handrücken glatt als wolle er sie bügeln. Joshua wartete gespannt auf die Reaktion seines Vorgesetzten.

Mit leiser Stimme und viel Wut verabschiedete er sich.

»Wir sprechen uns noch, Frau Seitz.«

Als er aus der Tür war, wedelte Daniel mit der rechten Hand, als habe er sich soeben verbrannt. Joshua nickte nur anerkennend. Ohne darauf einzugehen, sah Karin auf die Uhr. Noch fünf Minuten.

»Ach übrigens, so ganz ohne Anhaltspunkte sind wir gar nicht mehr. Wir haben ihren Vornamen.«

›Casablanca‹ untermalte die kurze Stille mit seinem leisen Surren.

»Alexandra. Dieser Name stand jedenfalls im Terminkalender von Gisbert Fleischer. Seine Frau ist völlig ratlos. Laut Kalender hat er sich kurz vor seinem Tod mit ihr getroffen.«

»Das sagst du erst jetzt«, Joshua konnte nicht glauben, dass seine Kollegin mit einer derartigen Neuigkeit nicht sofort rausrückte. Vielleicht hätte Gudrun Wenders etwas über eine Alexandra erzählen können. Karin hätte ihn doch übers Handy erreichen können.

»Ich glaube, Ihr überschätzt diesen Hinweis.«

»Wie bitte?«, Joshua schmiss wütend seinen Kugelschreiber auf den Schreibtisch. Karins Stimme wurde energischer.

»Erstens: Wir wissen zum jetzigen Zeitpunkt noch gar nicht, ob Gisbert Fleischer ermordet wurde. Zweitens: Nach dem Feedback aus der Bevölkerung müssen wir davon ausgehen, dass ihr wahres Aussehen ein ganz anderes ist. Warum sollte sie dann nicht auch einen falschen Namen benutzen? Und drittens ist nicht gesichert, dass Täter und die jeweiligen Opfer sich näher kannten. Was macht euch also so sicher, dass der Name stimmt?«

»Wenn Täter und Opfer sich nicht kannten, warum treffen sie sich dann zwecks Vollzug der Tat?«, wollte Daniel wissen. Karin strafte ihn mit einem wütenden Blick.

»Ich behaupte doch nicht, dass sie sich nicht kannten. Nur eben nicht gut genug. Eine Zufallsbekanntschaft. Die Opfer waren zum falschen Zeitpunkt am falschen Ort.«

Joshua hatte sich wieder beruhigt. Er war nach wie vor der Ansicht, Karin hätte diese Neuigkeit sofort per Handy mitteilen müssen, allerdings machte ihre Argumentation ebenfalls Sinn.

»Das bedeutet«, sinnierte Joshua, »alle Opfer haben die Tänzerin in einer Situation gesehen oder erlebt, die ihnen zum Verhängnis wurde.«

Man sah sich wortlos und nachdenklich an, während ›Casablanca‹ die schlechte mit der ganz schlechten Luft vermischte. Draußen goss es wie aus Kübeln. In regelmäßigen Abständen blitzte und donnerte es. Karin stand auf und brachte die Fenster in Kippstellung, um die frische Gewitterluft ins Büro zu lassen. Daniel schnippte mit den Fingern.

»Das ist es. Wir sollten den Begriff Tänzerin ernster nehmen, denn das ist sie wirklich.«

Sie sahen Daniel verwundert an.

»Folgende These: Eine Frau, glücklich verheiratet mit einem Politiker, Richter oder sonst was gesellschaftlich Höherem. Hauspersonal, ödes, langweiliges Leben als Rahmen seiner Karriere und so weiter. Ihren Kick holt sie sich als Striptease-Tänzerin in irgendeiner Bar weit weg von zu Hause. Könnt ihr mir folgen?«

»Bis jetzt schon«, antwortete Karin.

»Na ja, ganz einfach. Die Opfer erkennen sie und wissen um ihre Position. Sie erpressen sie und ...«

Er strich sich mit dem ausgestreckten Zeigefinger über den Hals. Wieder Stille.

›Casablanca‹ war jetzt damit beschäftigt, die verbrauchte, stickige Luft nach draußen zu befördern.

»Würde zumindest erklären, warum Frau Fleischer diese Alexandra nicht kennt«, schloss Karin.

»Genau«, Daniel strahlte.

»Und es würde meine These bestätigen. Denn wer strippt schon unter seinem richtigen Namen?«

»Ich würd's nicht tun«, bestätigte Joshua. Nach kurzem Zögern sprach er leise und nachdenklich weiter.

»Das würde auch ihre Affinität erklären, auf den Gräbern zu tanzen.«

»Eben nicht.«

Karins Augen blinzelten. Wie einen seidenen Faden durchschnitt sie Daniels These.

»Genau da liegt der Fehler in deiner Theorie, Daniel. Wenn sie ihre Nebentätigkeit geheim halten will, wenn sie so viel Wert darauf legt, dass sie sogar mordet, warum sollte sie uns dann mit ihren Tanzvorführungen auf die Morde stoßen?«

Daniel ließ sich zurückfallen und verschränkte die Arme vor seine Brust. Den Grund für die Tänze auf den

Gräbern und genau diese ausgefallene Art zu tanzen musste er also noch in seine Theorie unterbringen. Er wollte sie gerade noch einmal verteidigen, als die beiden aufstanden. Unterwegs wählte Karin erneut die Nummer ihrer Tochter. Sie verzichtete darauf, eine dritte Nachricht auf der Mailbox zu hinterlassen.

24

Düsseldorf. Der große Konferenzraum war zu zwei Dritteln gefüllt. Stimmengewirr drang von überall her. Dieser Raum wurde ansonsten für Pressekonferenzen genutzt. Vorne neben und hinter den Rednertischen waren Leinwände und Beamer aufgebaut. Lautsprecherboxen befanden sich an den Flanken der Tischreihe. Ein Standlautsprecher wurde halb verdeckt von einer großen Landkarte. Sie zeigte Nordrhein-Westfalen im Großformat. Kleine, rote Aufkleber deuteten markante Punkte an. Daneben hingen große Schautafeln, gespickt mit Bildern und Zeichnungen. Neonröhren hüllten den Saal in kaltes Licht. Die drei wollten sich in eine der vorderen Stuhlreihen setzen, als Jack ihnen ein Zeichen gab, nach vorne zu kommen. Normalerweise würden diese Treffen in Räumen der Behörde stattfinden, die die Ermittlungen leitete, in diesem Fall Krefeld. Da sie aber dort momentan nicht über einen derartig ausgestatten Raum verfügten, entschloss man sich kurzerhand auf Einladung des Landeskriminalamtes die Teamsitzungen in der Landeshauptstadt durchzuführen. Von den einzelnen Mordkommissionen war jeweils eine etwa zehnköpfige Abordnung angereist.

Joshua hatte noch keine Gelegenheit gehabt, sich alle Berichte der Kollegen durchzulesen und sich so auf den neuesten Stand zu bringen.

Neben ihm nahm René Wollmann Platz. Wollmann war Fallanalytiker am Bundeskriminalamt und als Ersatz für die verhinderte Angela Rettig eingesprungen. Joshua mochte diese Methode nicht. Für ihn grenzte es an Kaffeesatzlesen, wie er immer wieder betonte. Die Ermittlungen wurden zu oft in eine Richtung eingeschränkt, die falsch sein konnte. Auf diese Art konnten andere Spuren vernachlässigt werden und vor allem wichtige Zeit verloren gehen.

»Ging ganz schön fix«, flüsterte Karin ihm zu.

Joshua nickte. Wenn sie ihn über den Dienstweg vom BKA angefordert hätten, wäre eine halbe Ewigkeit vergangen. Zeit, die sie nicht hatten, was aber gewöhnlich niemanden interessierte. Die Medien haben auch ihre Vorteile, dachte Joshua.

Schorndorf räusperte in's Mikro. Das Stimmengewirr verstummte allmählich. Lang und breit begann der Leiter des Landeskriminalamtes alle Anwesenden zu begrüßen und einzelne vorzustellen. Besonders stolz schien er darauf zu sein, René Wollmann hier zu haben. Anschließend übernahm die Vertreterin der leitenden Staatsanwaltschaft, Viola Lubjuhn, das Wort. Joshua beschlich ein komisches Gefühl beim Anblick der Staatsanwältin. Er dachte an seinen Fauxpas auf dem Kirchfelder Friedhof.

Zunächst erläuterte sie die letzten Ergebnisse aus Kirchfeld. Ein Raunen ging durch den Saal, als sie das Ergebnis der Spurenermittlung bekannt gab. Der Fußabdruck auf dem Grab war identisch mit denen auf den anderen Gräbern. Eine Exhumierung war für den nächsten Morgen um sechs Uhr anberaumt.

Es sollte sich herausstellen, dass Kirchfeld der bislang ergiebigste Tatort war, was Art und Anzahl der Spuren betraf. Joshua schob dies dem Umstand zu, dass die Tänzerin zum ersten Mal wirklich überrascht wurde. So stand nun zweifelsfrei fest, dass sie die Stöckelschuhe lediglich für ihren Tanz benutzte und noch am Grab die Schuhe wechselte. Mehrere Fußabdrücke am Grab und am Parkplatz beim Gebeinehaus waren identisch. Vergleichsspuren von den Fahrzeugen der Friedhofsverwaltung und einer Gärtnerei ließen lediglich zwei weitere Reifenspuren offen. Zum einen ein 165er Allerweltsreifen, wie er auf zahlreichen Klein- und Mittelklassefahrzeugen anzufinden war und zum anderen ein Exot. Die Staatsanwältin machte eine kurze Pause, um einen Schluck Wasser zu trinken. In dem behelfsmäßigen Auditorium wurde es absolut still. Die Spannung war mit Händen zu greifen. Viola Lubjuhn sah sich noch einmal um, bevor sie weiter referierte. Der Reifen hatte das Maß 125 SR 15. Dieses Modell wird seit fast zwanzig Jahren ausschließlich von der Firma Michelin hergestellt. Einziger Fahrzeugtyp, der diese Reifengröße verwendet, sei der Citroën 2 CV, besser bekannt als die ›Ente‹.

Joshua wurde flau im Magen. Saßen sie heute Mittag der Tänzerin gegenüber? Rizinusöl, schoss es ihm durch den Kopf. Fingerhut im Vorgarten, ein Meer von Bärlauchpflanzen. Seine Hände wurden feucht. Er beugte sich vor und suchte den Blickkontakt zu Daniel. Dieser war allerdings zu sehr damit beschäftigt, den ordnungsgemäßen Sitz seiner Krawatte zu überprüfen. Für einen kurzen Augenblick verstummte alles um ihn herum. Er musste so schnell wie möglich nach Kirchfeld. Allmählich drängte sich die ungewohnt ernste Stimme der Staatsanwältin wieder in den Vordergrund.

»… konnten unsere Kollegen eine weitere Spur sicherstellen. An einem Ast in der Nähe des Parkplatzes fanden sie ein langes, schwarzes Haar. Die Analyse im Labor hat ergeben, dass es sich um das Kunststoffhaar einer Perücke handelt. DNA-Spuren sind leider keine daran.

Interessant ist in dem Zusammenhang die Zusammensetzung des Stoffes. Dieser Kunststoff und somit auch die Perücke, wird seit den späten siebziger Jahren nicht mehr hergestellt.«

Im Saal breitete sich ein Tuscheln aus. Köpfe wurden ineinander gesteckt. Das war also der Grund dafür, warum keine sachdienlichen Hinweise über die Identität der Tänzerin eingingen. Karin hatte recht, über das wahre Aussehen der Täterin wussten sie fast nichts.

Das war noch nicht alles. Jack hatte noch ein weiteres Ass im Ärmel. Ein Großteil der SoKo-Mannschaft hatte sich darum gekümmert, Zusammenhänge zwischen den Opfern zu finden und Gemeinsamkeiten festzustellen.

Sie fanden heraus, dass alle Opfer in ihrer Vergangenheit einmal in Kirchfeld oder dessen unmittelbarer Umgebung gewohnt hatten.

Joshua fühlte sich in seinem Verdacht bestätigt. Dieses Dorf hütete ein Geheimnis.

Bevor Wollmann mit seinem Vortrag beginnen konnte, verkündete Jack eine zehnminütige Pause. Die Raucher liefen sofort den Gang hinunter. Die Tür zum Hof stand weit auf. Ein großer, mit Sand gefüllter Standaschenbecher war binnen kürzester Zeit umlagert. Einige Nichtraucher spazierten grinsend an ihnen vorbei und verteilten sich in kleinen Gruppen auf dem Parkplatz. Auf dem Flur zog Joshua seine Kollegin am Ärmel.

»Denkst du auch, was ich denke?«

Karin zögerte einen kurzen Moment. Ihrer Mimik entnahm Joshua enttäuscht, dass sie anderer Meinung war.

»Ich weiß, was du sagen willst. Gudrun Wenders wird einen Grund angeben können, zum Friedhof gefahren zu sein. Joshua, wenn sie es war, die das Grab so zugerichtet hat, dann hätte diese Frau Engelhardt sie wohl erkannt.«

Joshua nickte. Selbst wenn sie sich verkleidet hätte, würde sie wohl kaum so offen durch den Ort laufen.

Nachdem er sich eine ruhige Stelle auf dem Hof gesucht hatte, wählte Joshua die heimische Nummer. Die SoKo-Sitzung war bis achtzehn Uhr angesetzt. Danach teilten sie sich in einzelne Untergruppen, um effizienter zu sein und die weitere Vorgehensweise zu besprechen. Er teilte Janine mit, dass es spät werden könnte. Sie versprach ihm, sein Essen in die Mikrowelle zu stellen und den Kindern einen Kuss von ihm zu geben.

»David ist total nervös wegen des morgigen Spieles. Ich habe ihm gesagt, du verrätst ihm noch kurz vorher ein paar Tricks.«

»Natürlich, mache ich«, Joshua lachte vor Freude.

»Weckst du mich bitte, wenn du in's Bett kommst«, säuselte sie noch in sein Ohr.

Auf der Mailbox war eine Mitteilung seines Vaters, der um Rückruf bat. Daniel lief mit dem Handy am Ohr an ihm vorbei. Joshua vernahm noch ein *Natürlich Melissa* und sah dem enteilenden Kollegen lächelnd hinterher. Sein Vater teilte ihm mit, er habe das Motorrad für ihn angemeldet. Die Moto Guzzi California stand bereits seit acht Jahren in der Scheune des Hofes und drohte, vollends zu vergammeln. Vor sechs Wochen begann Joshua damit, sie fahrbereit zu machen. Janine wusste nichts davon. Sein Vater war so nett, sie auf seinen Namen anzumelden. Joshua wollte Janine auf dem Motorrad mit zum Konzert nehmen, wie früher.

»Ihr wart lange nicht mehr bei uns.«

Joshua seufzte. Es war erst zwei Wochen her. Die Kinder hatten ausgelassen auf der Wiese getobt. Sie hatten unter der mächtigen Eiche im Garten gesessen und Kuchen gegessen. Joshua konnte sich den wahren Grund denken.

»Wie wäre es morgen. Wir sehen uns doch auf dem Sportplatz und könnten danach gemeinsam zu uns fahren.«

Joshua vernahm die Stimme seiner Mutter im Hintergrund. Sie sprach von ihrem Hochzeitstag und dass er sie doch an dem Tag nicht stören könne. Es entwickelte sich eine längere Diskussion seiner Eltern. Joshua kam sich verloren vor. Schließlich vernahm er wieder die Stimme seines Vaters. Dieser druckste herum.

»Wie weit seit ihr eigentlich in dem Fall mit der Tänzerin?«

Das war es, was er eigentlich wollte, dachte Joshua. Ein Kollege rempelte ihn an und entschuldigte sich. Die blonde Sabine gab eine Runde Zigaretten aus. Joshua griff zu und ließ sich Feuer geben.

Der pensionierte Kriminalrat kam einfach nicht von seiner Arbeit los. Joshua erzählte ihm oft von seinen Ermittlungen. Den einen oder anderen wertvollen Tipp hatte er seinem Vater schon zu verdanken.

»Wir sind mitten in einer SoKo-Sitzung. Ich komme in den nächsten Tagen mal zu euch. Dann erzähle ich dir alles, okay?«

»Das sagst du immer.«

Auf dem Flur wurde es unruhig. In Zweierreihen drängten sie durch die Tür zum Konferenzsaal. Joshua hängte sich an. Ein älterer Herr wollte die Türen gerade schließen, als Daniel zurückkam. Er wirkte gehetzt.

René Wollmann richtete sein Mikrofon aus. Er trug ein legeres Sommerhemd. Sein dünnes, graues Haar war im

Nacken zu einem Zopf geflochten. In seinem Ohr blinkte ein Edelstein. Durch die kleinen, runden Brillengläser sah er sich um, bevor er begann. Joshua schluckte ein Gähnen herunter. Karin malte kleine Smileys auf ihren Block. Der Fallanalytiker begann langatmig zu erklären, dass die bisherigen Erkenntnisse noch kein umfassendes Täterprofil zulassen würden. Mit anderen Worten, du hast auch keine Ahnung, dachte Joshua. Nach einigen Ausschweifungen kam er langsam zum Kern seiner Analyse, den er allerdings ebenfalls sehr weiträumig umschrieb. Nach seiner Ansicht deutete das Tatmuster auf ein unverarbeitetes, möglicherweise weit zurückliegendes Trauma hin. Dass die Tänzerin ausgerechnet den ›Paso doble‹ gewählt hatte, fand der BKA-Mann bezeichnend.

»Bei diesem aus Spanien stammenden Tanz verkörpert der Mann den starken, siegesgewissen Torero, während die Frau in die Rolle der Capa, des roten Tuches schlüpft. Sie ist so was wie der unterwürfige Spielball des Mannes. Ihr Tanz ist ironisch gemeint. Am Ende hat sie die Oberhand über den vorher so überlegenen Mann. Der Tanz auf dem Grab ist ihre persönliche, kleine Siegesfeier.«

Es war ausgesprochen ruhig im Saal. Die Kolleginnen und Kollegen schienen an seinen Lippen zu kleben.

»Wir können in diesem Fall nicht, wie es bei Serienmorden mitunter vorkommt, davon ausgehen, dass der Täter oder hier die Täterin der Polizei ein Zeichen geben will. Das ist ganz allein ihr Baby. Ihr privater Rachezug, könnte man sagen. Ihr Antrieb sitzt dabei so tief, dass sie alle Bedenken beiseite schiebt. Selbst das Risiko, entdeckt zu werden, nimmt sie in Kauf. Alle Vorstellungen von Moral oder Ethik sind ihrem Trieb nach Vergeltung untergeordnet. Nach meiner Einschätzung steht am Ende ihrer Planung der Suizid.«

Abermals ging ein Raunen durch den Saal. Wollmanns Einschätzung machte die Ermittlungen nicht gerade leichter. Selbst, wenn sie im Netz der Fahndung wäre, würde sie noch zuschlagen. Karin dachte an ein verwundetes Raubtier, das instinktiv handelte. Wenn Wollmanns These stimmte, durften sie nicht mit einer rationalen Vorgehensweise der Tänzerin rechnen. Der Zeitdruck, der auf allen lastete, wurde dadurch noch immenser. Wollmann genehmigte sich einen Schluck Wasser und ließ seinen Blick durchs Auditorium schweifen. Ein älterer Kollege, der sich mit dem Namen Lammfell vorstellte, fragte nach dem Umstand, dass alle Opfer in nahezu demselben Alter waren. Wollmann hob den Zeigefinger als Andeutung, noch etwas vergessen zu haben.

»Das dürfte ursächlich mit ihrem Trauma zusammenhängen. Sie projiziert ihre Gefühle auf Männer dieser Altersgruppe. Wahllos oder auf eine bestimmte Gruppe, was ich allerdings bezweifle.«

Nachdem Wollmann in das ungläubige Gesicht des Fragestellers sah, setzte er noch einmal nach.

»Nun ja, vorstellbar wäre beispielsweise eine Vergewaltigung, möglicherweise durch einen nahen Angehörigen. Das Opfer ist in solchen Fällen meist bedingungslos seiner eigenen Hilflosigkeit ausgeliefert. Bei einem solchen Verbrechen kommt es aber eher selten vor, dass eine ganze Gruppe daran beteiligt ist. Allerdings«, Wollmann zögerte einen Augenblick, als fiele ihm ein völlig neuer Aspekt ein, »bei einer exorbitanten Demütigung oder seelischen Grausamkeit wäre auch eine Gruppe denkbar.«

Joshuas Magen meldete sich. Er hatte Hunger und das mulmige Gefühl der Ohnmacht. Eine ganz entscheidende Hoffnung bestand darin, einen Zusammenhang zwischen den Opfern zu finden. Dadurch könnte man potenzielle Opfer schützen und wichtige Rückschlüsse auf die Mörderin ziehen. Zwar ließ Wollmanns These diese Möglichkeit weiterhin zu, aber dass eine Frau zur Serienkillerin wird aufgrund einer Demütigung, lag außerhalb seiner Vorstellungskraft. Je mehr er darüber nachdachte, umso dubioser erschien ihm die Analyse des Profilers. Ein Mörder würfelt nicht. Wenn die Tänzerin ihre Opfer wahllos auswählt, verfolgt sie keinen Plan. Dann würde es auch kein Ende geben, an dem ihr Suizid stand. Wollmann bedankte sich bei seinen Zuhörern und bekam verhaltenen Applaus.

Aus den hinteren Reihen kam die Frage, ob es nicht Sinn machen würde, Scotland Yard um Hilfe zu bitten. Jack übernahm das Wort und unterbrach mit einer Handbewegung das einsetzende Gelächter. Scheinbar war ihm sofort klar, worauf der Kollege hinauswollte.

»Einen GEO-Profiler einzusetzen, macht hauptsächlich dann Sinn, wenn DNA-Spuren vorliegen. In unserem Fall könnte es zwar zu brauchbaren Ergebnissen führen, allerdings dürfte der zeitliche und personelle Aufwand ohne die entsprechenden Spuren in keiner Relation dazu stehen.«

Joshua atmete erleichtert durch. Ihm war bekannt, dass die Kollegen aus Bochum vor einigen Jahren einen solchen Spezialisten, den die deutschen Polizeibehörden nicht ausbildeten, aus England angefordert hatten. Tatsächlich war es ihm gelungen, nach Besichtigung der Tatorte und ausreichender Detailkenntnisse den Herkunftsort des Täters zu benennen.

In einem solchen Fall könnte man die gesamte Bevölkerung dieses Ortes zum Speicheltest bitten, um über einen DNA-Vergleich die Identität des Täters zu ermitteln. Vorausgesetzt, er wurde in der Vergangenheit schon einmal mit dieser modernen Methode erkennungsdienstlich behandelt.

Schorndorf hüstelte ins Mikrofon, um das einsetzende Stimmengewirr zu unterbinden. Er ließ einen Stapel Blätter herumreichen. Jack hatte sich die Mühe gemacht, die SoKo in sinnvolle Kleingruppen zu unterteilen. Noch einmal wies er auf die Wichtigkeit der Geheimhaltung hin und darauf, schnellstmöglich Ergebnisse zu erzielen. Er schien sich dabei der Überflüssigkeit seiner Worte keineswegs bewusst zu sein. Der Hahn hatte gekräht, die Veranstaltung war zu Ende. Eine junge Kollegin meldete sich noch zu Wort und beschwerte sich. Sie bekamen vom Callcenter und den Kollegen, die den elektronischen Posteingang bearbeiteten, viel zu viele offensichtlich falsche Hinweise aus der Bevölkerung übermittelt, denen sie nachzugehen hatten. Oft stimmten nicht einmal Tatort und Tatzeitpunkt mit dem Ermittlungsstand überein. Dadurch wäre ein effizientes Arbeiten unmöglich, die gesamte SoKo würde ausgebremst. Jack versprach, sich darum zu kümmern und die Kollegen anzuweisen, die Hinweise feiner zu filtern. Karin sah ihn entsetzt von der Seite an und wollte etwas sagen, als sich Aufbruchstimmung breit machte. Joshua konnte ihre Gedanken lesen. Es war ein Vabanquespiel. Sie würden zwar wichtige Zeit gewinnen. Die wäre allerdings mit einem Schlag verloren, falls der eine entscheidende Hinweis durchs Raster fiel.

»Wir haben keine andere Wahl«, versuchte er sie zu beruhigen und stand ebenfalls auf.

25

Heidelberg, 1989. Nachdenklich legte er den Telefonhörer auf. Die Grashalme seiner Hoffnung lagen abgeknickt am Boden. Niedergetreten von seinem Vater. Vor vier Jahren hatten sie ihn fortgejagt. Immer wieder hatte er in dieser Zeit versucht, Verständnis für seinen Vater aufzubringen. Es muss ihm damals wie eine Revolution im eigenen Haus vorgekommen sein.

Eine endlos lange Minute herrschte absolute Stille. Sechzig Augenpaare, sechzig entsetzte Gesichter hatten wie ein Mahnmahl aus kaltem Beton vor ihm gestanden, als er im roten Abendkleid und perfektem Make-up vor der langen Tafel stand und die Gesellschaft anlässlich seiner Abiturfeier freundlich und übernervös begrüßt hatte. Er erinnerte sich, wie er zusammenschrak, als sein Vater die Stille mit einem lauten Schrei durchbrochen hatte. Mit ausgestrecktem Arm hatte er am Tisch gestanden und ihn rausgeworfen. Seine Mutter hatte die Situation nicht mehr aushalten können. Bei seinem Anblick war sie weinend in die Küche gerannt. Am nächsten Tag war sein Vater gedrängt worden, die Kandidatur zum Bürgermeisteramt zurückzuziehen, um weiteren Schaden von der Partei abzuwenden. Wichtige Geschäftskunden meldeten sich in seiner Kanzlei und entzogen ihm das Mandat.

Jahrelang hatte er jeden Pfennig gespart, jede freie Minute gearbeitet, um sich seinen Traum zu erfüllen, endlich auch physisch eine Frau zu werden. Den größten Teil der Ersparnisse benötigte er nun zur Finanzierung seines Studiums. Seit zwei Jahren jobbte er in einer Szenekneipe in Heidelberg. Er hatte seinen Traum nur verschoben. In einem Jahr, das hatte er sich ausgerechnet, würde das Kapital ausreichen.

Vier Jahre der Verbannung sollten an diesem Weihnachtsfest ein Ende haben. Die gelegentlichen Telefonate mit seiner Mutter schienen das Feld bestellt zu haben, auf dem der Frieden gedeihen konnte. Sie vermisste ihn ebenso, wie er sie vermisste. Wenn seine Schwester ihn besuchte, brachte sie eingelegtes Obst und seine Lieblingsmarmelade mit.

Er genoss die seltenen Gespräche mit seiner Mutter, obwohl es ihm hinterher immer schlecht ging. Sie machte sich verantwortlich für alles, flehte ihn an, etwas gegen seine Krankheit, wie sie sich ausdrückte, zu unternehmen. Sie vermochte ihren Sohn nicht zu verstehen. Manchmal glaubte er, sie wehre sich innerlich dagegen.

Traurig sah er hinaus auf die leeren Blumenkästen. Es war ihm wichtig gewesen, zumindest einen Balkon zu haben. Im Sommer wirkte er wie eine kleine Gärtnerei. In Kübeln wuchsen frische Kräuter, in den Kästen an der Balustrade Melisse und Johanniskraut. Seiner Schwester entfloh einmal der Satz: *Dass gerade du die Natur so liebst.*

Er dachte an das Telefonat mit seiner Schwester zurück. Seine Mutter würde sich freuen, ihn Weihnachten zu sehen. Die Meinung seines Vaters hatte ihn wütend werden lassen.

Wenn er wieder normal ist, kann er kommen.

Sag ihm, er wird bald zwei Töchter haben, richtete er seiner Schwester noch aus, bevor er das Gespräch beendete.

Eine Stunde später stand er in seinem Lieblingskleid vor dem Spiegel. Er freute sich auf das Tanzcafé in Würzburg, das er jeden Samstag aufsuchte. Niemand dort würde im Traum daran zweifeln, eine Frau vor sich zu haben. Dennoch fühlte er sich einsam, kam sich selbst fremd vor. Wie immer legte er die Videokassette ein, bevor er das Haus verließ. Ein Lehrfilm über seinen Lieblingstanz. Der Moderator erklärte den historischen Hintergrund. Dabei schwenkte er ein rotes Tuch. Ausführlich erklärte er die Muleta, wie sich das Tuch nannte. Im Spaß hatte er einer Kommilitonin mal angeboten, ihn so zu nennen, das käme seiner Person am nächsten.

26

Düsseldorf. Jack hatte jeweils zwei Vertreter aus allen beteiligten Mordkommissionen in einer Untergruppe der SoKo zusammengefasst. Da einige der Kollegen Hunger hatten und eine Pause verlangten, schlug Joshua ein Treffen um 20 Uhr vor. Er beabsichtigte, vorher noch einmal nach Kirchfeld zu fahren. Daniel wollte unbedingt mit, vermutlich aus einem anderen Grund. Joshua winkte ab. Diesmal nahm er Karin mit zu der Kräuterhexe. Er hatte die Hoffnung, dass seine Kollegin Gudrun Wenders besser erreichen konnte. Daniel hob die Augenbrauen und zog wortlos ab. Offenbar war er anderer Meinung. Es schien, als glaube er, aufgrund der Geschehnisse des Vormittages nun ein besonderes Einfühlungsvermögen den Damen gegenüber entwickelt zu haben.

Auf dem Flur lief Kalle ihnen entgegen. Seine großen Augen und sein ausgestreckter Zeigefinger deuteten eine Eingebung an.

»Mir ist da vorhin eine Idee gekommen«, Karin und Joshua blieben neben ihm stehen.

»Die Tänzerin trägt eine Perücke. Niemand hat sie bisher erkannt, obwohl jeder im Land ihr Bild kennen dürfte«, auffordernd sah er sein Publikum an. Karin vermochte keine Schlüsse aus seinen Gedanken zu ziehen.

»Wer sagt uns denn, dass es sich um eine Frau handelt? Ich habe im Karneval auch schon mal eine Perücke aufgehabt.«

›Niemand‹ , dachte Joshua. Ihre Ermittlungen zielten zwar nicht explizit auf einen weiblichen Täter, aber im Unterbewusstsein der meisten schien sich dieser Ansatz verankert zu haben. So bestand natürlich die Gefahr, den Täterkreis unterbewusst einzuschränken.

»Du hast recht. Wir müssen mit allem rechnen.«

Kalle sah kurz auf die Uhr.

»Ich kenne da einen Fachmann auf dem Gebiet der lateinamerikanischen Tänze, der betreibt hier in Düsseldorf eine Tanzschule. Das schaffe ich vorher.«

Karin fragte sich noch, welche Erkenntnisse er sich von diesem Fachmann erhoffte, als Kalle auch schon losrannte.

Es regnete Bindfäden, als Karin ihren Kollegen bat, zuvor kurz bei ihr anzuhalten. Das ungute Gefühl, das sie seit heute Mittag beschlich, ließ ihr keine Ruhe. Ein klärendes Gespräch mit Robin musste noch warten. Sie wollte wissen, ob es ihm gut ging und er irgendetwas von Carmen gehört hatte. Die beiden hatten ein gutes Verhältnis zueinander. Es bestand die Möglichkeit, dass sie ihren Bruder angerufen hatte. Joshua wartete im Auto.

Durch die Rollläden schimmerte Licht nach außen. Karin wertete es als gutes Omen. Sie schloss die Haustür auf und stürmte ins Wohnzimmer. Den Namen ihres Sohnes auf den Lippen, erschrak sie und blieb wie angewurzelt stehen. Vater und Sohn saßen auf der hellen Couch aus Nappaleder. Intensiv in ein Gespräch vertieft, rauchten sie genüsslich eine filterlose Zigarette. Carmen saß am Kopfende des Tisches mit roten, verheulten Augen und einem Kelch Rotwein in der Hand. Die Drei sahen Karin an und lächelten gequält. Qualmwolken waberten durch das Wohnzimmer und schienen das Ende dieses Nichtraucherhaushaltes besiegelt zu haben. Karin schluckte fassungslos. Sie hoffte darauf, ihr Wecker würde jeden Moment klingeln und einen neuen Tag einläuten. Es waren Toms Worte, die die Realität unterstrichen.

»Setz dich doch zu uns. Wir sind gerade dabei, alles wieder hinzubiegen.«

Wortlos ging Karin zur Hausbar und suchte nach einem Glas. Kurz entschlossen verzichtete sie darauf. Tom wurde nervös. Er wusste, was es zu bedeuten hatte, wenn seine Frau den Whisky aus der Flasche trank. Viele Worte würden ihm nicht bleiben. So beschloss er, das Wesentliche zusammenzufassen.

»Ich habe mit Robin ein Gespräch unter Männern geführt. Er hat seinen Fehler eingesehen und möchte zu mir ziehen. Carmen will auf gar keinen Fall abtreiben, vielleicht redest du mal mit ihr?«

Der Whisky glitt ihre Kehle hinab, ohne dass sie dazu kam, ihn runterzuschlucken. Ein Hustenanfall überfiel die Kommissarin. Sie röchelte, der Raum begann sich zu drehen. Finger pressten sich in ihren rechten Oberarm. Als die Drehungen nachließen, fand sie sich auf dem Beistellsessel wieder. Stimmengewirr drang von überallher auf sie ein.

Du bist vielleicht ein Arsch, ich wollte es ihr doch selber sagen, vernahm sie die Stimme ihrer Tochter wie aus dem Jenseits kommend. Nacheinander kehrten ihre Sinne zurück. Voller Wut im Bauch stand sie auf und funkelte ihren Mann an. Eine endlos lange Sekunde bohrte sie ihren dunklen Blick in sein Gesicht. Plötzlich, völlig unvermittelt, schrie sie ihre Seele leer.

»RAUS! SOFORT RAUS!«

Alle zuckten zusammen. Tom stand auf und stellte sich ihr gegenüber.

Seine Stimme wurde nun ebenfalls laut.

»Jetzt mach aber mal einen Punkt. Dein Sohn kifft, deine Tochter ist schwanger und du hängst den ganzen Tag im Büro und kriegst nichts mit. Tolle Familie.«

»Während der Vater seine Kollegin in einer billigen Bahnhofsabsteige vögelt, hast du noch vergessen. Passt nämlich prima in dein Bild!«

Robin und Carmen verzogen sich leise nach oben.

»Werd nicht polemisch. Das hat überhaupt nichts mit der Situation der Kinder zu tun.«

»Nein«, Karin zog dieses Wort wie Kaugummi, »das ist vermutlich eine pädagogisch wertvolle Erfahrung für die beiden.«

Tom wandte sich ab und ging. Im Türrahmen drehte er sich noch einmal um.

»Es hat keinen Zweck. Du bist zu verbohrt. Schätze, du bist eifersüchtig. Aber das würdest du ja nie zugeben. Weißt du was? Man muss auch mal eine Niederlage einstecken können.«

Karin war wie gelähmt vor Wut. Diese ungeheuerliche Arroganz machte sie für einen Augenblick stumm. Glaubte er das wirklich, hatte sie sich so in ihm getäuscht?

»Steck dir deine Sabine sonst wohin«, schrie sie gegen die zufallende Haustür. Es ärgerte sie maßlos, dass Tom es immer wieder schaffte, sie aus der Reserve zu locken, sie ohnmächtig und fassungslos zu machen.

Joshua wartet, die Kinder ebenfalls, schossen die Gedanken wild durch ihren Kopf. So manche Frau konnte sich in Ruhe, nach reiflicher Überlegung, zwischen Beruf und Familie entscheiden. Ihr blieben nur Sekunden. Sie rannte nach oben. Robin und Carmen saßen in seinem Zimmer auf dem Bett. Ihre Arme lagen jeweils über der Schulter des anderen. Als Carmen ihre Mutter sah, stand sie auf und fiel ihr um den Hals.

»Es tut mir so leid.«

»Wir schaffen das schon irgendwie.«

Robin seufzte. Zusammen gekauert blickte er seine Mutter mit gesenktem Kopf an. Er konnte sich anscheinend nicht darüber freuen, dass die Sorgen seiner Schwester vorübergehend von ihm ablenkten.

»Ich muss los, leider«, fügte Karin mit einem traurigen Gesichtsausdruck hinzu, »morgen frühstücken wir gemeinsam und besprechen alles in Ruhe, okay?«

Die beiden nickten. Carmen drückte ihre Mutter ein wenig zurück und sah sie mit einem angedeuteten Lächeln an.

»Kopf hoch, Mama. Wir regeln das.«

Erstaunt sah sie ihre Tochter an. In der Tür brannte noch eine Frage auf ihrer Seele.

»Wer ist eigentlich der Vater?«

In dem Moment kam es ihr so vor, als wäre sie unendlich weit weg von ihrer Tochter. Hatte sie einen festen Freund? Sie wusste es nicht einmal.

»Silvio, er ist unheimlich süß.«

Karin verspürte Freude. Wenigstens ist es Liebe, redete sie sich ein.

»... oder Jo. Aber der ist auch wahnsinnig süß.«

Karin atmete tief durch und schloss ihre Augen. Sag jetzt nichts, befahl sie sich.

Ein kurzer Blick in den Flurspiegel. Graue Strähnchen glitzerten in ihrem Haar. Das spärliche Make-up war noch in Ordnung. Verdammt, flenn jetzt nicht rum. Sei stark, Karin Seitz!

Neben dem Wagen lagen drei Kippen. Joshua hatte die Sitzlehne schräg gestellt und schien zu schlafen. Leise stieg sie ein. Joshua fuhr sofort hoch.

»Tut mir leid, dass es so lange gedauert hat.«

Die Dunkelheit im Auto vermochte ihre Gefühle nicht zu verbergen. Joshua nahm die Whiskyfahne wahr. Sofort registrierte er die Situation.

»Ist alles okay?«

Natürlich hatte er mitbekommen, wie Tom die Haustüre zugeschmissen hatte. Karin schürzte die Lippen.

»Ich meine, kann ich dir irgendwie helfen?«

Ja, nimm mich in den Arm und halte mich ganz fest.

»Nein, es geht schon. Lass uns fahren. Die Tänzerin macht keine Pause für uns.«

Der Regen hatte aufgehört. Die Feuchtigkeit verdunstete auf dem heißen Asphalt und verwandelte sich in kleine Nebelwolken, die langsam emporstiegen. Die Luft in Kirchfeld duftete angenehm frisch. Karin verdrängte ihre Sorgen. Morgen würde es ein langes Gespräch mit ihren Kindern geben. Sie würde die Karten aufnehmen und neu mischen, alles unter Kontrolle kriegen. Montag einen Termin beim Anwalt und Nägel mit Köpfen machen. Sie spürte, wie Vitalität in ihren Körper zurückkehrte. Tief sog sie die immer noch warme Luft in sich hinein. Die herrliche Landschaft um Kirchfeld drang in ihre graublauen Augen und löste leise Freude aus. Als sie auf den Hof fuhren, war sie beinahe euphorisch.

»Lass sie uns festnageln, ich kaufe das Haus«, lachte Karin. Als sie Joshuas verwirrten Gesichtsausdruck sah, klopfte sie ihm freundschaftlich auf die Schulter.

27

Düsseldorf. Randy Niklas legte eine kurze Pause ein, als er Kalle im Durchgang zum Thekenbereich erkannte. Dann klatschte er zweimal in die Hände und eine Gruppe Jugendlicher trottete zur Theke. Mit kleinen, schnellen Schritten lief er über das glatte Parkett auf Kalle zu. Seine roten Schuhe gaben dabei kein Geräusch von sich.

Randy hatte vor zehn Jahren mit einer kleinen Tanzschule in Krefeld begonnen. Kalle lernte ihn dort bei mehreren Kursen kennen. Mittlerweile betrieb er eine der größten Tanzschulen in der Landeshauptstadt. Er galt als anerkannter Experte auf dem Gebiet der lateinamerikanischen Tänze. Zu vielen internationalen Turnieren wurde er als Jurymitglied geladen. Kalle gab ihm ein Zeichen, ungestört mit ihm reden zu wollen. Sie setzten sich an einen kleinen Bistrotisch in einer Ecke des Raumes.

Nach einem Smalltalk kam Kalle zum Thema. Er reichte Randy das Foto von Gehrkes Grab. Auf ihm waren die Spuren am deutlichsten zu erkennen. Randy zog eine schmale Lesebrille aus der Hemdentasche und studierte das Bild.

»Grundschritte des ›Paso doble‹, zweifellos. Ich habe das Bild in der Zeitung gesehen. Keine gute Werbung für unseren Sport.« Niklas rümpfte die Nase, bevor er mit skeptischem Gesichtsausdruck weiter sprach.

»Es gibt so viele Tänze, die auf engem Raum getanzt werden können. Der ›Paso doble‹ gehört ganz sicher nicht dazu. Ist zwar sehr merkwürdig, aber das ist ein ›Paso doble‹ im Miniaturformat.«

Kalle nickte stumm. Wenigstens war diese These nun bestätigt worden.

»Randy, weshalb ich hier bin: Kannst du feststellen, ob die Tanzspuren von einer Frau stammen oder von einem Mann?«

Randy Niklas schob die Brille auf die Nasenspitze und sah ihn darüber hinweg verblüfft an.

»Das ist ja ein Hammer. Ihr wisst noch gar nicht, ob es eine Frau ist?«

Kalle biss sich auf die Lippen. Hätte er diese Frage einem Journalisten gestellt, konnte man sich die Schlagzeilen für den nächsten Tag lebhaft vorstellen.

»Wir wollen nichts ausschließen. Und bitte, kein Wort darüber, in Ordnung?«

Niklas rückte wortlos die Brille zurecht und betrachtete eingehend das Foto. Er hielt es dabei dicht vor seine Augen und drehte es gelegentlich. Zwei Mädchen am Tisch in der Mitte sahen ihm zu und kicherten. Langsam reichte er das Foto an Kalle zurück.

Randy ließ sich entspannt nach hinten gleiten und verschränkte die Finger kunstvoll ineinander. Er sah Kalle tief in die Augen, ohne etwas zu sagen.

»Und?«

Theatralisch streckte er ihm die offenen Hände, mit den Handflächen nach oben, entgegen.

»Tanzen ist der Ausdruck von Gefühlen. Ich habe es dir in drei Kursen versucht zu erklären.«

Kalle machte ein griesgrämiges Gesicht. Er tanzte Petra zuliebe. Gefühle hob er sich für andere Gelegenheiten auf.

»Kalle, was du mir hier zeigst, ist ein Abbild von Fußabdrücken. Erkennst du da irgendwo ein Gefühl drin?«

Kalle zuckte hilflos mit den Schultern.

»Du kannst also nicht sagen, ob es eine Frau war?«

Randy wurde nachdenklich. Kalle schien seine Ehre als Experte berührt zu haben.

»Die Bewegungen der Damen sind gefühlvoller, graziler. Sie rollen den Fuß anders, meist weicher, ab. Wenn ich dir die Augen verbinde, würdest du trotzdem erkennen, ob ein Mann oder eine Frau auf deinem Bauch tanzt. Verstehst du mich?«

Das Grab hat es gemerkt. Er wollte diesen naiven Gedanken sofort verwerfen. Doch da kam ihm eine Idee.

»Wenn die Abdrücke dreidimensional wären. Wenn du die Tiefe und unterschiedlichen Ausformungen sehen könntest. Würde es dir weiterhelfen?«

»Ich denke schon. Wäre zumindest einen Versuch wert.«

Unterwegs fragte Kalle sich, wie er denn nun an eine dreidimensionale Aufnahme gelangen könnte. Die Gräber waren längst wieder freigegeben und hergerichtet. Er musste sich etwas einfallen lassen.

28

Kirchfeld. Auf dem Terrassentisch hinter Gudrun Wenders' Haus stand ein Körbchen mit Vollkornbrot, davor lagen ein knallrotes Platzdeckchen und Besteck. Mit einer kleinen Schüssel Salat in der Hand kam sie aus dem Haus. Ein langes T-Shirt und der enge Jeansrock betonten ihre schlanke Figur. Die leicht gebräunten, dünnen Beine endeten in Birkenstock-Sandalen.

»Möchten Sie wirklich nicht mitessen?«

»Nein danke«, antwortete Karin. Gudrun Wenders reagierte erstaunt bei ihrem Anblick. Sie unterstellte Joshua, eine Psychologin mitgebracht zu haben. Joshua betrachtete interessiert den Salat der Gastgeberin. Ohne Hemmungen begann sie zu essen.

»Sieht aber gut aus«, bemerkte Karin.

»Nichts Besonderes. Brennnessel und Löwenzahn. Ersteres vorbeugend gegen Rheuma und der Löwenzahn ist gut für die Verdauung. Übrigens auch gegen Appetitstörungen, Frau Seitz.«

Sie wischte sich den Mund ab und griff nach einer Scheibe Brot. Karin überlegte, wie sie das meinte. Heute Morgen hatte sie sich noch über den beginnenden Bauchansatz geärgert und sich vorgenommen, wieder regelmäßig zu joggen. Joshua fiel die Ernährung von Britts Kaninchen ein. Sie unterschied sich kaum von Frau Wenders Abendessen.

»Frau Wenders«, begann Joshua, »Ihr Auto befand

sich heute Morgen auf einem Parkplatz am Friedhof. Und zwar an der Rückseite, neben dem Gebeinehaus.«

Gudrun Wenders kaute den Mund leer und wischte mit einer Stoffserviette flüchtig über ihre Lippen. Ihre Gelassenheit gefiel Joshua nicht.

»Das ist richtig. Ich war am Grab von Gisbert Fleischer. Ich sagte Ihnen ja bereits, dass ich ihn mochte.«

»Wann war das?«

Sie kniff die Lippen zusammen. Es war ihr deutlich anzumerken, wie unsinnig sie diese Fragen fand.

»Sehr früh, so gegen sieben.«

Die Frage, warum sie ihre Ente am Hintereingang des Friedhofes versteckte, schenkte Joshua sich. Er hielt diese Antwort schon für eine Lüge. Für einen Haftbefehl reichten seine Vermutungen natürlich nicht aus. Leider gab es bislang weder Fingerprints, noch eine DNA-Spur oder sonst was, womit sie sie direkt überprüfen konnten. Wenn sie die Tänzerin wäre, hätte sie zudem eine optimale Tarnung. Eine Durchsuchung ihres Anwesens könnte Klarheit bringen. Er verwarf diesen Gedanken wieder. Abgesehen davon, dass selbst die Durchsuchungsanordnung schwer zu bekommen sein dürfte, würde die Aktion wohl nur dazu führen, die Verdächtige zu entlasten. Bei den verwendeten Giften musste sie damit rechnen, in den Fokus der Ermittlungen zu geraten und deshalb wohl kaum verwertbares Beweismaterial im Haus aufbewahren. Einzig die Kollegen der Spurensicherung könnten eventuell weiterhelfen.

Vom Rand der Terrasse her fiel Joshua eine leuchtend gelbe Giftspritze ins Auge. Sie wirkte wie ein Fremdkörper in diesem scheinbar ganz und gar der Natur überlassenen Ökosystem. Mit einem Nicken und einem kurzen Blick zu seiner Kollegin deutete er dorthin. Karin schien nicht richtig bei der Sache zu sein. Ihr Gesicht wirkte nachdenklich, der Blick leer.

Gudrun Wenders schien seine Frage bereits zu erwarten, sagte aber nichts.

»Sie benutzen Gift?«

»Ja, leider. Allerdings nur für den hinteren Teil meines Gartens.«

Joshua zog die Stirn kraus.

»Damit die Schädlinge nicht auf meine Heilpflanzen übergehen. Ich bin beruflich darauf angewiesen, kaufe nur sehr wenig hinzu. Weniger aus wirtschaftlichen, als vielmehr aus ideologischen Gründen. Dieses Jahr sind sehr viel Läuse an den Pflanzen.«

Plötzlich raschelte es vor ihnen in den Gräsern und Kolumbus kam aus dem Dickicht. Auf den Schultern trug er einen kleinen grünen Zweig und zwischen den Zähnen eine tote Maus. Das Fell an seinem Hals zeigte ein weißes, spitz nach unten auslaufendes Dreieck. Es wirkte fast so, als habe er sich eine Serviette umgebunden. Tiefe Kratzspuren auf dem Hinterteil der Maus ließen problemlos auf deren Mörder schließen. Stolz und mit steil in die Luft ragendem Schweif flanierte der Kater zunächst an Frauchen vorbei, bedachte Joshua mit einem flüchtigen Blick von der Seite, um sich abschließend schnurrend an Karins Beinen zu reiben.

»Ich hätte vermutet, sie bekämpfen das Ungeziefer mit natürlichen Mitteln«, sagte Karin mit einer weichen, neugierigen Stimme.

Gudrun Wenders lachte kurz auf. Es war einer der wenigen Augenblicke, in denen sie ihre Gefühle offen zeigte. Für gewöhnlich gaben nur ihre Augen Auskunft über ihre Stimmung.

»Das würde ich auch gerne. Früher hatte ich ganze

Bataillone von Marienkäfern im Garten. Da gab es kaum noch Läuse. Heute bin ich froh, wenn mal eine Hand voll in den Garten kommen. Die Landwirte haben mit ihren Pestiziden dafür gesorgt, dass die Tierchen kurz vor dem Aussterben sind. Aber das ist ja mit allem so. Gott hat für uns diese herrliche Natur mit all seinen Lebensformen erschaffen und die Menschen richten diese Schöpfung allmählich zugrunde.«

Mit einer Hand kraulte sie Kolumbus. Zur Belohnung legte er die Maus zwischen ihre Füße ab.

»Was für ein Gift spritzen Sie eigentlich?«

»Nikotin. Ich gieße Zigarettenkippen mit Wasser auf, filtere den Sud und spritz ihn über die Pflanzen. Die Schädlinge verschwinden, den Pflanzen macht es nichts aus.«

Joshua, der damit beschäftigt war, eine Zigarette anzufertigen, sah auf.

Gudrun Wenders bemerkte die Anklage in seinem Gesicht.

»Ich habe niemanden mit Nikotin vergiftet«, stellte sie sofort fest.

»Wer hat Ihnen denn verraten, dass eines der Opfer damit vergiftet worden ist, Frau Wenders?«

»Ihr Gesichtsausdruck, Herr Trempe.«

Kolumbus hatte die Jagd anscheinend müde gemacht. Er legte sich unter den Tisch und schlief selig ein.

Ihre Augen bekamen auf einmal einen hellen Glanz. Kaum spürbar huschte ein Lächeln über ihre Mundwinkel.

»Hallo Peter. Nett, dass du mich besuchst.«

Ein schlanker Mann in einem hellen Sommeranzug betrat hinter ihnen die Veranda. Seine dunkelblonden, dünnen Haare waren antiquiert gescheitelt. Seine Haut wirkte blass und beinahe jugendlich frisch. Joshua runzelte die Stirn. Es kam ihm so vor, als hätte er den Besucher schon einmal gesehen.

»Peter Bremer. Stör ich?«

»Aber nein. Setz dich zu uns. Ich habe keine Geheimnisse. Die Herrschaften sind von der Polizei. Sie versuchen gerade, *mich* als die berühmte Tänzerin zu entlarven. Ist das nicht witzig?«

Bremer zog die Augenlider hoch und sah Karin und Joshua misstrauisch an. Eine Sekunde zögerte er, bevor er sich zu ihnen setzte. Joshua kochte vor Wut. Er war es satt, sich von dieser Frau provozieren zu lassen. Karins Augen tanzten zwischen Bremer und der Gastgeberin. Der Mann nahm sich ungefragt ein Glas von der Mitte des Tisches und schüttete sich Mineralwasser ein. Seine Hände waren sehr gepflegt.

»Gudrun, ich finde, du solltest die Angelegenheit nicht verharmlosen. Die Polizei muss im Moment alles daran setzen, weitere Opfer zu verhindern. Ich bete jeden Abend für diese Frau. Sie ist ebenfalls ein Opfer. Ein Opfer ihrer kranken Seele. Man muss ihr helfen.«

»Dazu müssen wir sie erstmal finden. Da sie offensichtlich befreundet sind und keine Geheimnisse voreinander haben, kann ich ja fortfahren.«

Gudrun Wenders nickte Karin zu.

»Nehmen wir einmal an, Sie wären an meiner Stelle. Sie kommen in diesen Garten und finden sämtliche Mittel vor, mit denen in wenigen Tagen vier Menschen ermordet wurden. Darüber hinaus wissen Sie, dass das Auto von Frau Wenders kurz nach der Tat am Tatort war. Würden Sie es für möglich halten, der Täterin gegenüberzusitzen?«

»Ich würde es zumindest in Erwägung ziehen.«

»Also Gudrun«, unterbrach Bremer sie, »die Polizei hat doch nun wirklich andere Sorgen.«

»Aber sie hat doch recht. Ich habe die Möglichkeiten. Sieh dich doch mal um.«

Gudrun Wenders stand auf und ging an die Balustrade. Mit ausgestrecktem Arm deutete sie über den Garten.

»Überall gefährliche Gifte. Bilsenkraut, Blauregen, Lilien, Fingerhut, Bärlauch ... oder da zum Beispiel.«

Sie zeigte auf eine kleine Insel mit Blumen, deren zartrosafarbene Blütenblätter beinahe senkrecht nach oben wuchsen.

»Herbstzeitlose. Bin ich besonders stolz drauf, die wachsen sonst hier nicht in freier Natur.«

Karin sah sie verwundert an, sie hatte die Blumen für Krokusse gehalten.

»Sie enthalten zum Beispiel das Gift Colchizin. Wenige Milligramm davon sind selbst für einen Erwachsenen tödlich.«

»Schon gut«, unterbrach Joshua, »wir wissen, dass Sie die Möglichkeit und das nötige Wissen haben.«

Joshua fragte sie nach den Opfern. Siegmund Reinders kannte sie flüchtig von früher, Gisbert Fleischer natürlich, die Namen Gehrke und Winkler sagten ihr nichts.

»Wann war Gisbert Fleischer zuletzt bei Ihnen, Frau Wenders?«

Ihr Gesicht wurde härter. Ihr Blick schoss kurz zu Peter Bremer hinüber, bevor er sich verdunkelte.

»Kurz vor seinem Tod. Ich konnte ihm allerdings nicht helfen.«

Ihre Augen hafteten an Peter Bremer wie Magneten. Es schien, als ringe sie mit sich, weiter zu reden. Hoffend, ihr Freund würde sie erlösen.

»Er hat Peter, ich meine Herrn Bremer, hier gesehen und war wie verwandelt. So habe ich ihn noch nie erlebt ...«

»Er mochte mich nicht«, fuhr Bremer verlegen fort, »es gab da Disharmonien aus der Vergangenheit.«

Joshua fand es merkwürdig, dass er mit seiner Freundin offensichtlich nie darüber gesprochen hatte. Es kam ihm vor, als verharmlose Bremer die Situation.

»Worauf gründeten diese Disharmonien?«

»Nichts Besonderes eigentlich, ich meine für Sie. Es ging um die Annäherung der großen Kirchen. Speziell um einen ökumenischen Gottesdienst in Kirchfeld. Fleischer war total dagegen, kam regelrecht in Rage bei dem Thema.«

Joshua nickte. Bremer wirkte ungewöhnlich erleichtert, als wäre eine schwere Last von ihm gefallen. Joshua sah ihn noch einige Sekunden wortlos an, bevor er sich erhob.

»Ich möchte Sie bitten, sich zu unserer Verfügung zu halten«, sagte er beim Abschied.

»Was denkst du«, fragte Joshua seine Kollegin, während er den Wagen vom Hof lenkte.

Karin, die bis dahin schwieg, starrte sinnentleert nach vorne. Hunderte Gedankenfetzen krabbelten wie eine Ameisenarmee durch ihren Kopf. Es fiel ihr schwer, sich auf den Fall zu konzentrieren.

»Es ist zu offensichtlich. Ich glaube, sie hat nichts damit zu tun«, antwortete sie eher beiläufig.

Ihr war klar, dass Joshua mehr erwartet hatte. Aber im Augenblick war sie schon mit der Kleinigkeit zufrieden, überhaupt halbwegs bei der Sache zu sein. Den Blick für's Detail hatte sie dennoch. Während ihr Kollege sich das Hirn zermarterte, übersah er das nahe Liegende.

»… außerdem hat sie sehr kleine Füße«, setzte sie noch nach.

Nachdenklich sah Joshua sie an, bevor sich sein Blick verdunkelte.

»Wie viel zu klein?«

»Mindestens zwei bis drei Größen.«

Dieser Unterschied wäre aufgefallen. Er erinnerte sich an den Bericht der Spurensicherung, hatte die Fotos von den Gräbern vor Augen. Die Fußabdrücke waren komplett, von der Spitze bis zum Pfennigabsatz. Das Körpergewicht konnten die Kollegen inzwischen ziemlich genau auf 70-80 Kilogramm taxieren. Gudrun Wenders war zwar über 1,70 Meter groß, aber sehr schlank mit dünnen Gliedmaßen. Er schätzte ihr Gewicht auf höchstens 70 Kilogramm. Könnte hinkommen, aber wie passte die Schuhgröße zu seiner These?

29

Düsseldorf. Auf dem Parkplatz vor dem Landeskriminalamt stand der Übertragungswagen eines Kölner Fernsehsenders. Lichtmasten wurden aufgebaut, Kabel verlegt. Es schien so, als konnten sie Schorndorf zu einem Statement überreden.

Um 20.10 Uhr trafen sie in dem kleinen Sitzungszimmer ein. An der langen Tafel befanden sich noch drei freie Stühle. Joshua setzte sich an das Kopfende und begrüßte die Kollegen. Es roch nach Pizza. Karin betrachtete einen Stapel leerer Kartons neben dem Papierkorb. Außer einem Apfel am Morgen hatte sie noch nichts gegessen. Zu ihrer Verwunderung verspürte sie auch kein Hungergefühl.

Löwenzahn ist gut für die Verdauung. Übrigens auch gegen Appetitstörungen, Frau Seitz.

Zum ersten Mal seit sieben Jahren verspürte sie wieder diese Lust auf eine Zigarette.

Joshua erzählte von dem Besuch bei Frau Wenders. Er zählte zuerst nüchtern die Fakten auf und gab danach seine persönliche Einschätzung hinzu. Oberstaatsanwalt Bornemann, der unbedingt bei dieser Runde zugegen sein wollte, signalisierte seine Bereitschaft, eine Durchsuchungsanordnung für die Räume von Frau Wenders auszustellen. Joshuas Zweifel wischte Jack vom Tisch.

»Auch wenn sie intelligent ist, alle Spuren wird sie nicht beseitigen können. Wir rücken mit der gesamten Crew an.«

Zusätzlich wurde sie ab sofort von zwei Kollegen der Krefelder Mordkommission observiert.

»Angesichts der neuen Erkenntnisse«, begann Jack, »und der Tatsache, dass alle Opfer in irgendeiner Verbindung damit stehen, werden wir ab sofort den Großteil der Ermittlungen auf Kirchfeld konzentrieren. Der Zusammenhang der Opfer dürfte durch diesen Ort hergestellt sein. Wir müssen die Namen und Adressen aller Männer haben, die in den letzten zwanzig Jahren in Kirchfeld gelebt haben beziehungsweise noch dort leben und heute zwischen 68 und 71 Jahre alt sind.«

»Ein Zusammenhang«, meldete sich Rüdiger Lammfell, »ist eben auch das fast gleiche Alter der Opfer. Bei welchen Gelegenheiten verbindet das Alter? Darüber sollten wir nachdenken.«

Für einige Sekunden wurde es ruhig. Jack nickte ihm zu. Andreas Steilmann meldete sich zu Wort. Sein weißes Shirt leuchtete auf der gebräunten Haut.

»Vielleicht Schuljahrgänge oder ein gemeinsamer Wehrdienst.«

Jack zog seine Mundwinkel kaum merklich nach oben.

»Das haben unsere Kollegen schon alles überprüft. Die Opfer haben weder dieselbe Schule besucht, noch waren sie gemeinsam beim Militär. Es gibt auch keinen Verein oder sonst was als Gemeinsamkeit. Ach ja, sie waren alle evangelisch, Winkler und Reinders sogar Presbyter. Sie haben zwar das annähernd selbe Alter, aber uns fehlt jede Vermutung, warum?«

»Nicht ganz«, meldete Lammfell sich erneut, »wir haben den Bericht unseres Fallanalytikers. Demzufolge könnte die Tänzerin ein traumatisches Erlebnis auf eine ganze Gruppe projizieren.«

Die Handyversion von Mozarts kleiner Nachtmusik ertönte. Daniel sprang hoch und zog hastig das Telefon aus der Innentasche seines Blazers. Dabei blieb er mit dem linken Knie an der Tischkante hängen. Einige der auf dem Tisch befindlichen Tassen schwappten über. Daniel verzog sich in eine Ecke des Raumes und hob entschuldigend den Arm.

Ja ... ja Melissa, ich dich auch ... ich rufe zurück, flüsterte er nicht leise genug. Mitten in das Gelächter hob Kalle den rechten Arm und rieb Daumen und Zeigefinger aneinander. Instinktiv griff Daniel an seine Brieftasche, zog seine Hand aber im letzten Moment wieder zurück. In Krefeld hätte Kalle ihm zwei Euro für den Anruf abgenommen. Auf diese Weise füllten sie dort ihre Kaffeekasse.

Karin war es gelungen, die privaten Probleme zu verdrängen und sich weitestgehend auf die Ermittlungen zu konzentrieren. Irgendwas gefiel ihr nicht an der Aussage des Kollegen Lammfell, beziehungsweise der Analyse Wollmanns. Sollte es möglich sein, ein Kollektiv für ein Einzelerlebnis zu bestrafen? Völlig unbeteiligte Menschen zu ermorden für die Schuld eines Mannes? Karin hielt den Ansatz für absurd. Nachdenklich spielte sie mit ihrem Kugelschreiber. Schließlich fand sie den schwachen Punkt.

»Falls es so ist, Kollege Lammfell, warum mordet sie dann an verschiedenen Orten? Wenn nur das Alter ausschlaggebend wäre, hätte sie doch bestimmt genügend potenzielle Opfer in der mittelbaren Nähe.«

Joshua kam es vor, als bewegten sie sich im Kreis. Die SoKo hat in den vergangenen 48 Stunden das komplette Umfeld der Opfer durchforstet. Verwandte in der gesamten Republik wurden von den jeweiligen Behörden vernommen. Ehemalige Schulen hatten sie besucht, alte Arbeitskollegen waren befragt worden, Konten durchstöbert, Urlaube verglichen. Die PCs wurden untersucht, Telefonverbindungen von Festnetz und Handys kontrolliert. Die Berichte dazu füllten mittlerweile dreizehn Aktenordner. Als einzige Gemeinsamkeiten kamen dabei der Ort Kirchfeld, das Alter und die Konfession heraus. Ihm kamen Zweifel. Er glaubte nicht an Wollmanns Profil. Da musste es mehr geben. Die Opfer müssen sich in der jüngeren Vergangenheit irgendwo begegnet sein, davon war er überzeugt. Diesem Treffen musste nicht unbedingt eine geheime Absprache vorausgegangen sein. Die Männer könnten über die Gemeinsamkeit Kirchfeld ins Gespräch gekommen sein. Joshua rieb mit der flachen Hand über sein Gesicht. Die Bartstoppeln störten ihn nicht sonderlich, eher der leichte Geruch nach Schweiß, den er verströmte. Die Dusche war überfällig. Zuvor wollte er sich die Ermittlungsakten vornehmen. Zwar hatten mehr als drei Dutzend Kollegen das Umfeld der Opfer durchleuchtet, aber lediglich eine Hand voll hatte das Gesamtbild verglichen. Ein winziges Detail, eine unwichtig erscheinende Kleinigkeit könnte entscheidend sein. Eine halbe Stunde diskutierten sie noch ergebnislos, bevor Jack die Zusammenkunft vertagte.

Auf dem Flur liefen Tom und Sabine vor ihnen her. Als Tom ihre Stimmen vernahm, nahm er sofort den Arm von Sabines Hüfte. Sie blieben kurz stehen und unterhielten sich mit den Kollegen. Karin ging stumm an ihnen vorbei.

Zehn Minuten ließ sie das lauwarme Wasser über ihren Körper prasseln. Sie legte den Kopf in den Nacken, schloss die Augen und verharrte mit ihrem Gesicht ganz dicht unter dem Duschkopf. Ihr Körper schien leichter zu werden, Müdigkeit überkam sie. Eine Hand tastete nach der Armatur. Sie drehte den Warmwasserhahn zu. Ein eiskalter Schauer puschte den Kreislauf und vertrieb die aufkommende Lethargie. Es kam ihr so vor, als spüle das kalte Wasser ihren gesamten Frust in den Ausguss. Gleichzeitig fühlte es sich an, als ob jemand tief in ihr drin ein Licht einschalten würde. Gleißende Helligkeit durchflutete ihren Körper. In jede Zelle schien pure Energie zu strömen. Beim Abtrocknen fühlte sie sich ausgesprochen gut.

Im Spind lagen noch einige Shirts und eine Bluse, sowie frische Unterwäsche. Sie duschte öfter im Keller des Gebäudes. Die sanitären Anlagen im Untergeschoss des Landeskriminalamtes waren so großzügig bemessen, dass einige Dutzend Polizisten gleichzeitig darin Platz finden konnten. Einen großen Schminktisch benötigte sie nicht. Zögernd sah sie auf das T-Shirt in ihrer Hand. Sie legte es wieder zurück und ging nackt zu den Spiegeln am Ende des Ganges. Die Arme in die Hüften gestemmt, betrachtete sie ihren Körper. Ihr Busen war noch außerordentlich gut in Form, stellte sie fest. Ein kleiner, unscheinbarer Bauchansatz führte dazu, dass sie über ein Fitnessprogramm für die nächsten Wochen nachdachte. Karin drehte sich zur Seite. Ihren Po fand sie ein wenig zu flach, aber ansonsten war sie zufrieden. Sie ging näher an den Spiegel und sah sich tief in die Augen. Dass sie es mit 48 Jahren nötig hatte, die Haare zu färben, machte ihr nichts aus. Wie in Trance begann sie zu flüstern.

Jetzt ist Schluss, Karin Seitz! Lebe dein Leben. Nimm dir, was dir gefällt! Du hast viel zu lange Rücksicht genommen.

Joshuas Kopf verschwand zwischen zwei Bergen von Akten. Daniel saß daneben und machte Notizen quer über drei Blätter. Karin sah über ihre Schultern.

»Kann ich helfen?«

»Ja«, antwortete Joshua, ohne den Blick von der Akte zu nehmen, »finde heraus, wann und wo die Opfer sich begegnet sind.«

»Wir sollen nach der Stecknadel suchen, die schon ein Dutzend Kollegen vor uns nicht gefunden haben?«

»Hast du einen besseren Vorschlag?«

Joshua hatte recht. Eine Alternative schien es derzeit nicht zu geben. Sie schnappte sich eine Akte. Jede noch so vage Möglichkeit teilten sie Daniel mit, der sie notierte und verglich. Sie gingen dabei nach keinem bestimmten Schema vor. Beginnend mit dem ersten Mai, arbeiteten sie sich Minute für Minute weiter. Daniel schnippte plötzlich aufgeregt mit den Fingern. Drei der Opfer sind zum selben Zeitpunkt alleine mit dem Auto weggefahren. Siegmund Reinders allerdings war zu dem Zeitpunkt bei der Hochzeit seiner Tochter. Fast zwei Stunden wühlten sie sich durch die Akten der Kollegen, als Karin plötzlich stutzte. Sie las eine Kopie von Jürgen Winklers Terminkalender. Diese Abkürzung war ihr vorhin schon einmal untergekommen. Sie blätterte in dem kleinen Terminkalender von Gisbert Fleischer. Tatsächlich:

4. Juni. DEKT bei Fleischer und *4. Juni DEKT* bei Winkler. Wofür stand diese Abkürzung?

30

Die Person vor dem Spiegel lächelte zynisch. Die Nacht hatte ihren dunklen Mantel bereits ausgebreitet. Schützend hielt sie die Menschen und ihre Sünden darunter verborgen. Manche von ihnen für immer.

Sie war angewiesen auf die Schwärze der Nacht. Die Dunkelheit war ihr bester Freund.

Seit der frühen Jugend musste sie ihren Schutz suchen. Die wenigen Momente des Glücks, die Augenblicke der Offenbarung – die Sonne hatte sie nie gesehen. Erst wenn die Farben verschwanden, wenn die Natur in dunklem Grau verblasste, begann ihr Leben.

Mit sanftem Druck trug sie den blutroten Talg auf ihre Lippen. Sie liebte alle Farben, diese besonders. Vorsichtig entfernte sie ein Haar aus der Nase. Mit dem Pinsel puderte sie noch einmal mit kreisenden Bewegungen über ihre Wangen. Zufrieden betrachtete sie das Gesamtwerk. Es war eine perfekte Camouflage.

Auf diesen Auftritt war sie bestens vorbereitet. Nachdenklich lehnte sie sich zurück. Das Bild im Spiegel glich einer Kopie ihrer Seele.

Du sollst nicht töten!

In Stein gemeißelt auf der zweiten Tafel, die Moses am Berg Sinai in Empfang genommen hatte, war das fünfte Gebot einst gewesen. Wie in Stein gemeißelt war auch ihr Glaube. Sie achtete die zehn Gebote mehr, als die von unwürdigen Menschen geschaffenen Gesetze. Sie sprach zu Gott, immer wieder, bis sie zerbrach.

Aber wer gebot den Menschen, ihresgleichen nicht zu demütigen, ihre Seelen zu foltern, sie zu erniedrigen und für ihre Eitelkeit zu missbrauchen?

Noch drängender quälte sie die Frage nach dem Grund. Warum bekam sie diese schwere Prüfung auferlegt, was hatte Gott mit ihr vor?

Bald schon würde sie die Antwort erfahren, davon war sie überzeugt. Sie wird sich anmaßen, vor ihren Schöpfer zu treten und ihn nach dem Grund fragen. Die Hölle nahm sie in Kauf, die kannte sie bereits.

In ihren Träumen war sie immer häufiger Opfer der Erkenntnis, Satan war es, der Himmel und Erde erschaffen hatte und darüber wachte. Schweißgebadet schreckte sie dann auf und machte sich dafür verantwortlich. Sie hatte wohl wissend den rechten Weg verlassen.

31

Krefeld. Max Drescher fuhr sich durch die Haare. Der Kriminaltechniker hatte schon mit Fotomontagen zu tun gehabt, die er aufschlüsseln musste. Aber der umgekehrte Fall war ihm in seiner langen Karriere noch nicht untergekommen. So hob er zunächst wie immer abwehrend die Hände, als Kalle ihn lapidar darum bat, aus dem Foto des Grabes ein dreidimensionales Bild zu erstellen. Als er das Bild auf seinen Schreibtisch legte und sich anderen Aufgaben zuwenden wollte, zog Kalle es sofort wieder hervor. Er wollte unbedingt noch heute Abend mit dem Ergebnis nach Düsseldorf fahren. Max wurde mürrisch, er konnte es nicht leiden, unter Zeitdruck zu arbeiten und noch viel weniger mochte er es, wenn ihn jemand aus seiner Arbeit riss. Einen wunden Punkt hatte er allerdings. Kalle kannte ihn zu gut.

»Ich wollte dich nicht damit stören, aber beim LKA brauchen die einen ganzen Tag dafür«, log er.

Drescher saß vor dem Monitor. Er scannte das Foto ein, um es leichter bearbeiten zu können. Mit einem Bildbearbeitungsprogramm verstärkte er die Schatten am Rande der Abdrücke, er veränderte Lichteinwirkung und fügte Schlagschatten hinzu. Anschließend übertraf er sich selbst. Drescher taxierte anhand zweier Abdrücke das Gewicht einigermaßen genau. Als Vergleich nahm er zwei Abdrücke mit geringer Tiefe. Mit einer Art Lasso grenzte er die

Abdrücke auf dem Monitor ein. Umständlich hangelte er sich durch verschiedene Fenster, bis sich die Spuren wie von Geisterhand mit einem Farbverlauf füllten.

Kalle sah ihm staunend über die Schulter, ohne dass sich ihm der Sinn von Dreschers Aktion erschloss. Drescher gab dem Laserdrucker den Befehl, seine Arbeit zu illustrieren und ließ sich auf seinem Drehstuhl zufrieden zu Kalle herumgleiten. Wenige Augenblicke später zog er, ohne hinzusehen, ein Blatt aus dem Schacht des Druckers und hielt es Kalle voller Stolz unter die Nase. Die Fußabdrücke waren mit einer transparenten Farbschicht überzogen. Die Farbtöne gingen von einem hellen Gelb in ein tiefes Rot über. Als Kalle sich verwirrt am Hinterkopf kratzte, sah der Kollege ihn verschmitzt an. Mit dem Finger deutete er darüber und erklärte es ihm.

»Der gelbe Abdruck ist mit einem Druck von wenig mehr als einem Kilogramm erfolgt. Der dunkelrote mit 75-80 Kilogramm. Die anderen liegen dazwischen. Je dunkler die Farbe, desto höher der Druck oder das Gewicht.«

Kalle strahlte. Er war mit dem Ergebnis sichtlich zufrieden.

»Max, du bist der Größte.«

Die Straßen waren wie leergefegt. Kalle schaffte es, in zwanzig Minuten nach Düsseldorf zu fahren. Randy Niklas stand draußen und verabschiedete seine Kunden. Bei Kalles Anblick verdrehte er die Augen.

»Mir bleibt auch nichts erspart«, begrüßte er ihn mit gespielter Entrüstung und bat ihn mit einer einladenden Geste herein.

Direkt hinter dem Eingang befand sich ein schmales Büro. Kalle rollte das Blatt auf dem kleinen Schreibtisch aus und erklärte ihm die Grafik. Die Illustrierung schien groß genug zu sein, Randy verzichtete auf die Lesebrille.

»Hm, das sieht doch schon besser aus – ah ja.«

Kalle sah dem Tanzlehrer über die Schultern. Nervös lief er dabei hin und her. Randys Zögern wurde ihm zunehmend unbehaglicher. Nach zwei Minuten, die Kalle ewig vorkamen, erhob sein Hoffnungsträger die Stimme.

»Ja. Eindeutig!«

Randy stellte sich wieder aufrecht, sein Gesicht deutete Zufriedenheit an.

»Diese Bewegung«, sein ausgestreckter Arm zeigte auf einen blässlich orangen Abdruck, »die würde bei mir ganz anders wirken.«

Randy begann mit langsamen Tanzschritten, wurde immer schneller und mahnte Kalle, auf seine Füße zu achten. Kalle konnte ihm nicht folgen, war aber dennoch erleichtert.

»So tanzt du nur mit dem Gefühl einer Frau«, kam er zu einem für Kalle äußerst befriedigenden Fazit.

32

Krefeld. Sie zupfte nervös an ihrem roten Kleid. Die Nacht war nicht besonders geeignet. Der Mond zeigte sich beinahe in seiner ganzen Pracht und erhellte den Friedhof mehr, als es ihr recht sein konnte. Das Risiko, erkannt zu werden, war mittlerweile beträchtlich. Vom Kleinkind bis zum Greis kannte jeder im Land die Tänzerin. Immer wieder blickte sie die schummrig erleuchteten Wege zwischen den Grabreihen entlang. Bei jedem noch so leisen Geräusch in den Büschen und Bäumen abseits des Weges erschrak sie. Mücken zerstachen ihre Beine. Immer wieder knickte sie weg. Die Stöckelschuhe waren mindestens zwei Nummern zu groß. Unter der Kunsthaarperücke bildete sich Schweiß, ihre Kopfhaut begann zu jucken. Weit konnte es nicht mehr sein. Einige Birken hielten den Mondschein zurück. Langsam ging sie den stockdunklen Weg entlang. Von rechts klangen Schritte zu ihr herüber. Ihr Puls beschleunigte sich. Sie schienen noch weit weg zu sein. Angestrengt versuchte sie, am Geräusch des Ganges die Person zu erkennen. Die Schritte kamen ihr vertraut vor. Sie atmete erleichtert durch. Ihr Unterbewusstsein meldete ein kaum wahrnehmbares, fremdes Geräusch neben ihr. Sie blieb stehen und drehte sich langsam um. Plötzlich setzte ihr Herz für den Bruchteil einer Sekunde aus. Ihr war klar, dass sie sich absolut lautlos verhalten musste, um sich nicht zu verraten und die ganze Aktion zu gefährden. Aber in diesem winzigen Augenblick war sie machtlos ihrem Körper ausgeliefert. Jede Kontrolle ging verloren, als sie diesen markerschütternden Schrei ausstieß. Es war wie ein Urinstinkt, den ihr Körper jahrelang gefangen hielt und der sich nun befreite. Zwei Augen, leuchtend und groß wie Kaffeetassen blickten sie in Kopfhöhe an. Das Blut raste in einem irrsinnigen Tempo durch ihre Venen. Die Pulsfrequenz befand sich in einem äußerst kritischen Bereich, als der Uhu seine mächtigen Schwingen ausbreitete und scheinbar dem Mond entgegen flog. Mit offenem Mund stand sie noch eine endlos lange Minute neben der Familiengruft, atmete hektisch und gierig ein und aus.

An der nächsten Gabelung bog sie rechts ab. Nach einigen Metern erkannte sie eine dunkle Gestalt. Eine kleine Lampe mit rötlichem Licht flackerte unvermittelt auf.

33

Krefeld. »DEKT«, murmelte Joshua, »nie gehört.«

»Guck doch mal, was bei Gehrke und Reinders am 4. Juni steht.«

Joshua blätterte in der nächsten Akte. Es dauerte nur wenige Augenblicke. Die Akten waren sauber in chronologischer Reihenfolge geführt.

»Hm, bei Reinders steht einfach nur Köln. Bei Gehrke gar nichts. Der führte keinen Terminkalender.«

Daniel hatte inzwischen die Suchmaschine mit den Daten gefüttert. Nach wenigen Sekunden klatschte er freudestrahlend in die Hände.

»DEKT – Deutscher Evangelischer Kirchentag. In diesem Jahr in Köln.«

Karin nickte anerkennend. Joshua wählte die Nummer von Gehrke. Nach einem kurzen Telefonat legte er mit einem bedeutenden Gesichtsausdruck auf.

»Ach so«, Joshua imitierte die Stimme von Frau Gehrke, »zum Kirchentag fährt mein Mann doch jedes Jahr. Habe ich Ihnen das nicht gesagt?«

Karin schlug wütend mit der Hand auf den Tisch. Es war immer wieder dasselbe. Man konnte den Menschen hundertmal sagen, dass jedes Detail wichtig sein kann. Aber trotzdem berichteten sie nur das, was ihrer Meinung nach für die Polizei verwertbar war.

»Da haben wir quasi voll in den großen Haufen gegriffen«, stellte Karin fest. Joshua zog seine Stirn kraus.

»Wieso? Wir haben doch jetzt den gemeinsamen Nenner.«

Karin lachte auf.

»Ja, den haben wir. Und was für einen. Was glaubst du, wie viel Menschen zu so einem Kirchentag pilgern?«

»120.000«, unterbrach Daniel sie, der die Homepage der Evangelischen Kirche in Deutschland geöffnet hatte.

Joshua warf fluchend seinen Kugelschreiber in die Tastatur.

»Nicht so pessimistisch, Leute«, wollte Daniel sie aufmuntern, »die Tänzerin wird in Köln gewesen sein. Das bedeutet, wir haben vermutlich einen Ort als Ausgangspunkt.«

»Ja, lieber Daniel, und dieser Ort ist zufällig der größte im Land. Viel Spaß beim Suchen.«

Karin schien zu resignieren. Sie hatten endlich einen Anhaltspunkt, aber dieser schien irgendwo in weiter Ferne zu sein.

»Wir müssen das Callcenter anweisen, zu filtern«, bemerkte Joshua. Karin seufzte. Natürlich. Hinweise aus Köln hatten von jetzt an eine höhere Priorität. Dabei war es keineswegs so, dass sie sich über mangelnde Hilfe aus der Bevölkerung beklagen konnten. Das Gegenteil war der Fall, was die Sache nicht leichter machte. Die von den Medien herbeigeführte Hysterie führte zu einer Art kollektiver Paranoia. Jede halbwegs ähnlich aussehende Frau in einem roten Kleid und mit langen Haaren wurde als Tänzerin denunziert. Es gab bereits über zweitausend Augenzeugen. Karin zweifelte, ob die Mörderin überhaupt darunter war, denn niemand kannte ihr wahres Aussehen. Die Vermutung lag nahe, dass sie ihre Maskerade nur für die Tänze auf den Gräbern nutzte. Daniel beendete ein Telefonat.

»Aus Köln liegen dem Callcenter 146 Hinweise vor.«

Joshua loggte sich in die interne Datenbank ein und druckte eine Balkengrafik aus. Die Städte waren nach der Menge von Hinweisen geordnet. Die blauen Balken enthielten die Anzahl der Hinweise in Relation zur Bevölkerungsanzahl. Die roten Balken bedeuteten das Gesamtergebnis. Dort lagen die großen Städte Köln und Essen vorne. Das relative Ergebnis ließ keinen Rückschluss zu. Hier waren die Hinweise fast gleichmäßig auf's Land verteilt. Wären die Hinweise alle wahr, müsste es Ballungsspitzen geben.

»Da wird die SoKo sich freuen. Wir müssen jedem dieser 146 Hinweise aus Köln nachgehen.«

»Hm, was hat die Evangelische Kirche damit zu tun?«

Daniel betrachtete immer noch eingehend deren Homepage.

»Ich meine, die Tänze unmittelbar nach Beerdigungen, die Opfer trafen sich beim Kirchentag.«

»Du hast vielleicht recht«, antwortete Joshua, »wenn die Opfer sich in Köln mit der Täterin getroffen haben oder sich dort etwas ereignete, was letztendlich zu den Morden führte.«

»Ist ein religiöser Hintergrund zumindest möglich«, unterbrach Karin ihn.

»Sagte Jack nicht, zwei der Opfer waren Presbyter?«

»Ja, Winkler und Reinders.«

Daniel hatte ein gutes Gedächtnis für Details.

»Das bedeutet, sollte die Mörderin nicht zufällig in Köln gewesen sein, steht sie in irgendeinem Bezug zur Kirche.«

Joshua ließ sich entspannt in das Polster seines Stuhls zurückgleiten.

»Möglich. Die meisten Besucher eines solchen Kirchentages dürften allerdings stinknormale gläubige Christen sein. Wird schwierig, sie darunter zu finden. Wenn sie überhaupt in Köln gewesen ist.«

Er wusste, wie resignierend seine Aussage wirken musste. Aber es könnte nicht das einzige Treffen der Vier gewesen sein. Schließlich hatten sie Kirchfeld als gemeinsame Verbindung. Es wäre auch durchaus denkbar, dass sie sich in Köln trafen, um ein Ereignis aus der Vergangenheit zu besprechen. Insgeheim aber ruhten seine Hoffnungen auf den Zeugenaussagen aus Köln.

Kalle war aus Düsseldorf zurück und vermeldete seine Ergebnisse. Nahezu schwärmerisch berichtete er einleitend von Dreschers Arbeit. Joshua fragte sich, wie er den Miesmuffel um diese Zeit dazu bewegen konnte. Sie waren damit nicht sicher weiter, aber nach der Aussage des Tanzlehrers lag es nun auf der Hand, nach einer Frau zu fahnden.

Karin schaltete ihren Monitor aus. Der Radiosprecher kündigte im Hintergrund die 23-Uhr-Nachrichten an, als Joshuas Telefon klingelte. Joshua zögerte eine Sekunde. Daniel und Karin sahen ihn gespannt an. Das Klingeln unterschied sich in keiner Weise von dem Geräusch, dass es den ganzen Tag über von sich gab und doch lag eine merkwürdige Spannung in der Luft. Aus einer inneren Eingebung heraus schaltete Joshua den Lautsprecher ein, als er den Hörer abnahm.

Es war die Einsatzzentrale. Sie hatten einen Zeugen am Telefon, der die Tänzerin auf dem Krefelder Friedhof beobachtete. Ein Dutzend Einsatzfahrzeuge waren bereits unterwegs.

»Die Einsatzfahrzeuge sollen sich ruhig verhalten und den Friedhof weiträumig absperren!«

Anschließend ließ er sich das Gespräch mit dem Zeugen auf sein Handy legen und rannte mit dem kleinen Gerät am Ohr hinaus. Karin und Daniel folgten ihm.

34

Krefeld. Unterwegs versuchte er, dem Anrufer möglichst präzise Informationen zu entlocken. Aber alles was er erfuhr, war, dass es sich um zwei Personen handelte, die der Zeuge kaum zu erkennen vermochte. Aus dem Hintergrund waren plötzlich Martinshörner zu hören. Joshua schlug vor Wut mit der Faust auf's Lenkrad.

»Sie hauen ab! Soll ich hinterherlaufen?«, krächzte es aus dem Telefon.

»Nein! Bleiben Sie bitte, wo Sie sind. Wir kommen sofort.«

Joshua brach die Verbindung ab und steckte das Handy in die Seitentasche seiner Lederjacke.

»Verdammter Mist«, fluchte er.

»Weit kann sie nicht kommen«, meldete Karin sich aus dem Fond.

Mittlerweile war der Friedhof im Umkreis von einem Kilometer hermetisch abgeriegelt. Ein Hubschrauber mit Wärmebildkamera war unterwegs. Ein solcher Aufwand konnte nicht verborgen bleiben. Vor dem Eingangsportal des Friedhofes wartete bereits eine ganze Schar von Journalisten hinter einem Absperrband. Die Medien schienen einen speziellen Notdienst für diesen Fall eingerichtet zu haben. Die alte, grau verputzte Mauer, die das Gelände umschloss, strahlte im Licht etlicher Scheinwerfer. Aus dem Pulk der Medienvertreter lösten sich Kalle und Angelo und kamen auf ihre Kollegen zu.

Kalles Haare hingen ihm wild ins Gesicht. Er wirkte hektisch und nervös.

»Weg. Spurlos verschwunden. Das gibt es doch nicht.«

Joshua legte den Kopf in den Nacken und atmete tief durch. Mit den Zeigefingern massierte er seine Schläfen. Plötzlich schossen seine Arme nach vorne. Die Hände an Kalles Oberarmen, als wolle er ihn durchschütteln, starrte er den Kollegen an.

»Wo ist der Zeuge?«

Kalle deutete mit dem ausgestreckten Daumen über seine linke Schulter in die Richtung des Eingangsportals.

»Die Kollegen schirmen ihn gerade vor der Meute ab, warum so eilig?«

»Er sprach in der Mehrzahl. Sie hauen ab, sagte er.«

Moritz Kock trug einen grünweißen Jogginganzug. Er wirkte ungewöhnlich locker. Dort, wo seine schmalen Gesichtszüge zum Hals hin abtauchten, trug er einen dünnen Streifen Barthaare. Einige Meter entfernt warteten einige Journalisten wie Geier auf ihre Beute. Kock saß auf einem Mauervorsprung und schien den Rummel um seine Person zu genießen.

Er gab an, jeden Abend hier zu joggen. Etwa einhundert Meter vor der Einfahrt zum Friedhof hörte er einen lauten Schrei. Er rannte in die Richtung, aus der er den Schrei vermutete, und sah die Tänzerin wie er es ausdrückte. Sie war durch die Medien mittlerweile dermaßen bekannt, dass er offensichtlich glaubte, auf eine Beschreibung verzichten zu können.

»Herr Kock, Sie sprachen vorhin am Telefon in der Mehrzahl. War noch jemand bei der Tänzerin.«

Joshua betonte das letzte Wort merkwürdig affektiert.

Er mochte diesen Ausdruck nicht besonders. Sie jagten eine vielfache Mörderin. Die Bezeichnung ›Tänzerin‹ verherrlichte sie nach seinem Empfinden. Es wäre nicht das erste Mal in der Kriminalgeschichte, dass Täter in der Öffentlichkeit eine Art Heldenstatus erlangten. Intern war es ihm egal, aber in der Öffentlichkeit hielt er die offizielle Redewendung ›potenzielle Täterin‹ für angebrachter.

»Ja. Aber diese Person konnte ich nicht erkennen. Sie flackerte ständig mit einem roten Licht.«

Ein leichter Wind zog auf und kühlte die schwüle Sommernacht. Was hatte das nun wieder zu bedeuten?

»Konnten Sie Stimmen erkennen, Herr Kock?«, Karin schien seine Antwort zuerst verarbeitet zu haben.

»Nein. Nein, es war alles ganz ruhig.«

»Sagen Sie, warum joggen Sie denn mitten in der Nacht?«

»Ich habe Schichtdienst. Nach der Mittagsschicht bin ich spät zurück. Morgens komme ich einfach nicht aus den Federn«, fügte er noch leicht verlegen hinzu.

Sie bedankten sich bei ihm. Kalle und Angelo nahmen ihn mit. Unterwegs zum Tatort schüttelte Joshua immer wieder den Kopf. Über ihnen war das Geräusch eines Hubschraubers zu vernehmen

»Die können sich doch nicht in Luft aufgelöst haben.«

»Wieso überhaupt zwei? Irgendwas ist hier faul«, Karins Gesichtsausdruck wirkte verbissen.

»Warum«, Daniel zögerte einen Augenblick, als sei er sich nicht sicher, »sind wir bislang von einem Einzeltäter ausgegangen?«

Joshua holte Luft, wollte ihm entgegenhalten, nur die Spuren von einer Person auf den Gräbern gefunden zu haben. Das musste nicht zwangsläufig Komplizen ausschließen. Es würde aber wohl bedeuten, dass sie fast von vorne beginnen müssten. Sein Instinkt warnte ihn davor, Daniels Ansatz zu verfolgen. Obwohl es ihn interessiert hätte, wie Wollmann diese Wendung in seine Theorie bekommen hätte. Als sie an der nächsten Gabelung abbogen, konnten sie bereits die Kollegen der Spurensicherung in ihren weißen Schutzanzügen erkennen. Max Drescher füllte ein Loch im Boden mit Gips aus.

In dem Grab befand sich der 69-jährige Rudolf Wildmann. Er war erst vor wenigen Tagen beerdigt worden. Es war völlig verwüstet. Blumengebinde und Kränze waren im Umkreis von acht Metern verteilt. Die Fußspuren in der frischen Erde ähnelten dem bekannten Muster. Und doch kam es Joshua so vor, als sei irgendetwas anders. Als Drescher sie sah, stand er auf und drückte seinen Rücken durch. Joshua wollte ihn gerade nach einem ersten Eindruck fragen, als Drescher auf Karin zulief. Mit einem für ihn an einem Tatort ungewöhnlich freundlichen Tonfall sprach er sie an.

»Gnädige Frau, würden Sie mir bitte mitteilen, welche Schuhgröße Sie haben?«

Über Karins Gesicht huschte ein Lächeln.

»38. Warum?«

»Prima. Könnten Sie mir dann bitte für einen kurzen Augenblick Ihren rechten Schuh ausleihen?«

Joshua beschlich eine unangenehme Ahnung. Karin stand neben ihm und hielt sich mit der rechten Hand an seiner Schulter fest, während Max Drescher ihren Schuh auf dem Grab platzierte.

»Ja«, jubelte er, »eindeutig.«

Daniel sah ein wenig verwirrt aus. Bevor er den Spurenermittler fragen konnte, klärte dieser auf.

»Falls eure Tänzerin dafür verantwortlich ist«, mit einer ausladenden Armbewegung schwenkte er über das Grab, »sind ihre Füße seit ihrem letzten Auftritt eingelaufen. Diese Spuren sind eindeutig der Größe 38 zuzuordnen und nicht wie bisher der Größe 40.«

Zufrieden gab er Karin den Schuh zurück. Joshua rieb sich über das stoppelige Kinn. Müdigkeit überkam ihn. Zwei Täter und zu kleine Schuhe. Indizien, die sie nicht gebrauchen konnten. Nachdenklich wanderten seine Augen zu Max Drescher.

»Was ist mit der zweiten Fußspur?«

Drescher schürzte die Lippen. Das Erfolgserlebnis von eben schien wie weggeblasen.

»Negativ. Das Profil ist bisher noch nirgendwo aufgetaucht.«

Karin wunderte sich darüber, wie gut der Kollege scheinbar vorbereitet war. Joshua kannte ihn lange genug, um zu wissen, dass Drescher einen Fußabdruck über Wochen in seinem fotografischen Gedächtnis gespeichert hielt. Selten war er allerdings so sicher, nicht auf den nachfolgenden Bericht zu verweisen. Unvermittelt fielen ihm Karins Worte zu Gudrun Wenders ein.

Außerdem hat sie sehr kleine Füße ... mindestens ein bis zwei Nummern zu klein.

Die Täterin trug eine Perücke, so viel war ihnen bekannt. Warum sollte sie nicht auch Schuhe tragen, die zu groß sind?

»Max, wäre es möglich, dass die Abdrücke trotzdem von der gleichen Person stammen. Vielleicht hatte sie bisher absichtlich zu große Schuhe getragen?«

Zur Unterstützung zog Joshua ein Foto von Winklers Grab aus seiner Jackentasche und hielt es ihm hin. Drescher winkte ab, er schien die Spuren ebenfalls noch gespeichert zu haben. Mit der rechten Hand massierte er seine Nase, seine Augen drückten Zweifel aus.

»Schwierig. Wir haben hier erstmals Spuren auf nasser Erde. Die Abdrücke wirken dadurch scharfkantiger, kontrastreicher als bisher. Bei Schuhen dieser Art befindet sich der Freiraum durch Übergröße im vorderen Bereich. Dieser Teil wird aber beim Laufen am wenigsten belastet. Es ist ja auch nicht viel. Eine Schuhgröße entspricht zwei Drittel eines Zentimeters. Der Unterschied von 38 auf 40 beträgt also gerade einmal 1,32 Zentimeter in der Länge.

»Aber sie hat doch getanzt«, unterbrach Karin ihn, »da rollt sie doch auch mal über die Fußspitze ab.«

Einige Sekunden sah er sie wortlos an. Sein Blick schien Mitleid und Hilflosigkeit in sich zu vereinen. Er drehte sich um, suchte eine leere Stelle in dem Beet hinter ihm und stellte sich darauf. Fast wirkte es albern, als er anfing, in seinem weißen Schutzanzug einige Tanzschritte vorzuführen. Immer wieder ließ er dabei den rechten Fuß über die Spitze abrollen. Anschließend zog er seinen rechten Slipper aus, bückte sich und drückte ihn, ähnlich wie zuvor, dieses Mal mit der Hand in die Erde. Mit dem linken Zeigefinger winkte er Karin zu sich.

»Sehen Sie hier«, er deutete auf zwei Abdrücke, »sie sehen sich täuschend ähnlich. Das Gewicht, welches beim Tanzen auf der Fußspitze lastet, ist so minimal, dass sie es bequem mit der Hand erreichen können.«

Leicht verärgert stand Karin auf. Das hätte er ihr auch weniger theatralisch erklären können.

»Gudrun Wenders«, flüsterte Daniel im Hintergrund. Karin schüttelte langsam den Kopf.

»Warum sollte sie plötzlich ihre Taktik ändern?«

»Und warum geht sie jetzt zu zweit vor«, Joshuas Zweifel wuchsen beständig, »irgendwas stimmt hier nicht.«

Karin wollte nichts unversucht lassen. Gegen ihren Glauben rief sie Gudrun Wenders an. Wenn sie zu Hause war, konnte sie es nicht gewesen sein.

Frau Wenders ging nach dem vierten Klingelton ran. Sie wirkte verschlafen und war nicht sonderlich erfreut, ihre Stimme zu hören. Da sie nicht sagen konnte, dass sie nur mal hören wollte, ob sie zu Hause sei, hatte sie sich etwas anderes ausgedacht.

»Frau Wenders, wir haben da noch eine Frage an Sie.«

»Das muss ja wichtig sein mitten in der Nacht.«

»Sind Sie evangelisch?«

»Ja ... ich verstehe nicht ...«

»Waren Sie am 6. Juni beim Evangelischen Kirchentag in Köln?«

Vom anderen Ende drang nur ein Rascheln durch. Sekunden später meldete sie sich.

»Nein.«

35

Kirchfeld-Rahm. Balthasar Perlinger stand dort in großen Lettern geschrieben. DaimlerChrysler hatte seinem ehemaligen Filialleiter eine halbseitige Todesanzeige in der Zeitung spendiert. Sieglinde Perlinger faltete das Blatt zusammen und legte es beiseite. Seit einer Stunde las sie die Kondolenzkarten. Dreihundert Menschen waren am Freitag zu seiner Beerdigung gekommen. Es fiel ihr nicht leicht, die trauernde Witwe zu mimen. Zu sehr hatte der Patriarch in den letzten Jahren seine Familie malträtiert. Sie versuchte, sich an die ersten Jahre zu erinnern. An die gute, die glückliche Zeit. Sie schob die Karten zur Seite und nahm sich ein Fotoalbum aus dem Regal hinter sich. Melancholisch wanderten ihre Augen über angegilbte Urlaubsfotos. Die Kinder, die längst nichts mehr nach Hause zog. Die beiden Enkel, die sie nur an Weihnachten und Geburtstagen zu Gesicht bekam. Noch am Grab ihres Vaters versprachen sie, nun wieder enger zusammenzurücken. Sie wischte sich eine Träne aus dem Augenwinkel und schlug das Album wieder zu. Als sie es zurückstellen wollte, fiel ein Foto vom Regal. Die letzte Aufnahme von ihrem Mann. Ein Kellner hatte das Foto beim Evangelischen Kirchentag in Köln geschossen. Die sechs Apostel, wie sie sich früher einmal scherzhaft nannten. Richtige Freunde waren sie zwar nie, es waren eher die gemeinsamen Interessen, die sie verbanden, dennoch verstanden sie sich außerordentlich gut. Sie erinnerte sich an einen gemeinsamen Grillabend in Olsberg bei den Reinders. Es war eine Art Einweihungsparty, zu der auch die alten Kirchfelder geladen waren. Bei dieser Gelegenheit lernten sich die Frauen erstmalig kennen.

Im August zum 70. Geburtstag ihres Mannes wollten sie alle kommen. Gisbert Fleischer hatte extra deswegen den Urlaub auf Rügen vorgezogen. Sieglinde Perlinger stutzte. Mit dem ausgestreckten Arm strich sie über den Mahagonitisch im Wohnzimmer und zog die Kondolenzkarten zu sich. Hastig blätterte sie alle durch. Es dauerte eine Viertelstunde, während der sie von einer immer größer werdenden Unruhe befallen wurde. Nachdem sie die letzte Karte beiseite schob, stützte sie die Stirn in beide Hände und atmete tief durch. Das durfte nicht sein.

Sie stand auf und lief in die Küche. Für eine Sekunde blieb sie stehen und ordnete ihre Gedanken. Das leise Ticken der Küchenuhr kam ihr unheimlich vor. Sie schloss die Augen und atmete noch einmal tief durch. Danach öffnete sie den Besenschrank und zog einen großen Korb hervor. Sie sammelte stets alle Zeitungsartikel, die sie interessant fand, und hob sie einige Zeit auf. Mit dem Korb auf dem Schoß saß sie am Küchentisch und wuselte in dem Papierstapel. Nacheinander zog sie vier Artikel hervor und breitete sie auf dem Tisch vor sich aus. Sie stellte den Korb neben sich auf die hellbraunen Fliesen des Küchenbodens und überflog die Artikel scheinbar gleichzeitig. Plötzlich schlug sie sich mit der Hand an die Stirn.

Jürgen W., Alfons G., Siegmund R., Gisbert F.

Mit offenem Mund und blassem Gesichtsausdruck versuchte sie zu begreifen. *Balthasar P.*, würde ihm der nächste Artikel gewidmet sein?

Sie erinnerte sich an das Foto. Vier der fünf Männer auf dem Bild wurden zu Opfern der Tänzerin, die seit Tagen die Medien beherrschte. Nach dem Tod ihres Mannes blieb nur noch ein ›Apostel‹ übrig.

Die Stimme ihrer Nachbarin klang ihr im Ohr. Sie hatte heute Morgen die These aufgestellt, die Tänzerin sei so eine Art schwarze Witwe, die wie die Spinne nach dem Liebesakt den Liebhaber verspeist. Sieglinde Perlinger spürte ihren Herzschlag. Fast wäre sie über den Korb gestolpert, als sie ins Wohnzimmer lief, um zu telefonieren.

36

Krefeld. Karin, Daniel und Joshua saßen im Raucherzimmer, wie der Aufenthaltsraum im Erdgeschoss genannt wurde. Es war halb drei morgens, sie konnten momentan nicht viel mehr tun, als zu warten. Die Kollegen im Hubschrauber hatten keine Spur aufnehmen können, die Straßensperren rund um den Friedhof wurden von keiner verdächtigen Person passiert. Joshua legte einen Schein in die Kaffeedose auf dem Kühlschrank und nahm zwei Flaschen Bier und ein Wasser für Daniel raus. Sie waren seit über achtzehn Stunden im Dienst. Zäh wie Sirup flossen die Gedanken durch Joshuas Hirn. Sie hatten die Vorgehensweise der Tänzerin analysiert, ihre Ermittlung danach ausgerichtet und jetzt plötzlich sollte alles anders sein? Joshua setzte sich an den Tisch und versuchte angestrengt den Grund dafür herauszufinden. Gedanklich ließ er die letzte Stunde Revue passieren. Noch während die Täter am Tatort waren, riegelten die Kollegen sämtliche Zufahrtsstraßen rund um den Friedhof ab. Die Tänzerin hatte keine Chance gehabt, zu fliehen. Schon gar nicht in ihrem Outfit und sich umzuziehen dürfte ihr die Zeit gefehlt haben. Dazu die zweite Person. Eine Serientäterin, die mit Komplizen agiert, das wäre äußerst ungewöhnlich. Zu seiner Verwunderung zweifelte er keine Sekunde an ihren Ermittlungsansätzen. Was hat sich dort abgespielt?

»Sieht so aus«, fiel Karin in seine Gedanken, »als stehe die nächste Exhumierung an.«

Joshua nahm einen kräftigen Schluck aus der Flasche und winkte dabei beruhigend mit der Hand.

»Lasst uns erstmal die Todesursache abwarten.«

»Du meinst, die auf dem Schein steht.«

Daniel schien von einem fünften Mordfall überzeugt zu sein. Er öffnete ein Fenster, als Joshua zu rauchen begann. Karin kribbelte es in den Fingern, ihre Hand war schon kurz vor dem Tabakbeutel. In letzter Sekunde zog sie sie hastig zurück. Der Totenschein war vermutlich bei der Witwe, sie hatte die Klingel abgestellt, wie ein Kollege von der Schutzpolizei mitteilte. Da sie mit der Obduktion sowieso noch warten mussten, hatte es keine besondere Eile. Joshua holte ein zweites Bier aus dem Kühlschrank, Karin winkte ab.

»Sieht so aus, als kommen die Feldbetten wieder mal zum Einsatz«, Karin sah dabei auf die Uhr über dem Kühlschrank. Die Feldbetten im Keller wurden immer dann benutzt, wenn das Team der Ermittler rund um die Uhr arbeiten musste. Abwechselnd schliefen die Kollegen für wenige Stunden darauf. Joshua nickte zustimmend. Er hatte sich bereits mit der Situation abgefunden. Daniel wirkte leicht nervös.

»Also ... ich wollte noch kurz nach Kirchfeld fahren. Mein Handy habe ich dabei. Wäre das ein Problem für euch?«

»Da ist aber einer fickrig. Na ja, wenn man so lange nicht konnte ...«

»Joshua, nun gönn ihm doch was.«

Daniel verdrehte die Augen und schüttelte kaum merklich den Kopf.

»So ist es nicht ... leider.«

»Wie? Kein Sex?«

Joshua schien die Ablenkung zu gefallen.

»Nein. Noch nicht. Sie hat da so ein traumatisches Kindheitserlebnis und«, er biss plötzlich die Lippen zusammen, als ob es ihm leid tat, überhaupt etwas gesagt zu haben. Karins Gesicht drückte Mitgefühl aus.

»Ist sie, ich meine ...«

Daniel sah zunächst für einige Sekunden stumm auf sein Glas.

»Nein, ich meine ja. Ihr Onkel hat sich an ihr vergangen. Einen Tag vor seinem 70. Geburtstag, das muss man sich mal vorstellen. Keiner hat ihr geglaubt.«

Man konnte ihm anmerken, dass er bisher mit niemandem darüber reden konnte. Daniel war der einzige Junggeselle im Team. Wenn es darum ging, an Weihnachten den Bereitschaftsdienst einzuteilen, hieß es immer: Auf dich wartet ja keiner. Joshuas Blick wurde ernst.

»Hat sie ihn angezeigt?«

»Nein. Ihre Eltern hatten es ihr verboten. Sie war damals 16 und hat noch zu Hause gelebt.«

Daniels Freundin lebte mit ihren beiden Kindern alleine, wie sie. Karin überlegte, ob ihre Beziehung daran gescheitert war. Sie mochte ihren Beruf, ging darin auf. Dennoch hatte sie sich damals für die Auszeit entschieden. Sie wollte die Erziehung von Carmen und Robin nicht anderen überlassen. Von da an sahen sie sich immer seltener. Wenn Tom vom Dienst kam, fuhr er meist kurz darauf wieder, um einem seiner zahlreichen Hobbys nachzugehen. Früher sahen sie sich in der Dienststelle, spielten gemeinsam Tennis oder besuchten Freunde. Als sie ihren Dienst wieder aufgenommen hatte, war es bereits zu spät gewesen. Sie hatten sich zu sehr auseinander gelebt. Im Grunde genommen kam Sabine ihr recht. So blieb sie zumindest von weiteren Schuldgefühlen verschont. Wenngleich sie Toms Aktion hinter ihrem Rücken als feige empfand. Hatte ihre Ehe nicht mindestens ein ehrliches Ende verdient?

Es ärgerte sie, dass ihr kein Ratschlag einfiel. Die einsetzende Stille wirkte beklemmend. Nach einigen Minuten stand Daniel auf und verabschiedete sich. Karin und Joshua gingen in den Keller.

37

Krefeld. Um sieben Uhr betrat Joshua frisch geduscht das Büro. Karin begrüßte ihn einsilbig. Sie war gerade damit beschäftigt, Kaffee umzufüllen. Als Joshua den ersten Schluck probiert hatte, hustete er.

»Was ist das denn?«

»Extra stark. Wirst du heute brauchen, hier ist schon die Hölle los.«

Joshua setzte sich langsam an seinen Schreibtisch. Sein Kopf dröhnte. Er nahm sich eine Aspirintablette aus der Schublade und löste sie in Mineralwasser auf. Karins letzter Satz schwebte wie eine dunkle Wolke über ihm. Allmählich kam sein Verstand wieder in Fahrt.

»Gibt es Neuigkeiten?«

Karin nahm einen kräftigen Schluck von dem pechschwarzen Kaffee.

»Kann man sagen. Die Fernsehsender haben heute Morgen ein Video von der Tänzerin gesendet. Ein Kollege hat die Kassette gerade abgeholt.«

»Was?«

Joshua knallte die Tasse so heftig auf den Schreibtisch, dass einige Tropfen des rabenschwarzen Kaffees heraussprangen. Es gelang ihm nicht, die Situation zu realisieren.

Karin sah kurz auf ihre Uhr.

»Lass uns gehen, im Konferenzsaal zeigen sie gleich den Film. Vielleicht bekommen wir noch eine Tüte Popcorn zum Frühstück.«

Joshua schluckte. Woher hatten die Geier das Video? Die zweite Person auf dem Friedhof, natürlich. Es waren 5000 Euro Belohnung ausgesetzt, ein lächerlicher Betrag im Vergleich zu einem solchen Film. Der Kameramann muss von dem Auftritt gewusst haben, schoss es ihm durch den Kopf. Machte die Tänzerin ihre Auftritte nun öffentlich?

»Gisbert Fleischer befindet sich bereits in der Gerichtsmedizin. Sie arbeiten mit Hochdruck. Daniel hat verpennt, kommt gleich nach.«

Joshua hatte Mühe, ihren schnellen Schritten zu folgen.

»Sag mal, hast du gar nicht geschlafen?«

Karin blickte ihn einen Moment an. Die Ringe unter ihren Augen sprachen Bände.

Der Konferenzraum war zur Hälfte gefüllt. Eine große Leinwand war an der Stirnseite heruntergelassen. Hinter dem Podium standen Schorndorf und Jack. Ihre angeregte Unterhaltung verhieß nichts Gutes. Schorndorf trug einen Gesichtsausdruck, als hätte die Tänzerin in der Nacht ihren ›Paso doble‹ auf seiner Bettdecke aufgeführt.

Als das Licht gedämmt wurde, räusperte der Chef sich. Selbst in diesem Halbdunkel war seine rötliche Gesichtsfärbung noch deutlich zu erkennen.

»Meine Damen und Herren. Nachdem es uns mit dem Einsatz von 120 Kolleginnen und Kollegen mittlerweile gelungen ist, ein Foto der potenziellen Mörderin an die Medien zu leiten, präsentierten etliche Fernsehsender uns heute Morgen ihren Tanz als Video.«

Das letzte Wort schrie er förmlich in den Saal. Schorndorf war außer sich. Die Tänzerin als Medienstar, während seine Behörde im Dunkeln tappte. Nach einigen drohenden Sätzen startete Jack den Film.

Die Qualität war bestechend, lediglich die Ausleuchtung wirkte amateurhaft. Joshua stutzte, als die Dame in dem halb durchsichtigen roten Gewand den Weg zum Grab entlang schritt. Ihr Gang wirkte staksig. Als sie näher kam, erkannte er die dunkelroten Stöckelschuhe. Die Szene wirkte auf ihn surreal. Mit den Schuhen trat sie gegen Kränze und Blumengebinde. Zwischendurch bückte sie sich und warf einige der Grabverzierungen weit fort. Der Film war ohne Ton aufgenommen, was ihn wohl dokumentarisch wirken lassen sollte. Als das Grab freigeräumt war, sah sie sich noch kurz um, bevor sie ihr Ritual begann. Die Bewegungen ihrer Lippen ließen Gesang erahnen. Ihre Schritte wirkten unsicher. Immer wieder sah sie auf den Boden. Im Hintergrund huschte für eine Sekunde ein heller Punkt durch ein Gebüsch. Jack stoppte den Film, fuhr einige Bilder zurück und deutete mit dem Laserpointer auf den Punkt.

»Das ist Herr Kock, unser Zeuge.«

Anschließend startete er das Video erneut. Einige Sekunden zeigte es noch den Tanz, plötzlich starrte die Frau mit weit aufgerissenen Augen in die Kamera und schien zu rufen. Abrupt wurde der Film beendet. Der Kollege schaltete die Beleuchtung ein.

Schorndorf baute sich hinter dem Rednerpult auf und zupfte seinen Anzug gerade. Das Gemurmel im Forum wurde immer lauter. Mit seiner tiefen Bassstimme bat er um Ruhe. Joshua dachte darüber nach, wie die beiden entkommen konnten. Der entsetzte Blick der Frau galt den Blaulichtern der Streifenwagen aus Krefeld, die am Friedhof eintrafen, war er überzeugt. Zu diesem Zeitpunkt aber musste der Friedhof bereits im Umkreis von einem Kilometer von den Kollegen abgesperrt gewesen sein. Unter normalen Umständen hätten sie nicht entkommen können. Schorndorf bat um Erklärungen zu diesem Film. Zu Joshuas Überraschung meldete Karin sich als Erste zu Wort.

»Meiner Meinung nach ist der Film ein Fake.«

Ein Raunen ging durchs Publikum. Tuscheleien begannen. Schorndorf bat erneut um Ruhe.

»Könnten Sie uns Ihre geniale Vermutung näher erläutern, werte Kollegin?«

Einen Augenblick ärgerte sie sich über die betont joviale Ausdrucksweise ihres Vorgesetzten.

»Ja. Mehrere Dinge sprechen dafür. Erstens der Tathergang: Warum sollte die Täterin sich für ihren fünften Mord einen Zeugen ins Boot holen? Bislang deutete nichts auf einen Komplizen hin.«

»Auf das Gegenteil aber auch nicht«, rief ein Kollege dazwischen.

»Bitte meine Herren«, mit einer Armbewegung bat Schorndorf sie weiter zu reden.

»Zweitens die Tatausführung: Nach unseren Erkenntnissen trug sie die Stöckelschuhe, übrigens dieses Mal Größe 38 statt 40, nur auf dem Grab und nicht, wie in dem Film zu sehen war, bereits auf dem Weg dorthin.«

Anerkennende Pfiffe hallten durch den Raum. Schorndorf verzog verärgert sein Gesicht.

»Und drittens die Flucht: Zu dem Zeitpunkt, als das Video endet, war der Friedhof im Umkreis von einem Kilometer hermetisch abgeriegelt. Niemand konnte da durchkommen, außer den Vertretern der Medien, die sich bereits vorher innerhalb dieses Rings befanden. Es dürfte herauszubekommen sein, woher die Sender das Filmmaterial haben. Ich bin dafür, das Pärchen so schnell wie möglich ausfindig zu machen und mit aller Härte des Gesetzes zu bestrafen.«

Nach einer Sekunde der absoluten Stille brandete lautstarker Applaus auf. Joshua war sichtlich beeindruckt. Alle blickten nun auf Schorndorf. Der Kriminalrat stand dort wie ein angezählter Boxer. Sein Gesicht hatte sich noch weiter verdunkelt. Man konnte ihm seine Wut ansehen, möglicherweise von einem Trittbrettfahrer der Lächerlichkeit preisgegeben worden zu sein.

Nachdenklich sah er in die Augen von Karin.

»Können Sie mit Sicherheit davon ausgehen, dass es sich heute Nacht *nicht* um die gesuchte Person gehandelt hat?«

Seine Stimme war eindringlich und doch eine Spur leiser. Karin verspürte auf einmal eine innere Unsicherheit. Schorndorf war dabei, seine Verantwortung auf sie zu übertragen. Sollte sie sich irren, würde er keine Sekunde zögern, sie öffentlich an den Pranger zu stellen. Würde sie geringste Zweifel zulassen, müssten die Ermittlungen von nun an in eine andere, ihrer Meinung nach falsche Richtung gehen und der Tänzerin womöglich einen tödlichen Vorsprung gestatten. Sie hatte keine Wahl. Als sie zur Antwort ansetzte, kam Joshua ihr zuvor.

»Ich schließe mich der Argumentation der Kollegin Seitz voll und ganz an. Die Dame auf dem Friedhof letzte Nacht war nicht die gesuchte Person!«

Karin atmete durch. Sie freute sich, dass Joshua die gleiche Meinung vertrat. Schorndorf schluckte kurz.

»Ich möchte noch Beweise haben, bevor ich damit an die Öffentlichkeit gehe.«

Joshua grinste und zog Karin zu sich heran.

»Jetzt sollen wir Beweise für ihre Unschuld finden?«

Auf dem Flur gab Jack ihnen eine Gesprächsnotiz.

»Eine ältere Dame aus Rahm hat gestern Abend angerufen. Sie behauptet, ihr kürzlich verstorbener Mann sei mit den anderen Opfern befreundet gewesen.«

»Mit allen vier?«

Karin war überrascht.

»So hat es sich angehört, ja.«

»Wir kümmern uns drum.«

38

Kirchfeld-Rahm. Dicht gedrängt standen die Menschen im Ladenlokal der kleinen Bäckerei in Rahm, einem Nachbarort von Kirchfeld. Karin und Joshua standen an einem Stehtisch vor dem Kühlregal. Eine andere Möglichkeit, an ein Frühstück zu kommen, gab es in der kleinen Gemeinde nicht. Karin fiel auf, dass sie seit Freitagabend nichts mehr gegessen hatte. Als zwei Kinder im Grundschulalter Brötchen bestellten, stellte sie langsam ihren Joghurt auf den Tisch. Das Frühstück – ausgiebig und in aller Ruhe – sie hatte es ihren Kindern versprochen. Halb zehn, hastig griff sie zum Telefon und wählte die heimische Nummer. Resigniert steckte sie nach einer Minute ihr Handy ein.

Da musst du dich aber beeilen, Papi holt uns um zehn ab.

Wie der Hall einer Kirchturmglocke vibrierte dieser Satz in ihrem Verstand. Sie hatte die nächste Chance vertan, wie viele bekam sie wohl noch? Gab es denn keine Möglichkeit, diesen verdammten Job mit ihrem Familienleben kompatibel zu machen. Ihr Zorn projizierte sich zunehmend auf Tom. Was hatte ihr Mann vor? Was bezweckte er damit? Familienleben gab es für ihn doch nur, wenn seine Hobbys und sein Job es zuließen. Alle hatten sich nach seiner spärlichen Freizeit richten müssen. Seit ihrer Trennung war er praktisch rund um die Uhr für die Kinder da. Karin wurde immer wütender.

Auf sich selbst, auf ihren Mann und ihren Job. Mitten in der gedanklichen Bewältigung ihrer Krise tippte Joshua sie an und deutete zur Theke. Peter Bremer bezahlte dort gerade seine Brötchen. Er trug einen hellen Pullover lässig über einem weißen Shirt. Die schwarz-weißen Sportschuhe sonderten sich wie ein Farbtupfer von der schwarzen Jeans ab. Aus dem Augenwinkel beobachtete er die Polizisten.

»Einen schönen Sonntag noch, Herr Pfarrer.«

Bremer bedankte sich freundlich bei der Verkäuferin und kam zu ihnen an den Tisch.

»Was verschlägt Sie denn in diesen kleinen Ort? Gibt es hier vielleicht einen Mörder?«

»Wer weiß«, antwortete Karin, »aber einen Pfarrer scheint es hier zu geben.«

Bremer legte die Tüte mit den Brötchen auf den Stehtisch. Er schien einer Unterhaltung nicht abgeneigt.

»Nein, das täuscht. Ich war mal zwei Jahre für die hiesige Kirchengemeinde tätig. Damals, kurz nach meinem Studium. Man kennt mich halt noch.«

»Warum sind Sie fortgegangen? Ist doch schön hier.«

Joshua sah auffällig auf seine Uhr. Sie hatten das Frühstück längst verzehrt. Er versprach sich nicht allzu viel von diesem Pfarrer. Bremer begann zu lachen.

»Ja, das ist es. Darum verbringe ich ja auch meinen Urlaub hier.«

Als Karin ihn ungläubig ansah, lachte er erneut.

»Ich habe viele Freunde hier von damals. Zudem wohnt meine Freundin Gudrun Wenders im Nachbarort. Ich mache mir nicht viel aus einem Urlaub am Meer oder in den Bergen. Da kann ich die Tage auch hier verbringen, nicht wahr?«

»Ja, das stimmt vermutlich.«

Karin stellte die Tassen und Teller zusammen und machte Anstalten zu gehen.

»Sagen Sie«, seine Worte klangen leise und zögerlich, »verdächtigen Sie Frau Wenders eigentlich immer noch?«

Mehr denn je, dachte Joshua.

»Wir müssen jeder Spur nachgehen. So wie jetzt. Sie entschuldigen uns?«

Bremer hob abwehrend die Arme und ging einen Schritt zur Seite.

»Selbstverständlich. Na, dann wünsche ich Ihnen einen erfolgreichen Sonntag.«

Auf dem Bürgersteig blieb Karin abrupt stehen und drehte sich herum. Bremer stieß fast mit ihr zusammen. Sie sah herausfordernd in seine dunklen Augen.

»In welchem Verhältnis stehen Sie eigentlich zu Gudrun Wenders?«

Bremer schob seine Sonnenbrille auf die Nasenspitze und blickte die Ermittlerin provokant über deren Rand an.

»Wie ich bereits erwähnte, sind wir befreundet. Sehr gut befreundet. Unsere Beziehung steht allerdings auf rein platonischer Basis.«

Bremer antwortete mit der Routine eines Politikers.

»Waren Sie eigentlich am 6. Juni beim Kirchentag in Köln?«

Bremer lächelte sie freundlich an.

»Selbstverständlich. Ich bin mit Gudrun hingefahren.«

Das zweistöckige Fachwerkhaus war von einer Vielzahl hoher Tannen und Fichten umsäumt. Frau Perlinger stand bereits in der Haustür, als sie auf den Hof fuhren. Die

Sonne schien ihr ins Gesicht, sie hielt sich schützend eine Hand als Sonnenblende an die Stirn. Sieglinde Perlinger bat sie freundlich ins Wohnzimmer.

»Haben Sie schon gefrühstückt?«

»Ja, danke«, Karin wunderte sich über die Frau. Vermutlich hatte sie eine tieftraurige, alte Witwe erwartet. Aber diese Dame wirkte so, als sei der Tod ihres Mannes schon Monate her. Sie trug einen anthrazitfarbenen Rock und eine hellgraue Bluse. Ihre Lippen waren eine Spur zu deutlich geschminkt. Karin und Joshua lehnten den Kaffee ab und ließen sich stattdessen ein Glas Mineralwasser servieren. Frau Perlinger legte die Hände auf den Tisch und kreuzte die Finger ineinander. Sie schien eine Frage zu erwarten.

»Frau Perlinger, man sagte uns, es waren die Freunde Ihres Mannes, die ermordet wurden.«

Sie neigte den Kopf gemächlich hin und her.

»Freunde, hm, eher gute Bekannte. Sie haben sich zuletzt in Köln beim Evangelischen Kirchentag getroffen.«

Karin warf ihrem Kollegen einen kurzen Blick zu.

»Woran ist Ihr Mann denn gestorben?«

Frau Perlinger sah still auf die Tischplatte.

»An Herzversagen. Das sagt jedenfalls Doktor Engelhardt.«

Joshua atmete tief durch. Nachdem, was er über diesen Arzt gehört hatte, waren größte Bedenken angebracht. Frau Perlinger stand auf und ging zu einer dunklen Kommode. Sie brachte ein Foto mit und legte es zwischen Karin und Joshua auf den Tisch. Sechs Männer um die siebzig lächelten in die Kamera. Im Hintergrund war ein Stand zu sehen, an dem T-Shirts verkauft wurden. Vier der Männer kamen ihnen bekannt vor. Frau Perlinger ordnete ihnen die entsprechenden Namen zu. Sie alle wurden ermordet, der fünfte starb vor wenigen Tagen an Herzversagen. Auf dem Bild strahlte er mit hellbraunem Teint und leicht getönter Sonnenbrille. Ludwig Meisinger war der letzte Lebende aus dieser Gruppe. Joshua wertete dieses Foto als den entscheidenden Durchbruch in ihren Ermittlungen. Es war gewissermaßen die Todesliste der Tänzerin, war sich Joshua sicher.

»Wo finden wir Herrn Meisinger?«

Sieglinde Perlinger zuckte hilflos mit den Schultern.

»Er wohnt in Moers. Ich habe schon mehrfach versucht, ihn zu erreichen. Es meldet sich nur der Anrufbeantworter.«

Joshua wurde es mulmig. Frau Perlinger reichte ihm einen Zettel mit einer Anschrift. Er zückte sein Handy und veranlasste umgehend, nach Ludwig Meisinger zu fahnden.

»Vielleicht ist er fort. Er reist sehr viel, sagte Balthasar.«

Karin und Joshua sahen sich niedergeschlagen an.

»Was können Sie uns über Herrn Meisinger sagen?«

Wieder machte sie einen hilflosen Eindruck.

»Ich kannte sie alle nicht näher. Wir haben uns einmal mit den Frauen in Olsberg bei Reinders getroffen. Ansonsten waren die Herren immer unter sich.«

Joshua zog das Foto der Tänzerin aus der Jacke und hielt es Frau Perlinger hin. Sie warf einen flüchtigen Blick darauf und schüttelte den Kopf. Langsam legte sie es auf den Tisch.

»Ich kenne das Bild natürlich. Ich habe mir schon meine Gedanken gemacht. Aber ich kenne diese Person nicht«

Sie schüttelte erneut den Kopf.

»Hat Ihr Mann irgendetwas von seinem Aufenthalt

in Köln erzählt. Etwas Außergewöhnliches. Hat er jemanden getroffen, vielleicht eine alte Jugendbekanntschaft?«

Wieder schüttelte Sieglinde Perlinger den Kopf.

»Wir haben in letzter Zeit nicht mehr viel miteinander geredet. Ich kann Ihnen noch nicht einmal sagen, ob mein Mann ein Verhältnis zu einer anderen Frau gehabt hatte. Gedacht habe ich schon des Öfteren daran.«

Karin zuckte zusammen, als die mächtige Standuhr in der Ecke hinter ihr zur vollen Stunde läutete. Sie dachte darüber nach, ob die Männer ein Verhältnis mit ihrer Mörderin gehabt haben konnten. Ihr fielen die Worte des Kollegen Lammfell ein, der diese Möglichkeit zumindest im Fall Reinders kategorisch ausschloss. Karin wies Frau Perlinger noch dezent und mitfühlend darauf hin, dass ihr Mann obduziert werden müsse. Sie nahm es mit einer für Karin erschreckenden Gelassenheit hin. Diese Mitteilung an die Angehörigen gehörte zu den schwierigsten Aufgaben ihres Berufes. Sie machte sich meist Stunden vorher Gedanken darüber, wie sie es am gefühlvollsten formulieren konnte. Karin wunderte sich, dass sie es diesmal so spontan konnte. Welche Kälte musste in der Ehe der Perlinger geherrscht haben, um eine solch gleichgültige Reaktion hervorzurufen? Was wäre, wenn Tom? Sie schluckte. Es machte ihr Angst, die Reaktion der Frau gegenüber in einer anderen Relation zu sehen. In diesem Augenblick spürte sie, dass das Feuer ihrer Liebe längst erloschen war. Übergegangen in eine Zweckgemeinschaft zum Schutz der Kinder. Joshua riss sie aus ihren Gedanken.

»Frau Perlinger, war Ihr Mann der Evangelischen Kirche verbunden. Ich meine, mehr als über den normalen Glauben hinaus?«

»Ja. Das kann man sagen. Er war lange Jahre Presbyter der Evangelischen Kirchengemeinde.«

Sie hatten also definitiv die Evangelische Kirche als Gemeinsamkeit, Balthasar Perlinger war bereits der dritte Presbyter im Bunde.

»Haben Sie und Ihr Mann schon mal in Kirchfeld gelebt?«

»Nein, das nicht. Aber mein Mann war dort im Schützenverein.«

Karin spürte, wie sie ein Gefühl der Erleichterung beschlich. Zunächst konnte sie es sich nicht erklären. Als Joshua das Foto mit den sechs Männern hochhielt, erkannte sie den Grund. Fünf davon waren tot, die Aufgabe der Tänzerin aber noch nicht abgeschlossen. Und noch etwas sorgte dafür, dass Karin ihre Probleme verdrängen konnte. Die Tänzerin wusste nichts von diesem Gespräch. Zum ersten Mal hatten sie einen Vorsprung und hechelten nicht ergebnislos hinterher. Einen doppelten Vorsprung, denn neben Meisinger, den es jetzt zu schützen galt, stand ja noch ein Tänzchen aus. Das Rennen war noch in vollem Gange, aber kurz vor der Zielgeraden übernahmen sie nun die innere Spur. Wie Seifenblasen öffneten sich immer neue Gedanken. Jede schien mit einer anderen Hoffnung gefüllt. Die Hinweise aus Köln, einer musste einfach der Entscheidende sein. Die Observation des Friedhofes. Wird sie, wie bisher, wieder kommen, um ihre grausige Tat zu vollenden? Die Durchsuchung bei Gudrun Wenders. Bringt sie das fehlende Indiz? Daniels Freundin ... Karin schluckte. Die Blase zerplatzte augenblicklich. Sie hatte sofort daran gedacht. Es war der Grund, weshalb sie kein Auge zubekam. Der Gedanke schmeckte wie der Lebertran, den sie in den Ferien bei ihrer Oma beim kleinsten Unwohlsein löffelweise eingetrichtert bekam. Joshua schien die Anmerkung seines Kollegen nicht gedeutet zu haben. Oder ging es ihm wie ihr? Hoffte er ähnlich stark wie sie, die Lösung woanders zu finden? Oder war sein Glaube an den Fallanalytiker Wollmann dermaßen gering, dass er dessen Täterprofil erst gar nicht in seine Ermittlung einfließen ließ?

Sie projiziert ihre Gefühle auf Männer dieser Altersgruppe.

Karin konnte sich noch sehr gut an diesen Satz des Fallanalytikers erinnern. Ebenso an die Aussage Daniels, seine Freundin sei von ihrem Onkel kurz vor dessen siebzigsten Geburtstag missbraucht worden.

Die Sonne hatte ihren Zenit erreicht. Die von gusseisernen Rosen eingefasste Plexiglassäule gab dreißig Grad im Schatten der alten Rosskastanie an. Auf dem Weg zum Auto telefonierte Joshua mit der Dienststelle in Krefeld. Die Kollegen sollten den Friedhof ab sofort observieren. Zwar hatte die Tänzerin bislang nur nachts die Gräber verwüstet, aber diese Chance durfte auf keinen Fall vermasselt werden.

Unterwegs meldete sich Daniel, der einige Neuigkeiten vermeldete. Karin hoffte, dass diese nicht seine Freundin beträfen. Sie vermied es aber, mit Joshua darüber zu reden.

39

Düsseldorf. Ein Dutzend Kollegen waren im Raucherzimmer versammelt. Jack hatte kurzfristig um dieses Treffen gebeten. Er saß an der Stirnseite einer Tischreihe, vor ihm lag ein Stapel Zettel. Jack wirkte äußerst angespannt. Sein gräulich schimmerndes Gesicht und die kleinen Säckchen unter den Augen ließen ihn ungewöhnlich alt und unvital aussehen. Wenn der Hahn krähte, tat er das meist zuerst in sein Ohr. Jack musste den Druck, den die Öffentlichkeit und das Ministerium auf Schorndorf ausübten, fast unvermindert entgegennehmen. Er erwähnte es mit keinem Wort. Was die Kolleginnen und Kollegen an ihm so schätzten, war die Tatsache, dass er diesen Druck abfederte und nicht wie viele andere nach unten durchreichte. Dass dies oft zulasten seiner Gesundheit geschah, davon wusste nur Joshua. Sie waren seit der Kindheit befreundet, wuchsen gemeinsam in Düsseldorf auf. Dieser Druck war auch der Grund für Joshuas mangelnde Ambition, jemals diese Dienststelle zu leiten. Ihm fehlte auch die Befähigung, in den entscheidenden Situationen den Mund zu halten. Zwischen ihm und Schorndorf würden sich vermutlich nach kurzer Zeit unüberwindbare Gräben auftun. Jack trank einen Schluck Kaffee und begann.

»Ich möchte zuerst unsere nächtliche Aktion aufklären. Karin hatte vollkommen recht. Wir sind auf einen Trittbrettfahrer hereingefallen. Rudolf Wildmann kam aus einer Klinik für Palliativmedizin in Bonn. Man praktiziert dort humane Sterbebegleitung für Schwerstkranke. Wildmann war unheilbar an Krebs erkrankt und ist in der vergangenen Woche im Beisein eines Pflegers verstorben. Dazu kommt noch die Aussage eines Fernsehsenders, denen die Aufnahmen bereits eine Stunde vor dem Ereignis angeboten wurde. Ich denke, unsere Kollegen werden das Pärchen in den nächsten Stunden dem Haftrichter vorführen.«

»Diese verdammten Arschlöcher«, entfuhr es Joshua. Viola Lubjuhn sah ihn zunächst mahnend an, bevor ihr Gesicht einen verständnisvollen Ausdruck annahm. Jack nickte stumm. Nicht nur seiner Meinung nach war die Bestrafung so genannter Trittbrettfahrer entschieden zu mild. Sie traten oft zu Zeiten auf, in denen das Nervenkostüm der Ermittler, die manchmal wochenlang beinahe rund um die Uhr im Einsatz waren und dabei ihre Familien kaum zu Gesicht bekamen, bis zum Zerreißen gespannt war. Ihre Beliebtheit rangierte unter Polizisten auf einer Stufe mit den Tätern.

Jack trank erneut einen Schluck seines schwarzen Kaffees, bevor er fortfuhr.

»Weiter geht's mit Neuigkeiten aus der Metzgerei. Das Ergebnis der Obduktion liegt bereits detailliert vor, wer einen Blick hineinwerfen möchte«, Jack wedelte mit einer daumendicken Kladde. Seine Zuhörer winkten erwartungsgemäß ab. Jack grinste eine Sekunde und erläuterte in Kurzform die Essenz des Berichtes.

»Gisbert Fleischer ist an einer tödlichen Dosis Colchizin gestorben. Dieses Gift stammt aus einer Blume, die gemeinhin als Herbstzeitlose bezeichnet wird. Ungefähr achtzig Milligramm konnten in seinem Körper nachgewiesen werden.«

Joshua spürte, wie sein Puls sich beschleunigte. Er wäre

am liebsten sofort aufgesprungen und nach Kirchfeld gefahren.

Sie enthalten zum Beispiel das Gift Colchizin. Wenige Milligramm davon sind selbst für einen Erwachsenen tödlich.

Es waren die Worte von Gudrun Wenders, die Joshua unruhig werden ließen. Es kam ihm so vor, als führe diese Wenders ihre Widersacher an einem Nasenring durch eine Manege. Er musste sich zwingen, ruhig und analytisch zu denken. Würde eine Mörderin der Polizei ohne Zwang das Tatwerkzeug präsentieren. Er konnte es sich ebenso wenig vorstellen, wie sie sich erlauben konnten, Gudrun Wenders weiterhin auf freiem Fuß zu lassen. Wenn sein Verdacht sich bewahrheiten sollte, wäre sie die wohl arroganteste Mörderin der Kriminalgeschichte.

»Wir brauchen einen Haftbefehl gegen Gudrun Wenders«, entfuhr es ihm. Nur eine Minute später sollte ihm dieser Satz bereits leidtun. Karin sezierte seine Forderung mit der ganzen Schärfe ihres geschulten Kriminalistenhirns.

»Und dann? Welche stichhaltigen Indizien haben wir? Sie besitzt die Möglichkeit. Alle Gifte wachsen in ihrem Garten, na und? Sie ist Heilpraktikerin. Sie wohnt in Kirchfeld, wie die meisten Opfer, na und? Joshua, ein Jurastudent im zweiten Semester würde uns bei dieser Beweislage zerpflücken. Ein Motiv – Fehlanzeige. Ebenso wie Alibis, zugegeben. Wäre es nicht effektiver, sie auf frischer Tat zu schnappen?«

Joshua presste die Lippen zusammen. Das durfte ihm nicht passieren. In Karins Gesicht war eine Spur von Mitgefühl zu erkennen. Sie konnte seine Sichtweise verstehen. Karin gestand sich die Hoffnung ein, Joshua möge richtig liegen. Ihm fiel ihr Besuch bei Perlinger ein.

»Haben wir schon diesen Ludwig Meisinger?«

Jack wühlte in einem Stapel Papiere vor sich auf dem Tisch. Dabei schüttelte er langsam den Kopf.

»Meisinger, Ludwig. Da haben wir ihn«, er zog ein Blatt hervor und las, »wohnhaft in Moers Asberg. Lebt laut Aussagen der Nachbarn sehr zurückgezogen. Kein Kontakt. Vor zwei Wochen wurde er frühmorgens von einem Taxi abgeholt. Er hatte einen großen Koffer dabei. Die Kollegen überprüfen zur Zeit Passagierlisten und Reisebüros. Wir können nur warten.«

»Hoffentlich nicht zu lange«, entfuhr es Karin. Im selben Moment winkte sie entschuldigend ab. Sie wusste genau, dass die Kollegen fieberhaft nach Meisinger suchten und ihr Kommentar überflüssig war.

Jack wischte sich Schweißperlen von der Stirn. Die Fenster waren weit geöffnet, um die Raumluft für die Nichtraucher erträglich zu machen. Dadurch glich sich die Temperatur allerdings der Außenhitze an. Daniel holte einige Flaschen Mineralwasser aus dem Kühlschrank und verteilte sie. Gegen halb zwei verabschiedete sich Kalle. Er hatte einen dringenden, privaten Termin. Daniel sah ihm erstaunt hinterher. Kalle kannte gewöhnlich während einer Ermittlung kein Privatleben. Jack drückte eine Tablette aus einer Plastikpackung und spülte sie mit einem Schluck Kaffee herunter.

»Ich denke«, sprach er ein wenig leiser weiter, »wir warten zumindest die Untersuchung der Wohnungen ab. Wir haben für Meisingers Haus ebenfalls eine Durchsuchungsanordnung bekommen. Und jetzt zum positivsten Punkt der Tagesordnung.«

Karin überlegte, was er denn bis jetzt positiv gesehen hatte.

»Die Kollegen haben noch einmal alle Hinweise aus dem Raum Köln genau überprüft. Die Kellnerin aus dem

Culture Club, einer Bar in einem Gewerbegebiet nahe der Kölner Südstadt, hat ausgesagt, die gesuchte Person in Begleitung von sechs älteren Männern dort gesehen zu haben.«

Lammfell nahm langsam seine Brille ab und blickte Jack an.

»Die Dame wurde in Köln gesichtet und wir erfahren erst jetzt davon? Gibt es dafür eine plausible Erklärung?«

Jack stützte beide Handballen auf die Tischplatte, atmete tief durch und lehnte sich schließlich scheinbar entspannt zurück. Joshua wusste, dass es tief in ihm drin brodelte.

»Lieber Kollege, das Callcenter hat in den letzten Tagen knapp 3000 Anrufe von Leuten entgegengenommen, die unsere Tänzerin gesehen haben. Ein Viertel von denen hat ihre Ehefrau, Schwiegermutter oder Nachbarin verdächtigt. Die SoKo arbeitet fast zwanzig Stunden am Tag, um Hinweisen nachzugehen. Trotzdem schaffen sie noch nicht einmal ein Drittel. Manchmal muss man einfach nur die richtige Frage stellen. Die Kellnerin konnte vorgestern angeblich gar nichts zu der Person sagen, außer dass sie sie gesehen hat. Erst als eine Kollegin sie heute Morgen nach sechs älteren Männern gefragt hatte, kam sie damit heraus.«

Rüdiger Lammfell entschuldigte sich. Jack suchte den Blickkontakt zu Joshua.

»Wäre schön, wenn zwei von euch nach Köln fahren und auch jemand in der Nähe von Kirchfeld ist.«

Karin und Joshua schmunzelten. Daniel verstand es sofort.

40

Kirchfeld. Daniel van Bloom war entweder zu früh in Kirchfeld, oder die Kollegen von der Spurenermittlung gingen vor Arbeitsbeginn noch irgendwo einen Kaffee trinken. Ohnehin war er nur als Vertretung des LKA vor Ort, falls die Tänzerin wider Erwarten früher am Grab von Balthasar Perlinger erscheinen sollte. Einen Augenblick blieb er zögernd an der Weggabelung stehen und blickte in den schmalen Feldweg, der zum Grundstück von Gudrun Wenders führte. Durch das offene Seitenfenster des Dienstwagens drang eine kleine Staubwolke vom benachbarten Feld herein. Daniel klopfte sein Jackett sorgfältig ab und wendete den Wagen. Als er losfuhr, erkannte er noch Peter Bremer, der in den Fahrzeugschuppen ging. Er schien ihn nicht entdeckt zu haben, stellte Daniel zufrieden fest. Melissa fand Bremer sehr sympathisch. Sie kannten sich seit Jahren. Immer, wenn er in Kirchfeld war, besuchte er sie. Dass Peter Bremer jemals eine Freundin haben würde, konnte sie sich nicht vorstellen, sagte sie. Daniel hatte bis vor kurzem dasselbe von sich geglaubt.

Fünf Minuten später parkte er vor dem dreigeschossigen Mietshaus, in dem Melissa Bothen wohnte. Daniel war überglücklich. Noch ein kurzer Blick in den Innenspiegel, ein Spritzer Mundspray, alles war in bester Ordnung. Er hatte sich darauf eingerichtet, für immer Junggeselle zu bleiben. Für einen wählerischen Menschen wie ihn schien es kein Pendant zu geben.

Nachdem er geklingelt hatte, überkam ihn ein merkwürdiges Gefühl. Irgendetwas war anders. Leise Musik drang aus der Wohnung. Durch das Guckloch in der Tür konnte er gedämpftes Licht erkennen. Er klingelte erneut. Plötzlich fiel ihm auf, was anders war. Es fehlte das Geschrei der Kinder, mit dem sein Klingeln sonst quittiert wurde. Diesmal klopfte er vehement an die Tür. Die Musik verstummte kurz darauf. Das Guckloch verdunkelte sich, ein Schlüssel drehte sich mehrfach und öffnete das Schloss. Die Tür wurde halb geöffnet, Melissa stand dahinter. Daniel trat sofort ein und als er sich herumdrehte, erkannte er bei leicht aufkommender Errötung den Grund für dieses ungewöhnliche Verhalten. Nur mit einem dunkelroten Slip bekleidet stand Melissa hinter der Tür. Sie stellte sich auf die Zehenspitzen und gab ihm einen flüchtigen Kuss auf den Mund. Nur mit größter Mühe hielt er seine Hände am Hosenbund.

»Ist es zu reizend für dich? Ich kann mir auch eben was überziehen.«

»Nein, nein, ähem, ist schon in Ordnung.«

Ihre Brüste glichen zarten Pfirsichen, obwohl sie für diesen Vergleich ein wenig zu groß waren. Melissa ging in's Wohnzimmer voraus. Daniel kam es vor, als ob sie schwebte. Der zarte, braungebrannte Rücken und der sanfte Schwung ihrer Hüften ließen seine Gedanken verbotene Wege gehen. Mit feuchten Händen lockerte er den Knoten seiner Krawatte. Im Wohnzimmer waren die Rollläden heruntergelassen. Ein Meer von Teelichtern hüllte den Raum in eine romantische Atmosphäre.

»Ich habe es mir gemütlich gemacht. So sieht es hier aus, wenn Melissa sich entspannen will«, ihr Blick glitt dabei einmal rund durch's Zimmer. Mick Jagger schmachtete sein ›Angie‹ ins Mikrofon. Eine ihrer blonden Locken kräuselte sich verführerisch um ihre linke Brust. Daniels Blick haftete wie Kaugummi daran.

»Soll ich wirklich nichts anziehen? Du weißt, ich bin noch nicht soweit.«

Daniel sprang erschrocken aus seiner Fantasie. Die Realität schmeckte zartbitter. Melissa kämpfte gegen ihr Gefühl an, durch das Trauma mit ihrem Onkel beziehungsunfähig geworden zu sein. Ein Therapeut hatte ihr geraten, vor einer neuen Beziehung langsam und behutsam ein Vertrauensverhältnis aufzubauen. Daniel war dazu bereit, wenngleich es ihn verunsicherte.

»Nein, brauchst du nicht. Wo sind eigentlich die Kinder?«

»Bei ihrem Vater. Er holt sie jedes Wochenende. Morgen Vormittag bringt er sie zurück«

»Jedes Wochenende? Musst du das zulassen?«

Melissa räkelte sich in dem Sessel und lachte ihn an.

»Ich wollte es so. Ich jobbe am Wochenende als Kellnerin.«

Sie blickte an Daniel vorbei auf die Wanduhr aus poliertem Messing. Ihre Miene wurde eine Spur sorgenvoll.

»In einer halben Stunde werde ich abgeholt.«

Carlos Santana entlockte seiner Gitarre die ersten Klänge von ›Samba pa ti‹. Daniel malte sich aus, wie schön sein Leben an der Seite dieser Frau werden würde, wenn er nur genügend Geduld aufbrächte. In seinem Bauch tanzten Schmetterlinge im Takt zu dem gefühlvollen Song. Melissa nahm die Traurigkeit in seinen Augen wahr.

»Okay, ich rufe an und sage, sie sollen mich eine halbe Stunde später abholen. Aber dann musst du mir unbedingt von eurer Mörderin erzählen. Ich liebe Krimis.«

Sie nahm ein Funktelefon vom Tisch vor ihr und telefonierte nur wenige Sekunden. Daniel erzählte ihr eine Geschichte. Er schmückte seine Arbeit mit allerlei Gefahren aus, denen sich auszusetzen er nie wagen würde. Melissa fragte immer wieder nach der Tänzerin. Sie schien diesen Fall ungemein spannend zu finden. Daniel konnte sie verstehen. Das ganze Land sprach von der Mordserie und sie hatte einen der Ermittler zum Freund. Es strengte ihn an, jeden Satz zu überdenken, keine Interna preiszugeben. Nach einer halben Stunde verzog sie sich ins Badezimmer.

»Du kannst ruhig noch austrinken, aber dann«, sie zuckte hilflos mit den Schultern. Daniel lächelte gönnerhaft.

Er wurde traurig bei dem Gedanken, sie den ganzen Abend nicht mehr zu sehen. Sein Blick blieb am Telefon haften. Sekunden starrte er es gedankenverloren an, als könne dieses Gerät ihm Trost spenden. Schließlich kam ihm eine zündende Idee. Daniel nahm sich vor, Melissa zu überraschen und sie in der Nacht abzuholen. Nervosität beschlich ihn bei dem Gedanken, sie auszuspionieren. Die letzten Takte von Fleetwood Mac's Albatros klangen aus, als das Rauschen eines fernen Wasserfalls zu ihm drang. Zögerlich griff er zum Telefon und drückte die Wahlwiederholungstaste.

»Lady Bar, Chantal, was kann ich für dich tun, Chérie?«

Ein gewaltiger Schreck ließ seinen Körper für eine Sekunde erstarren. Sein Herz schien stehenzubleiben, um seine Reaktion abzuwarten. Er hielt das Telefon vor sein Gesicht und starrte wie gebannt darauf.

»Hallo Süßer, ich beiße nicht.«

Daniel verschluckte sich heftig. Vor dem einsetzenden Husten schaffte er es gerade noch, das Gespräch zu beenden und das Telefon zurückzulegen. Minuten verrannen, in denen er nicht in der Lage war, nur einen einzigen klaren Gedanken zu fassen.

»Bist du soweit?«, klang es aus dem Flur. Melissa stand dort, angestrahlt von der Deckenlampe, in verführerischem Outfit. Die rote Bluse war halb durchsichtig. Wie kleine Beeren stachen ihre Brustwarzen hervor. Der Minirock war nicht viel breiter als sein Gürtel. Die schwarzen Netzstrümpfe verliehen ihren Beinen den Hauch von Unendlichkeit.

»Ja«, antwortete Daniel einsilbig und mit zitternder Stimme.

41

Köln. Der Culture Club lag am Rande der Kölner Südstadt in einem kleinen Gewerbepark. Eingebettet zwischen Speditionsfirmen und den Lagerhallen eines Lebensmitteldiscounters lag der Club vor ihnen. Das Gebäude hatte die triste Architektur eines Rathauses im Stil der Siebzigerjahre. Der nackte Beton, aus dem die Außenwände gegossen waren, hatte den Umwelteinflüssen längst nachgegeben und war mit gräulich schwarzem Schmutz überzogen. Über dem doppeltürigen, gläsernen Eingangsbereich war eine rote Neonleuchtreklame angebracht. Die Bar öffnete erst um 18 Uhr. Verabredungsgemäß benutzten Karin und Joshua einen Seiteneingang.

Elke Kandoweit begrüßte sie freundlich und führte sie durch lange Flure und hell beleuchtete Räume. Eine dunkelhäutige Frau mit blauem Kittel saugte den großen Barraum. Die grelle Neonbeleuchtung versah den Raum mit einem abstrakten Flair. Dicke Wandteppiche, verkratzter Parkettboden und der muffige Geruch ließen die schummrige Romantik einer Bar am Abend nicht mal erahnen.

Sie liefen an der langen Theke vorbei zu einer kleinen Nische. Ein klobiger Stehtisch war von edlen Barhockern umsäumt. Frau Kandoweit blieb davor stehen, stemmte die Arme in die Hüfte und deutete mit dem Kopf auf die elegante Sitzgruppe.

»Hier haben die Herrschaften gesessen.«

Joshua rieb sich verwundert das Kinn. Diese Bar dürfte der normalen Laufkundschaft verborgen bleiben. Sie lag zu weit abseits. Wie kamen sechs Senioren, noch dazu gläubige Christen, darauf, ausgerechnet hierher zu kommen?

»Kam die Dame dazu, oder hat sie schon dort gesessen?«

»Das weiß ich nicht. Als ich sie das erste Mal bedient habe, saßen sie zu siebt hier.«

»Wir konnten ihren Ansprüchen leider nicht gerecht werden.«

Karin und Joshua drehten sich herum. Ein schlanker, älterer Herr in einem italienischen Designeranzug und grauen Schläfen gesellte sich zu ihnen. An seinem weißen Hemd von Dolce & Gabana hatte er die obersten drei Knöpfe geöffnet. Er stellte sich als Roger Fent vor und gab an, der Geschäftsführer des Club's zu sein.

»Welche Ansprüche waren das denn?«, fragte Karin.

Fent lächelte und hob bedeutungsvoll die Augenbrauen.

»Sie wollten Damen, leichte Damen. Wenn Sie verstehen, was ich meine?«

Karin hielt diesen Wunsch angesichts des Ambientes keineswegs für abwegig.

»Damit konnten Sie nicht dienen?«, fragte sie mit leicht provokantem Unterton.

»Nein. Auch wenn Ihr Eindruck bedauerlicherweise ein anderer zu sein scheint. Wir betreiben hier kein Bordell. Unsere Angestellten sind ausnahmslos Servicekräfte. Im Sinne eines Gaststättenbetriebes«, fügte er noch schnell hinzu als müsse er sich rechtfertigen.

»Was betreiben Sie denn dann?«, mischte Joshua sich ein.

Fent zündete sich in aller Ruhe einen Zigarillo an. Langsam blies er den Rauch zur Decke.

»Der Culture Club ist, wie der Name schon sagt, ein Club.«

Das sind sie alle, dachte Joshua.

»Hier trifft sich alles. Wir bieten auf zwei Etagen eine Vielzahl der unterschiedlichsten Räumlichkeiten an. Für jeden noch so ausgefallenen Geschmack. Das Culture ist mittlerweile in der Szene ein Begriff, weit über die Grenzen von Köln hinaus. Wir haben auch Gäste aus Holland und Belgien.«

»Wer trifft sich hier?«, unterbrach Karin den Geschäftsführer.

Fent breitete lässig die Arme aus und sog erneut an seinem Zigarillo. Der Rauch wurde dichter und trug einen eigenartig süßlichen Geruch in sich.

»Schwule, Lesben, Heteros, Transen, eben alle ... Stilrichtungen. Hier findet jeder sein Pendant. Die Atmosphäre ist völlig ungezwungen.«

Karin stutzte.

»Also die ersten drei Gruppierungen kommen mir bekannt vor. Aber was sind Transen?«

Fent grinste sie überheblich an.

»Transsexuelle. Frauen, die sich als Männer fühlen und umgekehrt. Fragen Sie mich nicht, wie die ticken.«

Nachdem Karin mit dieser Antwort zufrieden schien, fuhr er fort. Fent berichtete über seinen Club, als analysiere er die Marktchancen einer neuen Biersorte. Kühl und sachlich erklärte er sein Geschäft. Joshua hielt ihm das Foto der Tänzerin unter die Nase.

»Kennen Sie diese Dame?«

Fent warf einen kurzen Blick auf das Bild und lächelte.

»Selbst wenn, ich würde es Ihnen nicht sagen. Diskretion ist unsere Basis. Ohne könnte ich den Laden schließen.«

Joshuas Blick verfinsterte sich. Sie jagten eine fünffache Mörderin. Dieser Lackaffe kannte sie womöglich und verwies auf Diskretion. Joshua unternahm einen Versuch, die Fassade einzureißen.

»Ihre Kellnerin hat die Dame hier gesehen. Ebenso die sechs Männer, von denen mindestens vier ermordet wurden. Wir werden eine Durchsuchungsanordnung erwirken und Ihren Laden auf den Kopf stellen, Herr Fent!«

Fent drückte seinen Zigarillo aus und lächelte Joshua ins Gesicht. Aus der Innentasche seines Jacketts zog er eine Visitenkarte.

»Sie sind sehr ungestüm, junger Mann. Wenden Sie sich doch bitte an Doktor Augstein, den Anwalt unseres Hauses. Die Telefonnummer steht auf der Karte.«

Karin seufzte vernehmlich. Augstein war der neue Star am Advokatenhimmel. Eine Durchsuchungsanordnung stand nach Lage der Dinge auf wackeligen Füßen. Der Versuch ihres Kollegen, ihn einzuschüchtern, betrachtete sie als gescheitert. Ruhig versuchte Karin einzulenken.

»Herr Fent, wir suchen eine Mörderin. Wenn Sie die Frau kennen und uns ihren Namen verschweigen, machen Sie sich strafbar.«

Fent schwieg einen Moment, bevor sein Gesichtsausdruck eine Spur ernster wurde.

»Ich kenne die Dame nicht. Sie müssen mich verstehen. Zu uns kommen Politiker, Ärzte, sogar Geistliche. Hin und wieder auch Prominenz. Wenn ich unsere Gästeliste veröffentliche, ist die Boulevardpresse für Wochen mit Schlagzeilen versorgt.«

Die Kellnerin zündete sich die dritte Zigarette an. Sie wirkte nervös.

»Eines verstehe ich nicht«, fragte Joshua, »wenn Sie so erlesene Gäste haben, warum lassen Sie dann jeden hinein?«

Fent wirkte ein wenig gelangweilt. Er schien die Fragen der beiden für sehr naiv zu halten. Emotionslos antwortete er in einer Tonlage, als würde er aus einem Telefonbuch vorlesen.

»Für unsere speziellen Gäste sind unsere Clubabende reserviert. Bei diesen Gelegenheiten kommen ausschließlich Mitglieder hinein.«

»Kannten Sie einen der Männer?«

»Nein. Das war Laufkundschaft. Wissen Sie, das kommt immer wieder vor. Die Kneipen schließen und die Männer wollen noch was erleben. Jeder Taxifahrer in Köln kennt uns. Wir liegen ein wenig außerhalb und außerdem zahlen wir den Fahrern eine kleine Provision.«

Karin überflog während seiner Antwort die Getränkekarte. Sofort wurde ihr klar, warum die Taxifahrer eine Provision bekamen. Die Kellnerin hielt den Blicken ihres Chefs nicht mehr länger stand.

»Brauchen Sie mich noch?«

Karin zog sie am Ärmel und ging mit ihr einige Schritte zur Mitte der Bar. Fent sah ihnen missmutig hinterher.

»Frau Kandoweit, ist Ihnen an diesen Gästen irgendwas aufgefallen? Bitte denken Sie nach, es ist sehr wichtig.«

Elke Kandoweit sah über Karins Schulter zum Stehtisch. Fent unterhielt sich angeregt mit Joshua. Hektisch zündete sie sich eine Zigarette an. Nach dem ersten Zug musste sie husten. Unter dem Licht der Neonröhren in der Mitte des Raumes wirkte sie um einiges älter. Sie war sehr kräftig und in grellen Farben geschminkt. Ihr platinblondes Haar war spröde.

»Sie haben sich gestritten.«

»Wer hat sich mit wem gestritten?«

»Bitte, ich darf nichts sagen.«

Sie wünschte sich, nie angerufen zu haben. Fent schien sein Personal mit strenger Hand zu führen.

»Frau Kandoweit, wir ermitteln in mindestens vier Mordfällen. Ist Ihnen klar, dass Sie sich strafbar machen können, wenn Sie uns Aussagen vorenthalten?«

Elke Kandoweit begann zu schwitzen. Das Make-up auf ihren Wangen zerlief, wirkte wie ein kleines Aquarell. Mit zitternden Händen führte sie die Zigarette an ihren Mund. Karin fiel es schwer, ihr Alter zu schätzen. Sie fragte sich, welches Leben diese Frau hinter sich hatte, woran sie zerbrochen war. »Die Männer. Die Männer haben sich mit der Frau gestritten.«

»Hatten Sie den Eindruck, dass sie sich kannten?«

»Weiß nicht.«

Elke Kandoweit wurde immer nervöser. Sie hatte offensichtlich Angst. Karin versuchte, den Grund zu erkennen. Ihre Fragen waren eigentlich profan. Es gab keinen Grund, dermaßen nervös zu werden. Es musste eine Frage sein, die sie noch nicht gestellt hatte, wovor diese Frau Angst hatte. Karin überlegte fieberhaft. Kannte sie die Tänzerin? Wollte oder musste sie die Mörderin schützen? Warum hat sie dann angerufen? Lag es an Fent? Sie beschloss, in die Offensive zu gehen und hoffte, ihre Reaktion würde Klarheit bringen.

»Frau Kandoweit, Ihr Chef kannte die Dame. Ist das richtig?«

Karin beobachtete ihr Gegenüber ganz genau. Der kurze Ruck, der kaum wahrnehmbar durch ihren Körper ging, blieb ihr nicht verborgen.

»Bitte, mir ist schlecht. ich brauche Luft.«

Elke Kandoweit rannte an ihr vorbei in Richtung der Toiletten. Karin reichte diese Antwort. Fent sah ihr hinterher. Er durfte nicht den Eindruck gewinnen, seine Kellnerin habe ihn belastet, dachte Karin. Aber sie musste ihn unter Druck setzen. Mittlerweile stand sie wieder zwischen Joshua und Roger Fent.

»Und? Sind Sie weiter gekommen?«

Der Sarkasmus in seiner Stimme war unüberhörbar.

Karin war dankbar für diese Frage. Sie gab ihr die Möglichkeit, Frau Kandoweit zu schützen und zugleich in den Angriff überzugehen. Leicht resigniert sah sie in seine graublauen Augen.

»Leider nein. Die Frau ist tatsächlich als Kellnerin beschäftigt.«

Karin glaubte, eine Spur der Erleichterung bei Fent festzustellen.

»Frau Kommissarin, haben Sie etwa an meinen Aussagen gezweifelt?«

Sein überhebliches Lächeln ließ eine Goldkrone erkennen.

»Natürlich nicht. Ich bezweifle nur, dass Sie die Dame am Tisch nicht kannten.«

Sein Blick wurde kühl. Karin glaubte, ein leichtes Flimmern in seinen Augen erkannt zu haben, bevor er ihrem Blick für den Bruchteil einer Sekunde auswich.

»Ich kenne sie aus den Medien. Als Tänzerin natürlich. Aber sonst«, er zuckte mit den Schultern. Der hauchdünne Anflug von Unsicherheit, wenn es ihn überhaupt gab, war gewichen. Seine Gestik glich wieder der eines nüchtern referierenden Geschäftsmannes. Karin glaubte ihm nicht. Sie musste ihn aus der Reserve locken.

»Wie Sie meinen, Herr Fent. Sie haben doch als Geschäftsführer sicher nichts gegen ein bisschen Publicity, oder?«

»Wie meinen Sie das?«

Karin griff in die Innentasche ihrer Weste und zog das Foto von Frau Perlinger heraus. Sie ließ ihn einen kurzen

Blick auf die sechs Männer darauf werfen und zog es ein, als er danach griff.

»Wenn wir von Ihnen keinen brauchbaren Hinweis bekommen, sind wir gezwungen, uns an die Öffentlichkeit zu wenden. Freuen Sie sich schon mal. Ein Getränk an jeden Journalisten, der Ihren Club in den nächsten Tagen aufsuchen wird und Sie können Ihren nächsten Urlaub buchen. Einen schönen Tag noch, Herr Fent.«

Fent schluckte. Karin und Joshua drehten sich ab und gingen. Kurz bevor sie den langen Flur zum Seitenausgang erreichten, rief er ihnen hinterher. Karin drehte sich zu Joshua um. Er reckte für Fent unsichtbar, vor seinem Bauch den Daumen in die Höhe.

Auf der Stirn von Roger Fent bildeten sich winzig kleine Tröpfchen. Das Licht der Neonröhren ließ sie glänzen. Seine eben noch offen zur Schau getragene Selbstsicherheit schien verflogen. Fent atmete tief durch.

»In Ordnung. Aber behandeln Sie meine Aussage bitte absolut vertraulich.«

»Selbstverständlich.«

»Sie nennt sich Alexandra. Bei uns heißt sie aber nur die Tänzerin. Schon lange, bevor etwas in den Zeitungen stand.«

Fent faltete die Hände ineinander. Er wirkte nun umgänglich, beinahe freundlich.

»Sie kam nicht sehr oft. Vielleicht drei bis viermal im Jahr. Sie war eigenartig. Irgendwie anders.«

Sie mussten lauter reden. Die kleine, dunkelhäutige Frau fuhr mit ihrem Bodenstaubsauger durch den Barraum. Fent gab ihr ein Zeichen. Sie stellte den Staubsauger ab und blieb unsicher stehen.

»Inwiefern war sie anders?«

Fent zündete sich einen Zigarillo an.

»Sie wollte zum Beispiel keinen Sex.«

Karin sah ihn überrascht an. Dass die Gäste nicht hierher kamen, um gemeinsam Monopoly zu spielen, war ihr klar. Mit dieser eindeutigen Aussage hatte sie dennoch nicht gerechnet.

»Sehen Sie, eigentlich sind wir so eine Art privater Sexclub. Nicht in erster Linie, aber viele kommen deshalb hierher. Wir haben in der oberen Etage genügend Räume, in denen sich die Gäste zurückziehen. Rein privat natürlich.«

»Außer die Tänzerin«, schloss Joshua.

»Richtig. Sie hat mir mal gesagt, sie wolle sich einfach nur nett unterhalten und tanzen. Sie tanzte sehr viel und immer alleine. Daher der Spitzname.«

»Wie kam sie Ihnen vor. Ich meine, welchen Eindruck hatten Sie von ihr?«

»Ich habe nur zweimal kurz mit ihr geredet. Ihren Namen hat sie einer unserer Kellnerinnen genannt, sie notieren ihn auf dem Getränkezettel. Sie war irgendwie merkwürdig«, Fent kratzte sich nachdenklich im Nacken, »ich weiß nicht, was der Grund dafür war. Aber irgendwas stimmte nicht an ihr. Allerdings, bei unserem illustren Publikum fällt kaum jemand auf. Da ist jeder irgendwie ungewöhnlich.«

»Haben sie mitbekommen, dass sie sich gestritten haben?«

Fent wollte sofort antworten, zögerte aber plötzlich.

»Nein. An dem Abend war ich nur kurz im Barraum. Die meiste Zeit befand ich mich hinten im Büro.«

Sie sahen ihm noch einige Sekunden in die Augen. Fent wurde unruhig und sah auf die Uhr.

»Hat uns das weitergebracht?«, Joshua startete den Motor. Karin fing laut an zu gähnen. Auch Joshua überfiel eine tiefe Müdigkeit. Die sauerstoffarme Luft in der Bar hatte ihnen zugesetzt. Karins Gedanken hingen noch an Frau Kandoweit. Sie versuchte sich vorzustellen, welches Leben diese Frau führte.

»Sie nannte sich Alexandra, hat Fent gesagt«, überlegte Joshua laut.

Karin hob frustriert die Hände. Alexandra, ging es ihr durch den Kopf. Dieser Name stand im Notizbuch von Gisbert Fleischer. Ihr Pseudonym war ihnen ja schon längst bekannt. Das hatte nichts zu bedeuten. Eine Beziehungstat schien jedenfalls auszuscheiden. Ernsthaft hatte sie ohnehin nicht daran geglaubt. Der Streit kam ihr in den Sinn. Hatte er letztendlich zur Ermordung der Männer geführt? Sechs Männer betreten eine Bar. Sie stellen sich an einen Tisch. Eine Dame stand bereits dort oder kam hinzu. Es kommt zu einem Streit. Wochen später bringt die Frau daraufhin jeden der Männer um. Der Ansatz entbehrte jeder Logik. Über was haben sie sich derart gestritten? Die Müdigkeit begann, ihre Gedanken zu verschleiern.

»Sie kannten die Tänzerin.«

Joshua schien sich plötzlich sicher zu sein.

»Was?«

»Die Opfer kannten ihre Mörderin. Und zwar schon lange, bevor sie in diese Bar kamen. Sie haben sie provoziert. Es kommt zum Streit. Die Männer drohen damit, ihren Mann über ihr Doppelleben aufzuklären.«

»Ja, ja, das ist möglich. Aber wir haben doch das gesamte Umfeld der Opfer durchleuchtet.«

Joshua trommelte mit den Fingern auf's Lenkrad. Vor ihnen fuhr ein Daimler in leicht erhöhtem Schritttempo. Mit ausladenden Armbewegungen schien der Fahrer seiner Frau die Gegend zu zeigen. Joshua drückte auf die Hupe.

»Wäre uns ein befreundetes Ehepaar eines Opfers in gehobener, gesellschaftlicher Stellung aufgefallen?«

Joshua ließ die Seitenfenster herunter, die Klimaanlage war vollkommen überfordert. Das Klingeln eines Handys erklang von der Rückbank. Joshua griff hinter sich und zog seine Lederjacke nach vorne.

»Hallo«

»Hier ist Tom. Joshua? Ich habe doch Karins Nummer gewählt.«

»Ja, Moment.«

Er reichte ihr das Telefon herüber.

»Kannst du behalten.«

Joshua tastete sich durch die zerknautschte Jacke. In einer Seitentasche fühlte er noch ein Handy.

»Hallo Karin. Hat Carmen sich bei dir gemeldet?«

Karin schreckte hoch.

»Nein. Ich denke, sie ist bei dir.«

»Das war sie auch. Jetzt ist sie verschwunden. Wir hatten einen kleinen Streit. Mach dir keine Sorgen. Ich melde mich wieder.«

»Tom. Worüber habt ihr«, die Verbindung war beendet. Mit leerem Blick sah sie auf das Handy.

»Mach dir keine Sorgen. Spinnt der?«, schrie sie. Sofort hackte sie die heimische Nummer in das Gerät. Nach einer Minute fluchte sie erneut. Erfolglos versuchte sie, ihren Sohn über sein Handy zu erreichen. Carmens Freundinnen konnten ihr ebenso wenig weiterhelfen.

42

Düsseldorf. Gegen 18 Uhr waren sie wieder beim LKA. Kurz vor dem Aufenthaltsraum, in dem sich ihre Ermittlungsgruppe noch einmal treffen wollte, kam Kalle ihnen entgegen. Er machte ein Gesicht, als hätte er den ganzen Tag im Regen gestanden. Karin ging vor, während Joshua stehen blieb.

»Was ist denn mit dir los?«

»Einen schönen Gruß von David soll ich dir bestellen. Sie sind aufgestiegen. Die ganze Mannschaft feiert noch bei uns im Garten. Janine hat gefragt, warum du nicht mitgekommen bist oder wenigstens mal angerufen hast.«

Joshuas Magen zog sich zusammen. Er fühlte sich plötzlich hundeelend.

»Ich ich rufe sie gleich an.«

Kalles Blick brannte sich in seine Seele. Er wusste genau, wie recht sein Freund hatte.

»Da ist noch was.«

Joshua beschlich ein ungutes Gefühl. Sein Bedarf an schlechten Mitteilungen war soeben ausreichend gedeckt worden.

»Unsere Leute sind stinksauer auf euch.«

»Wieso?«

»Ihr ermittelt in Kirchfeld und Rahm komplett an uns vorbei. Für niedere Aufgaben wie Observationen und Absperrungen sind wir gut, aber sonst? Dabei ist es unsere Staatsanwaltschaft, die mit der Leitung der Ermittlungen beauftragt wurde. Aber mittlerweile habt ihr den Fall an euch gerissen und merkt es vermutlich noch nicht einmal.«

»Du bist doch hier.«

»Das reicht nicht, Joshua. Erinnerst du dich noch daran, wie sauer du warst, wenn das LKA mal wieder sein eigenes Süppchen gekocht hat. Kaum bist du dort, machst du es genauso.«

Kalle hatte recht, was Joshua sofort klar war. Aber wie hätte er es ändern können? Der Vorschlag, die Besprechungen in den Räumen des LKA zu machen, kam doch aus Krefeld. Das war es nicht, was Kalle so wütend machte, wusste Joshua. Es war die Tatsache, dass er seine Familie im Stich gelassen hatte. Kalle konnte sich für seinen Beruf zerreißen, tagelang in einen Fall verbeißen, ohne nach Hause zu fahren. »Aber wenn meine Familie mich braucht, hat der Job seine Grenzen«, sagte er mal.

Joshua war übermüdet, deprimiert, hungrig und von dem Gefühl übermannt, ihm würde alles über den Kopf wachsen. Er konnte kaum noch einen klaren Gedanken fassen. Kalle erkannte seinen Gemütszustand. Er legte den rechten Arm auf Joshuas Schulter.

»Entschuldige, du bist nicht das LKA. Aber ich musste meinen Frust einfach loswerden. Tu mir einen Gefallen und kläre das mit deiner Familie. Versuche wenigstens, noch was zu retten.«

Joshua nickte stumm. Mit einer Handbewegung deutete er Kalle an, schon mal hineinzugehen. Gleich darauf wählte er die Nummer von Janines Handy. Er entschuldigte sich bei ihr für alles. Janine blieb äußerst ruhig. Er versprach ihr, direkt nach der Sitzung nach Hause zu kommen. Anschließend ließ er sich noch seinen Sohn geben und gratulierte ihm. David war immer noch völlig aufgedreht. Die Freude sprudelte aus ihm heraus wie ein Wasserfall. Immer wieder betonte er, wie schade er es fand, dass sein Vater nicht dabei sein konnte. Joshua verfluchte seinen Job wie selten.

Karin hatte dringenden Klärungsbedarf. Der Dienstplan verriet ihr, dass Tom Nachtschicht hatte. Als sie sein Büro betrat, sah sie gerade noch, wie Sabine von seinem Schreibtisch aufsprang. Leicht errötend fuhr sie sich durch die Haare. »Ich wollte euch nicht stören. Ich möchte nur wissen, wo Carmen ist«, fragte Karin ohne die geringste Spur von Freundlichkeit.

Tom drehte sich zu ihr und biss die Lippen zusammen.

»Wir haben sie schon überall gesucht«, flötete Sabine mitleidsvoll.

»Schätzchen, kannst du nicht Kaffee kochen gehen, ich habe etwas Wichtiges mit meinem Mann zu besprechen.«

Sabines Lippen bebten. Hilfe suchend sah sie Tom an. Als dieser nicht reagierte, drehte sie sich auf dem Absatz um und verließ grußlos das Büro.

»Kannst du deine Eifersucht nicht einmal unter Kontrolle halten?«

Karin stand kurz davor, zu explodieren.

»Ich weiß wirklich nicht, wo sie steckt, glaube mir.«

Karin stemmte ihre Hände in die Hüfte. Sie überlegte, ob es ihn überhaupt sonderlich interessierte.

»Worüber habt ihr gestritten?«

Tom drehte sich zum Schreibtisch und begrub die Stirn in seinen Händen. Langsam lehnte er sich zurück und antwortete mit ruhiger, gleichmäßiger Stimme.

»Ich habe ihr gesagt, dass sie abtreiben muss. Wir als

ihre Eltern können uns nicht um das Kind kümmern und sie schon gar nicht. Carmen meinte, es sei ihre Sache. Naja, so kam ein Wort zum anderen und plötzlich war sie weg.«

Karin spürte, wie sich ihr Puls beschleunigte. Sie begann zu schwitzen. Mit offenem Mund und sprachlos vor Wut setzte sie sich auf den Besucherstuhl.

»Was soll ich denn machen? Von dir kommen doch nur leere Versprechungen. Du hast doch überhaupt keine Zeit mehr für unsere Kinder.«

Seine Stimme klang provozierend. Nicht die Spur von Verzweiflung klang heraus.

»Da hast du ihr gesagt, ihre böse Mutter möchte, dass sie abtreibt. Ja? Hast du das?«

Karin schrie ihm ins Gesicht. Tom wurde blass. Verlegen senkte er den Kopf.

»Wenn du mir bis morgen früh nicht sagen kannst, wo sie ist, mache ich dir die Hölle heiß. Das schwöre ich dir.«

Karin wollte das Büro verlassen, als Sabine hereinstürzte. Besorgt sah sie auf Tom.

»Was hat sie mit dir gemacht, Bärchen?«

Es bereitete Karin immense Mühe, ihre Hände und ihren Mund unter Kontrolle zu halten. Sie warf die Tür hinter sich ins Schloss.

Jemand hatte einen großen Ventilator mitgebracht und auf einen Stuhl neben dem Kühlschrank positioniert. In dem Pausenraum roch es nach Schweiß und kaltem Rauch, als Joshua sich zu ihnen setzte. Die Stimmung war gedrückt. Mit Balthasar Perlinger stand ihnen ein fünftes Opfer bevor. Es nagte an ihren Gemütern, aber sie konnten Perlinger nicht sofort exhumieren. Möglicherweise würde es noch Tage andauern, bis eine Obduktion Klärung brächte. Die Aussage der Witwe ließ kaum noch Spielraum für Spekulationen. Alle waren von der Ermordung des Rentners überzeugt. Aber die Zeit saß ihnen wie ein unbarmherziges Monster mit offenem Schlund im Nacken. Wie ein Geigenbogen spielte sie ein schauriges Lied auf ihren Nervensträngen. Vielleicht lag das entscheidende Indiz, der Durchbruch in diesem Fall, fast zwei Meter unter der Erde im Verborgenen, während sie den nächsten Mord vorbereitete.

Ein Mitarbeiter der Kriminaltechnik betrat den Raum. Er legte einen abgenutzten Schnellhefter auf den Tisch vor Jack und flüsterte ihm ins Ohr.

Karin hatte sich wieder einigermaßen beruhigt. Sie stieß Joshua sanft in die Rippen und deutete auf Daniel, der Jack gegenüber am Fußende der Tafel Platz genommen hatte. Seine Frisur war reichlich durcheinander. Der Krawattenknoten schief, als sei er notdürftig hochgezogen worden. Der Kragen seines Oberhemdes lugte an einer Seite ein kleines Stückchen aus dem Jackett. Seine Augen schienen keinen festen Punkt anzuvisieren, die Mundwinkel hingen teilnahmslos herab. Joshua kannte ihn lange genug. Er wusste, nur ein ernsthaftes Problem konnte der Grund für diesen, für Daniels Verhältnisse, verwahrlosten Zustand sein. Kalle folgte ihren Blicken und nickte mit besorgter Mimik.

Der Kollege hob kurz den Arm zur Verabschiedung und verschwand so leise, wie er gekommen war. Jack blätterte in dem Schnellhefter und trank dabei seinen Kaffee. Nach einer Minute legte er die Kladde beiseite und hustete kurz. Nachdem er sie begrüßt hatte, berichtete Joshua zunächst über die Ermittlungen in Köln. Einige in der Runde zeigten sich verwundert darüber, dass keine weiteren Hinweise von Gästen des Culture Club vorlagen.

»Ich denke, viele können es sich nicht leisten, zuzugeben, dass sie dort verkehren«, vermutete Karin.

»Deshalb wussten vermutlich auch die Ehefrauen der Opfer nichts davon. Sie werden es tunlichst verschwiegen haben«, führte Joshua die Gedanken seiner Kollegin fort.

Jack wartete eine Minute, um allen die Gelegenheit zu geben, eigene Überlegungen anzustellen. Karin unterdrückte ein Gähnen. Die Zeiger der Uhr über dem Kühlschrank näherten sich der 20-Uhr-Marke. Joshua drehte sich eine Zigarette, während Jack das Gespräch übernahm.

»Unsere Kollegen haben heute Vormittag die Räumlichkeiten von Frau Wenders untersucht. Oberflächlich gesehen konnte nichts Verdächtiges festgestellt beziehungsweise sichergestellt werden. Der Teufel steckt aber wie so oft im Detail. Der Kollege brachte mir eben erste Ergebnisse vom kriminaltechnischen Labor. Und die haben es in sich.«

Joshua hielt das Feuerzeug abwartend in der Hand und sah gespannt nach vorne.

»Der Bärlauch im Garten von Frau Wenders weist einen nahezu identisch niedrigen Schwefel- und Stickstoffgehalt zu den Proben auf, die der Leiche von Jürgen Winkler entnommen wurden. Das war die gute Nachricht. Die schlechte: Es gibt keine gesicherten und vor Gericht verwertbaren Erkenntnisse darüber, inwiefern sich die chemische Zusammensetzung von Bärlauch bei einem Toten verändert, um es mal vereinfacht zu formulieren.«

Lammfell runzelte die Stirn.

»Was denn nun? Stammt das Bärlauch bei Winkler aus dem Garten der Wenders oder nicht?«

Jack sog die schlechte Luft tief in seine Lungen. Für eine Sekunde schloss er seine Augen.

»Unsere Leute gehen davon aus, können es aber nicht endgültig beweisen.«

Joshua zündete seine Zigarette an. Wie viel bräuchten sie noch, um Gudrun Wenders festzunehmen. Seiner Ansicht nach reichte es nun. Aber Jack hatte noch mehr.

»In der Fußmatte auf der Terrasse haben wir kleine Rückstände von schwarzer Vulkanasche gefunden. Sie ist identisch mit der Asche auf den Wegen des Olsberger Friedhofes.«

Kalle schlug mit der flachen Hand auf den Tisch.

»Bingo. Oder ist das etwa auch nicht verwertbar?«

Jack grinste ihn an.

»Doch. Das ist eindeutig. Diese Asche kommt mit Sicherheit auch noch woanders zum Einsatz. Wo, das soll Frau Wenders uns selbst sagen. Zwei Kollegen aus Krefeld holen sie gerade ab.«

Auf nach Krefeld, dachte Joshua. Sein Verdacht war also von Anfang an richtig. Warum war er nicht hartnäckiger? Karin hegte immer noch Zweifel an ihrer Schuld. Für sie war das alles zu offensichtlich. Jack wollte das Treffen gerade beenden, als Joshua seinen linken Zeigefinger hob.

»Was ist mit Meisinger?«

Jacks Gesichtsausdruck ließ wenig Spielraum für Optimismus. Joshua biss sich auf die Lippen.

»Wir haben den Taxifahrer ausfindig gemacht, der ihn damals zum Duisburger Hauptbahnhof gefahren hat. Der Mann beschrieb seinen Fahrgast als äußerst wortkarg. Das Bahnpersonal an den Fahrkartenschaltern kannte ihn nicht. Er kann sich seine Fahrkarte ja auch am Automaten gezogen haben. Sein Haus wird observiert. Mehr können wir im Moment nicht tun.«

Resigniert ging Joshua hinaus. Seine gesamte Hoffnung

galt jetzt Gudrun Wenders. Kurz vor der Tür zog Daniel ihn am Arm zurück.

»Braucht ihr mich? Mir geht es nicht besonders.«

»Das sehe ich. Was ist los?«

Daniel winkte wortlos ab. Er sah niedergeschlagen aus, seine Augen waren glasig. Joshua hakte nicht mehr nach. Daniel fuhr nach Hause.

43

Krefeld. Es fiel ihm nicht leicht, seine Unruhe zu verbergen. Joshua hatte Kalle gebeten, das Verhör zu führen. Er stand mit Karin, Angelo, dem Leiter der Dienststelle, Kriminalrat Engels sowie der Staatsanwältin Viola Lubjuhn im Nebenraum und verfolgte alles. Gudrun Wenders bekam nichts davon mit. Das zwei Quadratmeter große Fenster war nur vom Nebenraum aus zu durchsehen. An der Wand hing ein Lautsprecher, so klein wie eine Zigarrenschachtel, der das Verhör übertrug. Gudrun Wenders gab an, sich keiner Schuld bewusst zu sein und verzichtete auf einen Anwalt.

Nachdem Kalle die üblichen Floskeln auf's Band gesprochen hatte, konfrontierte er sie gleich mit den Beweisen. Joshua sträubten sich die Nackenhaare, Engels sah betreten zu Boden. Karin rollte die Augen.

Es war die taktisch unklügste Vorgehensweise, die man sich vorstellen konnte. Kalle hatte die Vernehmung gleich mit dem ersten Satz in den Sand gesetzt, sich direkt zu Beginn aller Konterchancen beraubt. Seine Vorgehensweise konnte unter Umständen dazu führen, dass der Untersuchungsrichter den Haftbefehl verweigern würde. Joshua schlug sich vor die Stirn. Viola Lubjuhn sah ihn erstaunt an.

Er musste sie kommen lassen. Ihre Aussagen mit den Beweisen widerlegen. Sie unglaubwürdig machen. Verunsichern, an die Wand drängen, zur Wahrheit zwingen.

Vorbei.

Wenn sie clever ist, wird sie die Ahnungslose spielen oder ganz einfach die Aussage verweigern, dachte Joshua.

»Guter Mann«, quäkte es aus dem Lautsprecher, »ich habe nicht die geringste Ahnung, welcher Dreck wie und wann an meine Fußmatte gelangt. Darüber führe ich kein Protokoll. Vielleicht stammt er ja von Ihren Leuten? Die trampeln ja schon länger bei mir herum?«

Karin und Joshua nickten frustriert, wie abgestimmt.

»... und was den Bärlauch angeht: Es ist mir neu, dass biologischer Anbau neuerdings strafbar ist.«

Kalle stockte. Sie hatte ihn scheinbar aus dem Konzept gebracht. Nach endlos langen Sekunden, die Frau Wenders in dieser Phase des Verhörs eher stärkten, fuhr er fort. Er fragte sie nach den Alibis. Die Tatzeiten lagen inzwischen mit einem Zeitfenster von zwei bis sechs Stunden vor. Für keinen der Zeiträume besaß sie ein Alibi. Die Lässigkeit, mit der sie jeweils angab, geschlafen zu haben, mutete beinahe arrogant an. Kalle kaute nervös an seiner Unterlippe. Ein Außenstehender, war Joshua sich sicher, hätte wohl Mühe gehabt, Täter und Polizist zu unterscheiden. Kalle schien mit seiner Weisheit am Ende und legte eine kurze Pause ein.

Joshua wollte ihm gerade entgegengehen, als Karin ihn zurückhielt.

»Sei ruhig! Er weiß selber, dass er es verbockt hat. Es bringt uns jetzt nicht weiter, uns gegenseitig fertig zu machen.«

Kalle kam zu ihnen. Er sah abgekämpft und desillusioniert aus. Man sah ihm deutlich an, wie recht Karin hatte. Mit müdem Blick wandte er sich an Joshua.

»Willst du weitermachen?«

Joshua schlug ihm leicht auf die Schulter.

»Nein, du machst das schon. Zeig ihr, dass du ihr nicht glaubst. Frag sie, warum sie in Olsberg war.«

Kalle nickte.

»Da fällt mir was ein.« Zögerlich begann Karin zu sprechen.

»Sie hat mir gesagt, sie wäre am 6. Juni nicht in Köln beim Kirchentag gewesen. Bremer hat behauptet, er wäre mit Gudrun Wenders dort gewesen. Frag sie doch mal bitte danach.«

»Ich lasse sie ein paar Minuten schmoren, kommt ihr mit in die Kantine?«

»Es ist kurz vor zehn«, Karin wunderte sich über die Öffnungszeiten.

An der Theke waren die Rollos heruntergelassen. Immer noch lag der Geruch von Essen in der Luft. Neben der Theke stand eine Reihe von Automaten. Kalle nahm drei Becher Kaffee mit. Unterwegs legte er sich noch fünf Tütchen Zucker auf das Tablett.

»Ich brauche keinen Zucker.«

»Daran hat er auch gar nicht gedacht«, grinste Joshua.

»Noch nichts Neues aus Rahm?«

Karin wollte ihn ablenken. Kalle schüttelte den Kopf, während er den Inhalt der Tütchen in seinen Kaffee schüttete. Still sahen sie ihm dabei zu. Kalle empfand diese Stille erdrückend.

»Ich habe es versaut, tut mir leid.«

»Nein, das hast du nicht«, beruhigte Karin ihn.

Joshua runzelte die Stirn. Weshalb sagte seine Kollegin ihm nicht die Wahrheit?

»Okay, an deiner Vernehmungstechnik solltest du noch feilen. Aber mir kommen grundsätzliche Zweifel. Reagiert so eine fünffache Mörderin? Sie weiß, dass alles gegen sie spricht. Dennoch verzichtet sie auf einen Anwalt. Sie zeigt nicht die Spur von Nervosität. Sie gibt an, keine Alibis zu haben und lacht dabei. Warum? Sie benötigt keine und das weiß sie genau.«

Kalle zündete sich eine Zigarette an. Nachdenklich blies er den Rauch zur Decke. Joshua trank einen Schluck, hob dabei seine linke Hand.

»Ein Serienkiller tickt anders, Karin. Sie ist ausgesprochen intelligent. Sie weiß genau, dass wir nichts Entscheidendes gegen sie in der Hand haben. Wir suchen nach dem einen Fehler, den sie nicht begangen hat, und dessen ist sie sich sicher.«

Kalle warf einen flüchtigen Blick auf die Kantinenuhr und stand auf.

44

Kirchfeld-Rahm. Wie ein Augapfel bettete sich der kleine Friedhof von Rahm in den Wald. Lediglich die beiden mächtigen, aus fingerdicken Eisenstangen bestehenden Tore ragten mit ihrer gemauerten Einfassung hervor. Der niedrige Maschendrahtzaun, der das Gelände umschloss, um den Friedhof vor Wildfraß zu schützen, war an vielen Stellen niedergerissen.

Durch zahlreiche Neubaumaßnahmen in den letzten Jahrzehnten war die Kapazität des ehemaligen Dorffriedhofes schon lange ausgeschöpft. Mittlerweile rückten die ersten Siedlungen bedrohlich nahe an den Wald heran. Immer weiter drängte die Gemeinde ihn zurück, um neue Areale zu erschließen. Tief im Wald lag die vorläufig letzte Erweiterung des Friedhofes. Das Brachland hatte beinahe die Größe eines Fußballfeldes. Die Grabsteine wirkten einsam wie Wegweiser in der Wüste. Auf dem letzten der drei Gräber befanden sich frische Blumengestecke und Kränze. Frisch angepflanzte Sträucher und Bäumchen hinter der Grabreihe wirkten aus einiger Entfernung wie Mikadostäbe. Als ob sie symbolisch den Übergang vom Tod in ein neues Leben darstellen sollten.

Marlies' Laune verschlechterte sich von Stunde zu Stunde, die sie auf dem dreibeinigen Anglerstuhl im Schutze des Kirschlorbeers verbrachte. Hätte sie sich für Zahl entschieden, würde sie die Nacht immerhin in Bertholds altem Corsa verbringen. Nicht dass sich die Oberkommissarin danach sehnte, pausenlos ein verrostetes Eingangstor zu beobachten, aber auf mittlerweile über ein Dutzend Mückenstiche konnte sie gut verzichten. Im Übrigen erwies sich ihre Aufgabe als ungleich schwieriger. Kollege Berthold besaß einen Vorteil, den sie erst nach und nach zu schätzen lernte. Vor dem Portal auf dem kleinen Parkplatz befand sich eine alte Laterne, deren milchiges Licht ausreichte, um entspannt bei geneigter Rückenlehne den Bereich einzusehen.

Marlies taten alle Glieder weh. Alle paar Minuten wechselte sie den Arm, der das Nachtsichtgerät halten musste. Neidisch dachte sie an die Kollegen vom SEK, die das Sichtgerät in ihren Helm integriert hatten.

Mit bloßem Auge war kaum noch etwas zu erkennen. Ihre Blicke suchten den Nachthimmel ab. Der Mond versteckte sich hinter einer hohen Fichte.

Sie versuchte, ihre Kenntnisse über die Ermittlungen zu verdrängen. Es gelang ihr nicht. Zu oft hatte sie die Protokolle gelesen, um zu wissen, dass es durchaus vier Nächte dauern konnte, bis die Tänzerin sich am Grab ihrer Opfer blicken ließ. Marlies goss sich noch einmal leise die Kappe ihrer Thermoskanne voll. Anschließend drückte sie die Kanne in den lockeren Boden neben dem Fuß ihres Stuhles. Ihre Nerven meldeten sich erneut. Sie fragte sich, wie lange sie es noch ohne die beruhigende Zigarette aushalten würde. Wie gerne hätte sie eine Stunde vorher noch getauscht, als Engels angerufen hatte, um Philipp und Janosch zurückzubeordern. Engels hatte vor drei Tagen die anderen Dezernate nur noch mit einer Notbesetzung versehen gehabt, um Kräfte zu bündeln. Die beiden wurden nun dringend in ihrer Dienststelle benötigt.

Berthold unterrichtete sie von der Festnahme Gudrun Wender's und der geänderten Vorgehensweise. Ein halbes Dutzend Einsatzfahrzeuge durchstreiften die Umgebung rund um Rahm. Sie waren im Ernstfall bereit, den Friedhof innerhalb weniger Minuten engmaschig abzusperren. Im angrenzenden Wohngebiet liefen vier Kollegen in Zivil Streife.

Marlies legte das Nachtsichtgerät auf ihren Schoß und nahm einen Schluck Kaffee zu sich. Das Koffein hielt zwar ihre Aufmerksamkeit aufrecht, machte sie allerdings zunehmend nervöser. Aus der Nähe des Zielgebietes vernahm sie plötzlich ein Rascheln. Schon einige Male an diesem Abend war sie durch Tiere getäuscht worden. Dieses Geräusch kam ihr unbekannt vor. Vorsichtig stellte sie den Becher neben die Thermoskanne und hob ihr Nachtsichtgerät. Es dauerte nur eine Sekunde, bis sie die Stelle fand und den Grund für die Geräusche erkannte. Marlies lief ein eiskalter Schauer über den Rücken. Obwohl sie bestens darauf vorbereitet war, starrte sie wie gebannt auf das Grab von Balthasar Perlinger. Sie schluckte, ihre Gedanken rasten. Die Anweisung war klar wie diese warme Sommernacht. Kein eigenmächtiges Handeln. Sie suchte ihr Handy und fand es schließlich in der rechten Vordertasche ihrer Jeans. Inständig hoffte sie, es würde keinen Laut von sich geben, als ob es um ein scheues Reh ging, welches sie verjagen könnte. Während zirka achtzig Meter weit entfernt Kränze und Blumenarrangements auf die benachbarten Freiflächen flogen, zerrte Marlies an dem Handy. Es ärgerte sie, keine Jacke mitgenommen zu haben. Die Gürteltasche für das Gerät lag zu Hause, sie hätte es neben sich auf den Boden legen können. Überall wäre es besser aufgehoben als in der engen Hosentasche. Sie kam sich vor wie eine Polizeischülerin.

Ein seltsames Lied erklang. Der sanfte Sommerwind trug es zu ihr herüber. Die feinen Härchen an ihren Armen richteten sich auf. Der Fingernagel an ihrem Daumen brach ab. Blitzschnell schloss sie den Mund. Ihr Fluch verstummte. Es gab keine andere Möglichkeit, sie musste aufstehen. Die Augen nach oben gerichtet erhob sie sich langsam. Sie wand ihren Kopf zwischen die Zweige des Kirschlorbeers, um jedes Rascheln zu vermeiden.

Der Gesang verstummte. Marlies wurde nervös. Ihr Geist projizierte das Foto mit den sechs Männern. Balthasar Perlinger war der Fünfte. Es lag jetzt an ihr, dass Perlinger das letzte Opfer der Tänzerin blieb.

Mach weiter, tanze, komm mach schon, betete sie.

Hektisch zog sie das Handy aus der Hosentasche. Sie musste dazu ihr Gewicht auf das linke Bein verlagern. Nur sehr wenig. Einen halben Schritt setzte sie ihr rechtes Bein zurück. Ein halber Schritt zuviel. Mit dem Absatz berührte sie die Thermoskanne. Sie hatte sie blind abgestellt, nicht mitbekommen, dass sie mit einer Seite auf einem Stein stand. Lediglich die dem Stuhl zugewandte Seite befand sich in einer Vertiefung.

Langsam kippte die Kanne gegen den Leichtmetallfuß des Stuhles und fiel auf den Becher. Der Klang des Aluminiums hallte über den Friedhof. Marlies riss das Nachtsichtgerät hoch. Ihr Atem stockte. Einsam und verlassen lag das Grab in ihrem Blickfeld.

45

Kalle hatte soeben das Vernehmungszimmer betreten, als sich die Nachricht wie ein Lauffeuer verbreitete. Alles wirbelte durcheinander, Joshua schlug mit der Faust vor die Scheibe. Engels stand wie ein Dirigent in ihrer Mitte und wedelte mit den Armen. Gleichzeitig schrie er Anweisungen in sein Handy. Kalle stürzte ins Zimmer und wirkte völlig perplex. Karin zog ihn am Arm.

»Wir haben sie«, rief sie ihm zu. Ihre Stimme klang dabei eine Spur zu dramatisch. Die Anspannung der letzten Tage schien ihr mit einem Satz zu entweichen.

Zwei Kollegen führten Gudrun Wenders aus dem Vernehmungszimmer. Noch einmal drehte sie sich herum und kniff ihnen ein Auge zu.

Joshua kam sich vor, als säße er auf einem wackeligen Hochstand, den ein Wildschwein soeben zum Einsturz brachte. Wie konnte er sich so täuschen? Sollte die Tänzerin tatsächlich in Rahm sein? Joshua fiel die letzte Nacht ein. Das Pärchen, es hatte alle zum Narren gehalten. Dieses Mal waren es die eigenen Leute, die sie gesehen haben. Das Funkgerät krächzte unentwegt. Sie haben drei Minuten gebraucht, um an ihre vorbestimmten Positionen zu gelangen. Der Friedhof war hermetisch abgeriegelt. Gespannt warteten sie auf die Erfolgsmeldung.

Einen halben Kilometer vorher passierten sie eine Straßensperre. Der Friedhof war bereits im Blaulichtgewitter zu erkennen. Im dem Moment, als der Wagen zum Stillstand kam, sprangen sie heraus. Kalle fuhr ihnen fast die Türen ab. Ein Kollege in Uniform kam ihnen schnellen Schrittes entgegen. Der gertenschlanke Polizist überragte Joshua um einen Kopf. Seine Gestik verriet nichts Gutes.

»Wir haben eine Hundestaffel angefordert«, begann er hastig und nach Luft schnappend.

»Heißt das, ihr habt sie laufen lassen?«

Joshua war außer sich vor Wut. Marlies tauchte hinter dem langen Kollegen auf. Ihr Gesicht war blass.

»Es ist meine Schuld«, flüsterte sie mit gesenktem Kopf.

Joshua schluckte. Kalter Schweiß bildete sich auf seiner Stirn. Ihm wurde heiß. Wilde Gedanken schossen durch seinen Kopf. Ausgerechnet Marlies, die er als zuverlässige Kollegin aus Krefelder Tagen schätzte.

»Sie kann nicht entkommen sein«, versuchte der Lange die Situation zu entspannen.

»Das Gebiet rund um den Friedhof ist abgeriegelt. Da kommt keiner durch. Das Dorf hat in der letzten Stunde niemand betreten. Jeder Trampelpfad wird überwacht. Sie *kann* hier nicht weggekommen sein. Der Hubschrauber wird sie mit der Wärmebildkamera finden. Falls die Hunde sie nicht vorher aufgespürt haben.«

Joshua beruhigte sich allmählich. Diese Panne durfte nicht passieren, aber offensichtlich war es nicht zu spät. Karin wandte sich an Marlies.

»Bist du dir vollkommen sicher?«

»Sie sah haargenau so aus, wie die Frau auf dem Fahndungsfoto.«

Hinter ihnen fuhren Kollegen der Spurensicherung auf den kleinen Schotterplatz. Sie ließen ihren Kleinbus mitten auf dem Weg stehen. Das Funkgerät des Langen quäkte. Er trat einen Schritt zurück, als wolle er niemanden stören.

»Moment mal«, er gab Joshua ein Zeichen.

»Unsere Kollegen haben drüben in der Siedlung einen Spaziergänger angetroffen. Er kam aus dieser Richtung.«

Er deutete auf den nördlichen Teil des Geländes.

»Sie sollen ihn herbringen, vielleicht hat er etwas beobachtet.«

Max Drescher ging mit zwei silbernen Koffern bepackt an ihnen vorbei. Zwei Männer in weißem Schutzanzug folgten ihm. Drescher machte einen missmutigen Eindruck. Joshua zog es vor, ihn zunächst in Ruhe zu lassen.

»Ich verstehe das nicht«, Kalle schüttelte nachdenklich den Kopf.

»Berthold stand genau hier«, Kalle zeigte auf seine Füße, »Marlies befand sich an der Westseite des Grabes. Phillip nördlich im Wald und Janosch am Trampelpfad, der östlich am Gelände vorbeiläuft. Ich habe sie extra so eingeteilt.«

»Ich habe Janosch und Phillip vor zwei Stunden abgezogen.«

Alle drehten sich erstaunt zu Engels um. Er schürzte die Lippen.

»Nachdem wir die Tatverdächtige Gudrun Wenders verhaftet hatten ...«

»Wie bitte?«, Joshua wurde unangemessen laut.

»Herr Trempe«, Engels wurde nun wütend, »wir haben nicht 130 Leute für den Fall zur Verfügung wie das LKA. Ich habe dafür Sorge zu tragen, dass alle unsere Dienststellen ausreichend besetzt sind. Unter dem Gesichtspunkt kann ich nicht meine Leute tagelang einen

Friedhof observieren lassen. Im Übrigen habe ich diese Aufgabe lediglich an die Schutzpolizei übertragen. Wie sie feststellen konnten, mit Erfolg. Das Gelände war innerhalb von drei Minuten hermetisch abgeriegelt.«

»So hermetisch, dass die Zielperson entkommen konnte«, fuhr Joshua wütend dazwischen. Engels' Gesicht wurde dunkel. Der Lange zog ihn an der Schulter, Engels fuhr mit einem Ruck herum und warf seinen Kopf in den Nacken, um dem uniformierten Kollegen ins Gesicht zu sehen.

»Chef, wir brauchen dringend Verstärkung. Die Medien belagern die Absperrungen. Die ersten Journalisten laufen bereits über die Felder ...«

»Dann fordern Sie alle verfügbaren Kräfte an, worauf warten Sie noch?«

Der Uniformierte zuckte zusammen und verschwand. Der Deich war gebrochen, dachte Joshua. Die Meute würde in wenigen Augenblicken alle Spuren zertrampeln. Er erinnerte sich an Engels' Worte. Immer wieder ermahnte sein früherer Dienststellenleiter ihn zur besseren Zusammenarbeit mit den Medienvertretern. Ein freundliches Grinsen zog ihn aus seinen Gedanken. Mit einem aufgesetzten Lächeln begrüßte er die Staatsanwältin.

»Eine Exhumierung wird umgehend angeordnet.«

Joshua nickte nur. Aus der Ferne näherte sich das Geräusch von Rotorblättern. Er fragte sich, ob der Einsatz einer Wärmebildkamera bei der Menschenmenge überhaupt noch Sinn machte. Karin stieß ihm in die Seite.

»Sieh mal, wer da kommt.«

Von einem Polizisten begleitet kam Peter Bremer auf sie zu. Er trug eine schwarze Cordhose, dazu ein rotes Hemd mit feinen, dunklen Streifen. Seine Haare waren feucht, er schien frisch geduscht zu haben. Joshua konnte sich keinen Reim darauf machen.

»Der Herr gab an, einen Abendspaziergang gemacht zu haben. Wir sollten ihn herbringen.«

Bremer schüttelte sich und zog seine helle Sommerjacke glatt.

»Kann mir mal jemand verraten, was das soll?«

»Das fragen wir Sie, Herr Bremer?«

Karins Augen überflogen ihn rasch von oben nach unten.

»Wie Ihr Kollege schon sagte. Ich habe einen Abendspaziergang unternommen und ...«

»Führte Ihr Spaziergang auch zufällig über den Friedhof?«, unterbrach Karin ihn. Bremer lächelte sie breit an.

»Nein. Ich gehe an einem Ende aus Rahm heraus, laufe am Waldrand entlang und biege drüben im Neubaugebiet wieder ein. Eine schöne, entspannende Route. Übrigens war ich eigentlich mit Gudrun verabredet. Aber dort ist niemand zu Hause. Sie wissen nicht zufällig, wo sie ist? Ihr Auto steht in Rahm.«

Viola Lubjuhn beobachtete ihn interessiert. Ihre Augen funkelten, verstrahlten einen sonderbaren Glanz.

Karin dachte angestrengt nach. Es war schon lange nach Mitternacht. Konnte es Zufall sein? Ein Gedanke schoss ihr durch den Kopf. Gudrun Wenders befand sich in Untersuchungshaft, ihr Auto stand in der Nähe des Friedhofes. Peter Bremer spazierte zur Tatzeit in der Nähe umher. Wäre es denkbar, dass die beiden die Tänzerin kannten, sie sogar deckten? Welchen Grund konnte es dafür geben? Die Ahnung beschlich sie, dass ihre Ermittlungen die ganze Zeit in die falsche Richtung verliefen. Am liebsten würde sie Bremer festnehmen, aber dazu hatte sie keinerlei Legitimation. Sie überlegte, ob ihre Gedanken paranoid waren. Ob der Stress der letzten Tage ihr zu sehr zusetzte.

Bremer hatte weder etwas Verdächtiges gesehen, noch gehört. Sie ließen ihn gehen. Neben ihnen gab es ein Handgemenge mit zwei Journalisten. Der Hubschrauber drehte erfolglos ab. Aus Bussen, die in der Nähe parkten, stiegen zwei Dutzend Polizisten mit Schäferhunden. In einer langen Reihe verschwanden sie in das Wäldchen.

Max Drescher trat durch die offenen Flügeltüren des Eingangsportals. Er hatte seine Kamera im Bus liegen gelassen. Joshua warf ihm ein mehr zaghaftes »Und?« entgegen.

Drescher zeigte sich überraschend redselig.

»Also, viel habe ich noch nicht. Aber ich verwette meinen Hintern darauf, dass der Mieter des Grabes vergiftet wurde.«

»Dieselben Spuren?«, hakte Joshua nach.

»Ja. Diesmal auch wieder die Schuhgröße 40. Geht doch nichts über Stammkunden.«

Joshua wunderte sich über die gute Laune von Drescher.

»Bevor ich es vergesse. Ich habe euch jetzt fünf Chancen gegeben. Das muss reichen. Ab morgen bin ich in Urlaub.«

Joshua schüttelte den Kopf. Für sie wäre es undenkbar, mitten in einer Mordermittlung Urlaub zu bekommen.

Nachdenklich massierte er sich den Nacken. Gudrun Wenders war also unschuldig. Er war sich selten so sicher gewesen. Alles sprach gegen sie. In seinem Unterbewusstsein tauchte das Gesicht der Heilpraktikerin auf. Sie lächelte zum Abschied, kniff ihnen ein Auge zu. Es wirkte geradezu so, als sei sie froh darüber, ein dermaßen gutes Alibi zu haben. Joshua blickte in den klaren Nachthimmel. Sie waren so kurz davor. Er hatte nicht die geringste Ahnung, wen seine Kollegen im Wald finden würden.

46

Düsseldorf. Karin und Joshua waren direkt nach Düsseldorf gefahren. Auf dem Hof des LKA kam ihnen ein Taxi entgegen. Die SoKo war noch fast komplett im Dienst. Jack bat sie darum, die Kollegen auf den neuesten Stand zu bringen. Zu ihrer Verwunderung stand Daniel neben dem Türrahmen des Konferenzraumes. Er trug einen dunkelgrauen Anzug. Sein Atem roch nach Alkohol.

»Ist schon wieder okay. Ich wollte wissen, wie weit ihr seid.«

Er sprach langsam und bedächtig. Joshua winkte ihn herein. Im Schnelldurchgang klärten sie die Kollegen über die Ereignisse des Abends auf. Ein Raunen ging durch die Menge, als Joshua sagte, von der Zielperson fehle im Augenblick jede Spur. Wütende Zwischenrufe drangen durch den Raum. Er konnte den Unmut der Kollegen nur zu gut verstehen. Die meisten von ihnen arbeiteten 16 – 18 Stunden am Tag. Verfolgten jeden noch so vagen Hinweis bis ins kleinste Detail.

Plötzlich war es soweit, die Tänzerin präsentierte sich in Aktion, genau vor ihrer Nase und wird laufen gelassen. Geduldig beantworteten Karin und Joshua alle Fragen. Gegen halb zwei verließen sie den Saal. Aus Kirchfeld-Rahm kam die niederschmetternde Nachricht, dass die Hundestaffel und die Hubschrauberbesatzung die Suche ergebnislos abgebrochen hatten.

»Also ich schreibe jetzt keinen Bericht mehr«, Joshua sah sie an und gähnte. Danach war ihm absolut nicht zumute.

»Gehen wir noch was trinken?«

Karin schien ihren müden Punkt überwunden zu haben. Joshua und Daniel stimmten zu. Sie machten sich keinerlei Hoffnungen mehr, die Tänzerin in dieser Nacht zu Gesicht zu bekommen.

»Ich schlage vor, wir fahren zu mir. Es ist niemand im Haus, ihr könnt euch ein paar Stunden auf's Ohr legen.«

Joshua runzelte die Stirn. Das konnten sie hier auch. Sie bemerkte seine Zweifel.

»Ich möchte noch nach dem Rechten sehen und habe keine Lust, dann noch einmal zurückzufahren.«

Der Tisch im Wohnzimmer war voller Flaschen. Karin hatte eine alte Kaffeedose hingestellt und gestattete Joshua zu rauchen. Mittlerweile hatte sie selbst schon die vierte Zigarette geraucht. Vorhin gab sie vor, in's Bad zu gehen. Tatsächlich hatte sie das halbe Haus nach einer Nachricht ihrer Kinder abgesucht, aber nichts gefunden. Sogar der Anrufbeantworter war stumm geblieben. Einen kurzen Augenblick hielt sie das Telefon in der Hand, wollte Tom anrufen.

Daniels Augen waren glasig, seine Worte kaum noch zu verstehen. Seine Geschichte klang zunehmend diffuser. Immer wieder brachte er sein Unverständnis zum Ausdruck. Er hatte sie am Abend in der Bar angerufen. Wütend hatte sie ihm erklärt, sie würde dort nur tanzen. Ihr Mann zahle kaum Unterhalt und sie würde schließlich von irgendwas leben müssen. Daniel waren die Zweifel anzusehen. Er machte einen Versuch aufzustehen. Er wollte sich ein Taxi bestellen und sofort in diese Bar fahren. Karin hielt ihn zurück. Obwohl der Alkohol auch ihren Verstand allmählich einnahm, drangen noch diese unangenehmen Gedanken durch den Nebel.

Sie tanzt dort nur.

Mahnend schienen diese Worte in fetter, roter Schrift auf die Innenseite ihrer Stirn geschmiert zu sein. Joshua öffnete sich ein weiteres Bier. Ihm war nichts Sonderbares aufgefallen. Karin fand nicht den Mut, ihren Verdacht zu äußern. Nicht, solange Daniel nicht schlief, nahm sie sich vor. Gegen halb vier gingen Karin und Joshua nach oben. Daniel war nicht mehr von der Couch zu bekommen. Karin deckte ihn zu. Joshua wollte noch duschen. Er wankte, als er die Treppe hochlief.

»Stört es dich, wenn ich mir die Zähne putze, während du duscht.«

Warum sollte es ihn stören, fragte er sich. Wenig später betrat Karin in Slip und BH das Badezimmer. Sie hatte gewartet, bis Joshua unter der Dusche stand. Der Alkohol machte Joshua überraschend munter, er begann zu singen, Karin schmunzelte. Sie stellte gerade den zahnbeccher zurück, als ein Handy klingelte. Sie griff es von der Ablage und meldete sich. Stille schlug ihr entgegen. Sie meldete sich noch einmal.

»Janine Trempe«, klang es leise, fast furchtsam aus dem Gerät.

»Könnte ich Joshua sprechen?«

Sie hoffte noch, dass sie ihn nicht singen hörte, als er verstummte.

»Reichst du mir mal das Handtuch?«, schrie er aus der Duschkabine.

»So ist das ...«

»Nein, so ist das nicht. Hören Sie ... Ja, okay. Hallo ... Janine«

Joshua trat aus der Kabine.

»Sag, dass es nicht wahr ist«, flüsterte er. Karin pumpte ihre Wangen auf und ließ die Luft auf einmal entweichen.

»Leider. Ich blöde Kuh habe nicht gesehen, dass es dein Handy war.«

»Was hat sie gesagt?«

Karin sah geknickt zu Boden. Das wollte er garantiert nicht hören.

»Ich soll dir noch einen schönen Hochzeitstag wünschen. Nachträglich.«

Joshua schluckte. Seine Knie wurden weich. Ihm wurde schlecht. Mit einem Satz sprang er zur Toilette. Karin blickte auf seinen nackten Po und schämte sich sofort für den Gedanken, der ihr kam.

Sie wählte Janines Nummer. Es meldete sich niemand. Mit dem Handy in der Hand ging sie in das Zimmer von Carmen. Kleidungsstücke lagen wahllos verteilt auf dem Fußboden. Die Stereoanlage war noch eingeschaltet, das Bett unordentlich. Alles wirkte so, als würde sie jeden Augenblick zurückkommen. Karin legte sich bäuchlings auf's Bett ihrer Tochter. Ihr Geruch strömte aus dem Kissen. Weinend schlief sie ein.

47

Düsseldorf. Es war bereits nach neun Uhr, als Karin, Daniel und Joshua als Letzte den Raucherraum betraten. Jack begrüßte sie. Zu ihrer Überraschung hatte er belegte Brote auf den Tisch gestellt und Kaffee aufgesetzt. Die drei sahen nicht besonders frisch aus.

»Normalerweise vermelde ich am Anfang einer Sitzung die Neuigkeiten. Nur diesmal«, Jack breitete seine Arme aus, »gibt es keine.«

Joshua zwang sich, seine Frau wenigstens für einen Moment aus dem Kopf zu kriegen und sich auf den Fall zu konzentrieren. Es gelang ihm nur mühsam. Langsam erwachten die Erinnerungen an die letzte Nacht in Karins Haus. Am liebsten wäre er sofort zu Janine gefahren, um ihr alles zu erklären.

Es gab keine Neuigkeiten. Das bedeutete, die Tänzerin musste irgendwie durch's Netz geschlüpft sein. Das war unmöglich. Alle Zufahrtsstraßen und Wege waren innerhalb von drei Minuten gesperrt gewesen. Konnten ihr diese drei Minuten gereicht haben? Karin stellte genau diese Frage. Jack schüttelte den Kopf.

»Wir haben das durchprobiert. Falls sie den Friedhof Richtung Norden verlassen hat, musste sie erst durch den Wald. Der kürzeste Weg, um in den Ort zu gelangen, führt über die Kirchfelder Straße. Das ist eine Strecke von zirka 1500 Metern, also unmöglich, es in drei Minuten zu schaffen.«

Joshua nickte ihm zu. Auf dem Sportplatz vielleicht, aber nicht durch's Unterholz. Es musste eine andere Möglichkeit geben.

»Was ist mit dem Auto? Der Wald ist doch von Strassen und Wegen umschlossen?«, Kalle konnte es genauso wenig glauben.

Jack schüttelte wieder den Kopf.

»Negativ. Der Haupteingang und Parkplatz wurden bewacht. Sie hätte ihren Wagen natürlich am Rand einer der Wege abstellen können. Die kürzeste Verbindung durch den Wald zum nächstgelegenen Weg beträgt 400 Meter. Diese Strecke führt quer durch das Dickicht. Das bedeutet, mindestens die Hälfte der Zeit hätte sie benötigt, um überhaupt zu ihrem Fahrzeug zu gelangen. Danach müsste sie einen halben Kilometer fahren, um hinter die erste Straßensperre zu kommen. Es hätte ihr aber wenig genutzt, weil ihr die Streifenwagen bereits entgegengekommen wären.«

Karin seufzte vernehmlich. Sie hatten irgendein Detail übersehen. Die Tänzerin war am Grab von Perlinger, soviel stand zweifelsfrei fest. Keiner sagte ein Wort. Alle schienen angestrengt nachzudenken. Karin nahm sich ein Käsebrötchen. Kalle biss in ein Mettbrötchen und fuchtelte mit seinem linken Arm in der Luft herum. Alle sahen ihm gespannt beim Essen zu.

»Was ist mit den Pressefuzzis?«, ein Stückchen Zwiebel fiel aus seinem Mund. Daniel wandte sich angewidert ab.

»Was soll damit sein?«

»Die sind doch schon quer über's Feld gelaufen. Wer hat die kontrolliert, als sie zurückkamen?«

Für eine Sekunde schwiegen alle. Bis Karin mit der flachen Hand auf den Tisch schlug.

»Mensch Kalle. So könnte es gewesen sein. Sie versteckt sich im Wald. Als sie sieht, dass eine Horde Journalisten heranstürmt, nutzt sie die Gelegenheit.«

»Hm«, Jack stützte sein Kinn in die rechte Hand, »im Prinzip möglich. Sie hätte sich allerdings blitzschnell umziehen und abschminken müssen.«

»So schnell auch wieder nicht«, antwortete Joshua, »es lagen garantiert zehn Minuten dazwischen.«

Joshua ärgerte sich über die schlechte Vorbereitung. Wenn sie den Friedhof observierten, hätten sie mit allem rechnen müssen. Auch mit dem Andrang der Medien. Aber hatten sie eine andere Möglichkeit? Den Friedhof mit einer Hundertschaft abzusichern wäre wohl ebenso unklug gewesen.

»Haben wir das Pärchen von vorgestern?«

Jack schüttelte abermals den Kopf. Sein Gesicht drückte den Hauch von Resignation aus.

»Das Material wurde den Sendern über einen Mittelsmann angeboten. Der kann sich an nichts erinnern. Unsere Kollegen reden ihm gerade gut zu.«

Ohnehin war es nur eine verzweifelte Idee. Es war dunkel, die Entfernung relativ groß. Marlies konnte sich irren, aber Drescher? Joshua spürte, wie sich seine Gedanken an immer kleinere Strohhalme klammerten und daran untergingen. Mit den Zeigefingern massierte er seine Schläfen. Sicher, einen Hinweis übersehen zu haben, konzentrierte er sich immer mehr. Leichte Kopfschmerzen überkamen ihn. Mitten in seine Bemühungen startete sein Gehirn einen Film, den er nicht stoppen konnte. Janine kam aus der Tür. In den Händen ihre Reisekoffer. Britt und David gingen mit Tränen in den Augen an ihm vorbei. Der strafende Blick seines Sohnes bohrte sich in sein Herz. Joshua wollte schreien. Seine Atmung wurde immer kürzer. Die Temperatur schien sekündlich zu steigen. Jemand berührte seine Schulter. Joshua schreckte hoch und fuhr mit dem rechten Arm über die Tischplatte. Sein Wasserglas flog in hohem Bogen in die Tischmitte und landete schließlich zwischen zwei Käsebrötchen.

»Alles in Ordnung?« Karins Stimme klang seltsam vertraut.

Joshua nickte. Ihre Augen schienen ihn zu wärmen. Wie ging sie mit alldem um. Er wünschte sich in diesem Moment ihre Stärke.

48

Krefeld. Karin hatte soeben den Telefonhörer aufgelegt. Sie wunderte sich. Die Staatsanwältin hatte sie angerufen. Es war nicht die Tatsache allein, dass eine Staatsanwältin sich so intensiv um die Ermittlungen kümmerte, die Karin für einen Augenblick sprachlos machte. Es waren die Ergebnisse, die den Fall in einem anderen Licht erscheinen ließen. Viola Lubjuhn hatte sich Gedanken zu Peter Bremer gemacht. Karin ärgerte sich, diesen Ansatz nicht konsequent zu Ende gedacht zu haben. Bremer stand während der Ermittlungen wie ein noch zuzuordnendes Puzzleteil im Raum. Er hatte sowohl Kontakt zu Gudrun Wenders und ihren Giften als auch zu Melissa Bothen. Welche Rolle kam ihm dabei zuteil?

Die Staatsanwältin hatte den Pfarrer nun hinterleuchtet. Dabei fand sie heraus, dass Bremer vor acht Jahren die Kirchengemeinde Gevelsberg übernommen hatte. Vor sechs Wochen wurde ihm das Amt entzogen. Die Evangelische Landeskirche hüllte sich über den Grund in Schweigen. Im Ort sprach man laut Viola Lubjuhn von einer groben Verfehlung, ohne Einzelheiten zu kennen oder zu nennen. Sie wollte sich bei einem Freund im Ort umhören.

Karin erzählte ihren Kollegen davon. Joshua warf einen kurzen Blick auf den betrübten Himmel und nahm seine alte Lederjacke vom Haken.

Karin überkam ein beklemmendes Gefühl. Sie hatte keine Wahl, konnte es nicht länger zurückhalten.

»Hast du deine Freundin schon erreichen können?«

Daniel sah sie entgeistert an. Er schien zu überlegen, ob er denn eine hätte.

»Nein. Warum?«

Karin gab Joshua ein Zeichen. Langsam setzte er sich wieder hin.

»Verstehe das jetzt nicht falsch, Daniel. Melissa Bothen passt in das Täterprofil von Wollmann.«

Karin wurde unruhig. Sie beobachtete Daniel. Er ließ zunächst keinerlei Regung erkennen. Hatte er diesen Gedanken auch schon? Plötzlich schüttelte Daniel vehement den Kopf.

»Sind wir jetzt alle überarbeitet? Ist jetzt jede vergewaltigte Frau eine Mörderin?«

Karin fühlte sich mies. Das Profil, eigentlich war es nur ein kleiner Teil davon, passte. Was sonst? Sie wohnt in Kirchfeld. Das traf bislang auf die Opfer zu, aber galt es auch für den Täter? Verdammt, warum konnte ich nicht meinen vorlauten Mund halten?

»Wahrscheinlich hast du recht, entschuldige. Es ist nur, ich habe das Gefühl, wir sind ganz nahe dran. Die Lösung ist vor unseren Augen und wir sehen sie nicht.«

»Na dann auf nach Gevelsberg«, Joshua klatschte in die Hände und sprang hoch.

49

Karin Seitz legte nachdenklich das Telefon zur Seite. Statt eine Antwort zu erlangen, wurde das Fragezeichen hinter Peter Bremer immer größer. Sie hatte mit den meisten Mitgliedern des Presbyteriums in Gevelsberg gesprochen. Der Brei, um den sie alle herumredeten, war anscheinend siedend heiß. Die Neugierde der Kommissarin kühlte dadurch aber nicht ab, im Gegenteil.

Sie beriefen sich auf die presbyterial-synodale Ordnung der Evangelischen Kirche, welche nichts weiter beschrieb, als die Aufgabe des Presbyteriums, jeglichen Schaden von der Gemeinde abzuwenden. Im Sinne und zum Wohle der Gemeinde sei ihnen nichts anderes übrig geblieben, als Pfarrer Bremer abzulösen. Aus dem gleichen Grund haben sie auch Stillschweigen vereinbart. Als Karin auf die laufenden Ermittlungen hinwies, riet Presbyter Matthias Löbel ihr, ein persönliches Gespräch mit Herrn Bremer zu suchen.

Was war geschehen in Gevelsberg? Karin wählte sich ins Internet ein. Sie wollte nach Gründen suchen, nach Antworten. Halbherzig hangelte sie sich durch die Seiten der Evangelischen Kirche. Frustriert schaltete sie schließlich den Computer aus. Sie ging ihre Gesprächsnotizen durch. Der Vorfall ereignete sich nur wenige Tage nach dem Evangelischen Kirchentag in Köln. Bremer muss dort gewesen sein, sagte ihr eine Stimme. Sie blätterte durch die Ermittlungsakten. An dem Foto, das Frau Perlinger ihnen überließ, blieb sie hängen. Karin schluckte. Bremer war der Schlüssel, sie musste mit ihm reden.

50

Gevelsberg. Benedict Olsen schob wichtige Termine vor, als er den Grund seines Besuches erfuhr. Der vorläufige Vertreter von Peter Bremer empfing ihn in seiner kleinen Wohnung am Waldrand. Er war drahtig und mindestens 1,90 groß. Die schwarzen Haare standen wie Streichhölzer auf seinem Kopf. Im Flur befanden sich noch zwei ungeöffnete Umzugskartons. Seine Augenlider flackerten, als er sich für die Unordnung entschuldigte. Sie hatten sich geteilt, Daniel wollte einige Mitglieder des Presbyteriums aufsuchen, während Joshua den Termin mit dem Pfarrer machte. Olsen holte eine Flasche Mineralwasser und zwei Gläser. Das kleine Wohnzimmer roch nach Möbelpolitur. Es gab keine Bilder an der Wand, kein Accessoire, das eine persönliche Note ausdrückte. Der Raum wirkte steril wie ein Wartezimmer.

Pfarrer Olsen sah ihn erwartungsvoll an.

»Herr Olsen, können Sie mir sagen, aus welchem Grund Herr Bremer nicht mehr in dieser Gemeinde tätig ist?«

Olsen rutschte nervös in seinem Sessel umher. Joshua erkannte sofort, dass er die Antwort wusste und diese scheinbar brisant war. Er genehmigte sich einen Schluck Wasser und stellte das Glas bedächtig zurück, als benötige er noch Bedenkzeit für seine Antwort.

»Ich kann es Ihnen nicht sagen. Darüber zu entscheiden, ist Aufgabe des Presbyteriums, Herr Trempe.«

Wie Joshua befürchtet hatte, reichte er den Krug direkt weiter. Vermutlich würde es seinem Kollegen gerade ebenso ergehen. Seine Fragen mussten *eindringlicher* werden.

»Herr Olsen, es geht mir nicht um irgendwelche Gerüchte oder um Verfehlungen, die Kirchenordnung betreffend. Ich habe ein höchst weltliches Anliegen. Meine Aufgabe ist es, fünf Morde aufzuklären. Im Übrigen handelt es dabei ja auch um Verstöße gegen das fünfte Gebot.«

Olsen nickte wortlos. Für einen Augenblick deutete Joshua es als Verständnis.

»Der Herr richtet, ich bin nur sein Diener.«

Dabei öffnete er seine Hände, um die Antwort zu unterstützen. Joshua ballte seine Hand zur Faust und atmete tief durch. Es galt die Contenance zu bewahren und gleichzeitig eine brauchbare Aussage zu bekommen.

»Sie wissen um die Verfehlung Ihres Vorgängers?«

Olsen hob den Kopf in den Nacken und schloss für einen Moment die Augen. Joshua überlegte, ob er um Erlaubnis für seine Antwort ersuchte.

»Seine Seele hat sich verirrt. Ich bete für ihn, damit er den rechten Weg wieder findet.«

Joshua seufzte vernehmlich. Olsen schien die Situation allmählich peinlich zu werden.

»Herr Trempe. Die ganze Angelegenheit ist äußerst delikat für uns. Glauben Sie mir, außer der Peinlichkeit hat sich niemand etwas vorzuwerfen, ich meine aus weltlicher Sicht. Peter Bremer hat sich nicht strafbar gemacht. Das muss Ihnen genügen, mehr kann ich Ihnen nicht sagen.«

51

Kirchfeld-Rahm. Karin war zu früh in dem kleinen Ort bei Kirchfeld. Sie wartete in einer Imbissbude am kleinen Marktplatz von Rahm. Noch einmal dachte sie über ihre Recherche in Gevelsberg nach, während sie auf einen Salat wartete. Um welche Verfehlung konnte es sich handeln? Bremer wurde fortgejagt, quasi über Nacht. Aber was hatte das mit ihrem Fall zu tun?

Für den wenig kreativ angerichteten Salat hatte der Betreiber wohl einige Gläser oder Dosen geöffnet. Die Konservierungsstoffe übertünchten den Geschmack des Salates. Lustlos stocherte sie darin herum, als sich ihr Handy meldete. Es war Carmen. Ihre Tochter klang völlig aufgelöst. Karin ging mit dem Handy am Ohr in einen kleinen Raum im hinteren Bereich.

»Mama, ich habe es getan«, sie wurde von einem Heulkrampf geschüttelt. Karin verstand zunächst kein Wort. Plötzlich kam ihr ein Gedanke. Sie hoffte inständig, dass es nicht wahr wäre. Die nächsten Worte raubten ihr jede Illusion.

»Ich habe es wegmachen lassen. In Holland. Es ist alles voll Blut! Ich habe mein Kind getötet!«

Karin wurde auf einmal speiübel. Sie schluckte es herunter. Kalter Schweiß bildete sich auf ihrer Stirn. Der Raum begann zu wanken. Sie setzte sich auf eine Eckbank, unfähig, einen Laut hervorzubringen. Warum? Weshalb gab sie ihr nicht die Chance zu einem Gespräch?

»Carmen, wo bist du?«

»Zu Hause ... Mama, kommst du? Ich ... brauch dich.«

»JA«, sie schrie ins Telefon. Die Gäste an der Theke blickten zu ihr herüber.

»Bleib, wo du bist, ich bin gleich da.«

Sie knallte im Vorübergehen einen Schein auf die Theke und rannte hinaus. Vor der Tür stoppte sie abrupt. Nervös tänzelte sie auf dem Bürgersteig. Meisinger war noch nicht gefunden, schoss es durch ihren Kopf. Er würde sterben, falls sie nicht schnellstens die Tänzerin finden. Mit durchdrehenden Rädern fuhr sie los.

Fünf Minuten später stand sie auf dem Hof der Pension. Bremer war in einem kleinen Anbau untergebracht. Der Eingang befand sich an der Rückseite des Hauses.

Er öffnete so schnell, als habe er bereits hinter der Tür auf sie gewartet. Seinen Augen fehlte die bekannte Freundlichkeit. Sein Blick war kühl. Er bat sie in einen kleinen Wohnraum. Der Raum besaß die anonyme Ausstrahlung eines Hotelzimmers. Tisch, zwei Stühle, Schrank und ein Sekretär. Eigentlich kein Ort, an dem man sich heimisch fühlen konnte.

Karin fühlte sich unwohl. Sie kam direkt zur Sache.

»Herr Bremer, Sie sagten mir, Sie seien am 6. Juni mit Frau Wenders in Köln gewesen.«

»Ja, das ist richtig.«

»Eben nicht. Frau Wenders behauptet das Gegenteil.«

Bremer warf ihr einen genervten Blick entgegen und ging zu dem kleinen Sekretär. Kurz darauf kam er mit einem Notizbuch zurück. Stumm blätterte er darin.

»Stimmt. Entschuldigung. Mit Frau Wenders war ich am 5. Juni dort. Am 6. bin ich alleine dort hingefahren. Gudrun konnte ihre Praxis nicht so lange geschlossen halten.«

Eine simple Erklärung, die sie im Moment nicht überprüfen konnte. Karin beschloss, ihm zu glauben.

»Warum wurden Sie von der Evangelischen Kirche in Gevelsberg entlassen?«

Zum ersten Mal bemerkte sie, wie er unruhig wurde. Seine Augen flackerten.

»Das geht Sie nichts an.«

»Vielleicht schon.«

Karin ärgerte sich. Warum konnte sie ihre Gefühle nicht außen vorlassen? Das Gespräch mit ihrer Tochter hatte sie völlig aus dem Konzept gebracht. Sie führte das Gespräch ebenso dilettantisch wie Kalle gestern. Genau die gleichen Fehler. Sie war auf seine Kooperationsbereitschaft angewiesen und drängte ihn in die Ecke. Sie wollte aufgeben, als Bremer in unerwartet freundlichem Tonfall fortfuhr.

»Sie bekommen es ja sowieso heraus. In der Evangelischen Kirche gibt es zwar kein Zölibat, aber moralische Grenzen.«

Er zögerte. Karin sah ihn geduldig an.

»Ich hatte ein Verhältnis mit einer verheirateten Frau.«

Bremer zuckte mit den Schultern. Karin konnte sich vorstellen, was das für einen Pfarrer für Folgen hatte.

»Wer war diese Frau?«

»Darüber möchte ich nicht sprechen. Es ist genug Porzellan zerschlagen worden.«

Seine Antwort klang bestimmt, fast trotzig. Karin dachte angestrengt nach. Gab es einen triftigen Grund, den Namen nicht preiszugeben? Sie würden doch ohnehin dahinter kommen.

»Wie ist es rausgekommen?«

»Die Presbyter haben davon erfahren. Aber bitte, ich möchte nicht darüber reden.«

Karin sah ein, dass sie nicht weiterkam. Sie sprachen noch einige Minuten über Gudrun Wenders und Melissa Bothen. Ohne Erfolg aus Karins Sicht. Er malte ein Bild von den beiden Frauen, das sie unantastbar machte.

An der Tür kam er ihr einen Augenblick zufällig ganz nahe. Karin wunderte sich über den Geruch, den sein Gesicht verströmte. Sie kannte sich nicht mit den verschiedensten Rasierwassern aus. Aber sie spürte sofort, dass es sich um kein Parfüm handelte. Es roch ein wenig wie Babycreme. Verwundert und nachdenklich stieg sie in ihr Auto.

Unterwegs suchte sie nach einer angemessenen Reaktion für den Fall, dass Tom erneut in ihrem Haus wäre. Er hatte keinen Schlüssel. Konnte sie ihren Kindern verbieten, ihren Vater hineinzulassen? Sie gestand sich ein, Angst vor dieser Situation zu haben. Angst, die darauf gründete, sie könne durch eine unkontrollierte Reaktion eskalieren. Niemals hätte sie geglaubt, sich die Scheidung von dem Mann herbeizusehnen, den sie mal so vergöttert hatte.

Die Rollläden waren immer noch heruntergezogen. Karin fragte sich, wann die Sonne dieses Haus zuletzt erhellt hatte. Aus der oberen Etage hörte sie traurige Musik. Angespannt folgte sie ihr.

Carmen kam mit einem Bademantel bekleidet aus dem Bad. Ohne ein Wort zu sagen, fiel sie ihr um den Hals. Karin spürte Tränen an ihrer Wange.

»Das habe ich nicht gewollt«, flüsterte sie Carmen zu.

Schweigend gingen sie in Carmens Zimmer und setzten sich auf's Bett. Karin drückte ihre Tochter sanft in die Waagerechte.

»Schon gut«, sie wischte sich die Tränen aus dem Gesicht, »es hat nichts mit dir zu tun.«

Karin sah ihre Tochter zweifelnd an.

»Hey Mama, du glaubst doch nicht, dass ich mir von einem Kerl was sagen lasse. Auch wenn er mein Vater ist?«

Ihr Lächeln wirkte echt.

»Daddy hat mir gesagt, dass ihr sie bald habt. Mach deinen Job zu Ende und dann kümmerst du dich um deine Familie, okay?«

Karin nickte. Carmen bemerkte den Stolz in ihren Augen.

»Ich bin doch schon ein großes Mädchen.«

»Ja, das bist du.«

»Ich schätze, Robin kommt auch bald zurück. Er meinte, Daddy's Freundin ist noch zickiger als ich.«

»Das will schon was heißen.«

Carmen boxte sie auf den Arm. Lachend lagen sie sich in den Armen. Karin war klar, dass sie lediglich fröhlich auf der Oberfläche schwammen. Es würde noch lange Gespräche benötigen, um die Tiefe ihrer Seele zu ergründen. Aber es war bereits mehr, als sie sich vor wenigen Minuten erhofft hatte.

Im Bad schleuderte sie sich kaltes Wasser in's Gesicht, als ihr der Geruch von Bremer wieder in den Sinn kam. Sollte ihr Gehirn einen Geruch so beständig speichern können? Er kam ihr so bekannt vor. Angestrengt dachte sie nach. Vor wenigen Minuten spürte sie ihn intensiv. Vorhin, in den Armen ihrer Tochter. Carmen kam aus dem Bad. Was konnte es sein? Kein Parfüm. Karin betrachtete die Flaschen und Spraydosen in der Regalwand neben dem Waschbecken, als Carmen hinter ihr auftauchte.

»Suchst du was Bestimmtes?«

Karin zog ihr Gesicht an das ihre und sog den Geruch tief auf. Dann rümpfte sie die Nase. Carmen verdrehte theatralisch die Augen.

»Wenn ich gewusst hätte, dass du so empfindlich bist, hätte ich noch ein Parfüm aufgetragen.«

»Nein, das ist es nicht. Wonach riechst du?«

Carmen kräuselte die Stirn. Nach einer kurzen Pause antwortete sie.

»Face Cleaner. Trage ich nach dem Abschminken auf. Ist gut für die Haut. Okay, der Geruch ist nicht gerade der Hit.«

Karin schluckte. Wozu benötigte Bremer Face Cleaner?«

52

Gevelsberg. »Sehr diskret, der Herr Pfarrer. Gott sei Dank ist er scheinbar der Einzige, dem was an Diskretion liegt. Von ein paar Presbytern mal abgesehen. Aber im Ort weiß es anscheinend jeder.«

»Ja«, grummelte Joshua. Aber niemand rückt mit der Sprache heraus.

Von sexueller Verfehlung war offiziell die Rede. Er fragte sich mittlerweile, wie viel die Menschen im Ort wirklich wussten und welcher Anteil aus Gerüchten bestand. An einer Bushaltestelle hielt er an.

»Wohin?«, fragte er Daniel.

Sein Kollege versuchte krampfhaft, eine Falte aus dem Ärmel seines Jacketts zu bekommen.

»Wir haben doch bis jetzt nur Mitglieder des Presbyteriums befragt. Die wollen ein Mäntelchen über die Sache legen.«

Joshua stülpte die Lippen vor und nickte nachdenklich. »Dann lass uns mal unter's gemeine Volk mischen.«

Er startete den Wagen und steuerte ihn gemächlich durch den Ort. An einer Eckkneipe parkte er schließlich.

Der Wirt polierte gelangweilt Gläser. Zwei Rentner saßen am Tresen und schwiegen sich an. Joshua und Daniel setzten sich zu ihnen und bestellten Mineralwasser. Mit einem trockenen›Ja‹ nahm der Wirt die Bestellung in Angriff und betrachtete sie argwöhnisch aus den Augenwinkeln.

Sie versuchten, mit dem Wirt und seinen beiden Gästen beiläufig ins Gespräch zu kommen. Es wollte nicht gelingen. Sie fremdelten anscheinend sehr. Ihre Fragen wurden nur einsilbig beantwortet. Irgendwann war Joshua es satt und kam unverblümt zur Sache. Er stellte Daniel und sich mit Namen und Dienstgrad vor und fragte nach Bremer.

»Sie meinen Frau Bremer?«, der grauhaarige Senior sah ihn amüsiert an. Der Wirt nickte belustigt.

Joshua begriff nicht. Zweifelnd sah er zu dem Rentner, der gerade seinen Schnaps austrank. Der Wirt mischte sich ein.

»Bremer ist in seiner Freizeit heimlich in Frauenkleidern durch Bars getingelt. Und das als Pfarrer. Können Sie sich das vorstellen? So was hatten wir hier auch noch nicht. Den ganzen Ort hat der blamiert.«

Mit aufgerissenen Augen sahen die Ermittler sich an. Joshua war schockiert. Mit einem Mal ergab alles einen Sinn. Bremer hatte über seine Freundin Zugang zu den Giften und dem nötigen Wissen. Der Mörder lief die ganze Zeit über vor ihm herum und er sah ihn nicht. Das Motiv, dachte er. Welches Motiv sollte Bremer gehabt haben? Und von wem erfuhr die Gemeinde Gevelsberg über Bremers Doppelleben? Reinders fiel ihm ein. Presbyter aus Olsberg.

»Wie sind Sie denn darauf gestoßen?«

»Siggi Reinders. Er hat einen Tipp gekriegt. Da hat das Presbyterium natürlich sofort reagiert. Mit Schimpf und Schande haben wir den hier weggejagt. Der kommt bestimmt nicht ...«

Der Wirt stockte. Langsam stellte er ein Glas vor sich ab.

»Sie meinen, die Tänzerin ... das ist ...«

Joshua biss sich vor Wut auf die Lippen. Der Wirt und seine Gäste dürften diese Neuigkeit wohl kaum lange für sich behalten. Es war, als hatten sie soeben den Startknopf einer Stoppuhr gedrückt. Das Rennen begann. Daniel fiel Meisinger ein. Sie mussten so schnell wie möglich reagieren. Wenn der Wirt oder seine Gäste erst die Medien verständigt hätten, dürfte es zu spät sein. Leise flüsterte er Joshua ins Ohr. Dieser versuchte noch, die Stoppuhr anzuhalten.

»Nein. Das wäre ein bisschen weit hergeholt. Ein Pfarrer als Mörder. Möglicherweise kann er uns als Zeuge behilflich sein.«, erklärte Joshua.

Der Wirt machte ein zweifelndes Gesicht. Die Sensation schien ihm wesentlich lieber zu sein.

53

Kirchfeld-Rahm. Peter Bremer hatte alles vorbereitet. Sein Plan war erfüllt. Fast erfüllt. Schließlich stand das Finale noch bevor.

Das Finale eines Irrtums Gottes. Mehr war sein Leben nicht, seit er damals mit dem Namen Peter Alexander Bremer zur Welt kam. Geboren im falschen Körper. Irgendwann auf dem Weg vom androgynen Fötus zu seiner Geburt hat Gott einen Fehler begangen.

Er schämte sich noch immer für seine Gedanken. Er sollte Gott dankbar sein. Sein Glaube war unerschütterlich bis zu diesem Tag.

Alle aber miteinander haltet fest an der Demut; denn Gott widersteht dem Hochmütigen, aber den Demütigen gibt er Gnade.

Lange, sehr lange hat er an die Worte von Paulus geglaubt. Er wollte Pfarrer werden, nicht die Kanzlei seines Vaters übernehmen. Sein Leben sah er als Prüfung an. Gott verlangte Demut und er wollte sie geben. Bereits mit elf Jahren wollte er Kleider tragen, wünschte sich Puppen zu Weihnachten und zum Geburtstag, die er nie bekam. Für ihn war es normal, seine Gefühle zu leben. In der Schule wurde er von seinen Mitschülern gehänselt und verprügelt. Wenn er mit blauen Flecken und zerrissener Kleidung nach Hause kam, setzte es Prügel vom Vater, weil er sich nicht gewehrt hatte.

So demütigt Euch nun unter die gewaltige Hand Got-

tes, damit er Euch erhöhe zu seiner Zeit. Alle Eure Sorgen werft auf Ihn, denn er sorgt für Euch.

Fortan gesellte er sich zu den Jungen in seiner Klasse. Er spielte Fußball und beachtete die Mädchen nicht mehr. Er begann, die Worte Gottes zu lesen und zu verstehen. Sie wurden der einzige Halt in seinem Leben. Mehr und mehr zog er sich zurück. In der Pubertät begann er, seine wahre Rolle immer häufiger anzunehmen. Heimlich kaufte er sich Kleider und Blusen. Mit der Bahn fuhr er weit weg von zu Hause. An einem fremden Ort zog er sich um und lebte in der ihm zugedachten Rolle.

Sein Leben lang ertrug er diese Prüfung. Nach dem Studium wollte er sich von Medizinern helfen lassen. Jahrelang hatte er dafür gespart, alles untergeordnet. Aber Gott hatte ihm den Mut genommen, als er offen mit dem Presbyterium über sein Ansinnen reden wollte. Seine erste eigene Gemeinde hatte er als Pfarrerin führen wollen.

Alle seine Träume waren zerplatzt. Ausgerechnet Gevelsberg. Seine Eltern hatten darauf hingearbeitet. Offensichtlich hatte er es dem Einfluss seines Vaters zu verdanken. Er wollte einen letzten Versuch unternehmen, hatte mit seiner Mutter darüber gesprochen. Sein Vater war mittlerweile Landtagsabgeordneter gewesen. Mutter hatte damit gedroht, sich umzubringen, falls er ihnen diese Schmach antun würde.

So ertrug er sein Martyrium, beschränkte sich auf vereinzelte Abende, die er weit weg in dunklen Bars verbrachte, in denen ihn niemand kannte.

Er war so stolz gewesen, die Gemeinde in Gevelsberg, seinem Geburtsort, übernehmen zu dürfen. Viele der Gemeindemitglieder hatte er noch aus seiner Kindheit gekannt. Die Gemeinde hatte ihn gemocht und er war in dieser Berufung aufgegangen.

Bremer trank einen Schluck Rotwein, danach hielt er sich die Hände vor sein Gesicht. Herr, warum hast du mir nicht die Kraft gegeben, zu ertragen?

Warum war ich nicht enthaltsam? Diese Frage hatte er sich so oft gestellt in den letzten Jahren. Von fern drang das Donnern eines Gewitters herüber. Er sah nach oben. Der Himmel war strahlend blau.

Seine Selbstsicherheit schwand von Minute zu Minute, mit der er seinem Schöpfer näher rückte. Die Schuld wurde immer größer. Aber sein Entschluss stand fest. Er würde vor seinen Schöpfer treten und ihn fragen, warum er ihm diese schwere Prüfung auferlegt hatte.

Treu hatte er gedient, seine Strafe demütig hingenommen und doch wollte sein Schöpfer ihn erneut einer, diesmal unlösbaren, Prüfung unterziehen. Warum hatte er die Männer an diesem Abend dorthin geschickt?

Er sah sie vor sich, ihr höhnisches Gelächter, als sie ihn an der Stimme erkannt hatten. Sie hatten ihn gedemütigt wie damals seine Klassenkameraden in der Schule. Er hatte es ausgehalten, für sie zu beten begonnen. Reinders hatte ein Foto von ihm geschossen. Wie von einem seltenen Tier. Als der Geschäftsführer das mitbekommen hatte, warf er sie hinaus. Die Männer waren sehr wütend geworden.

Am nächsten Tag waren sie nach Gevelsberg gefahren und hatten dem Presbyterium von den unmöglichen Umständen berichtet, den unverzeihlichen Fehlern ihres Pfarrers. Als Vorbild der christlichen Jugend, wie sie sich ausgedrückt hatten, wäre er nicht mehr tragbar. Sie hatten ihn öffentlich bloßgestellt, geteert und gefedert war er sich vorgekommen, als sie ihn aus der Stadt gejagt hatten. Die Evangelische Kirche hatte ihm nahe gelegt, als Missionar in's Ausland zu gehen.

Die Kraft im Glauben, die ihm stets ein verlässlicher Begleiter war, verließ ihn. War es eine Sünde, einen Fehler der Natur nicht hinzunehmen?

In dem Augenblick, in dem er den Glauben verlor, spürte er, wie Gott ihn losließ. In freiem Fall und ungebremst fiel er in die Niederungen der menschlichen Triebe. Seine Gefühle waren von Hass und dem Wunsch nach Vergeltung geprägt.

Ihr Schlangenbrut, wer hat Euch denn gewiss gemacht, dass Ihr dem künftigen Zorn entrinnen werdet.

Sie mahnten ihn, als er die Worte Johannes des Täufers gesprochen hatte. Er solle es nicht mehr wagen, die Worte des Herrn in den Mund zu nehmen. Nun stehen diese Pharisäer vor dem Herrn, der diese Brut mit unauslöschlichem Feuer verbrennen wird. Er dachte an die Tänze auf den Gräbern. Sein persönliches Glücksgefühl. Sein Leben lang war er die Muleta, das rote Tuch in den Händen der Männer, das sie beliebig schwenken konnten. Am Ende hatte niemand mehr Einfluss auf die Capa. Während ihre Seelen hinaufzogen zum Schöpfer, mussten sie noch einmal an ihm vorbei. Mussten zusehen, ohne Einfluss.

Peter Bremer konnte keine Genugtuung empfinden. Er fühlte sich in diesem Moment unendlich einsam.

Das Bild im Spiegel zeigte eine stolze Frau. Eigentlich konnte er nicht die Einsamkeit von Gudruns Anwesen nutzen. Er musste riskieren, bereits hier entdeckt zu werden. Es machte ihm nichts aus. Es gab keine Wiederkehr. Es hatte einige Mühe gekostet, Meisinger am Gardasee ausfindig zu machen. Ebenso schwierig war es, ihn dazu zu bewegen, in den Zug nach Krefeld umzusteigen. Gleich würden sie sich treffen. Meisinger sollte die Ehre zuteil werden, ihn zu begleiten. Gemeinsam mit ihm wollte er vor den Schöpfer treten.

Du bist nicht würdig, vor den Schöpfer zu treten, du missratene Kreatur.

Bremer klangen seine Worte noch immer in den Ohren. Sie schlangen sich wie Dornen um sein Herz. Seine Augen streiften den Picknickkorb. Brot und Wein waren seine letzte Wahl. Ein letztes Mahl vor dem Herrn.

54

Düsseldorf. Fieberhafte Hektik bestimmte das Geschehen beim LKA. Die komplette SoKo-Mannschaft war versammelt. Sie standen in Gruppen zusammen und redeten durcheinander. Man hatte Meisingers Mutter ausfindig gemacht. Sie war sehr senil, konnte aber sagen, dass ihr Sohn regelmäßig am Gardasee seinen Urlaub verbrachte. Außerdem hatte sie ein ziemlich aktuelles Foto von ihrem Sohn. Er fuhr grundsätzlich mit dem Zug dorthin. Die Kollegen in Italien waren verständigt. Jack wollte nicht begreifen, warum sie ihn noch nicht ausfindig gemacht hatten. Es konnte nur bedeuten, dass er bereits auf dem Rückweg war. Ein Dutzend Kollegen warteten am Duisburger Hauptbahnhof auf ihn. Bremer war nicht mehr in seiner Pension. Die Fahndung nach ihm brachte bislang keinen Erfolg. Schorndorf drängte darauf, die Öffentlichkeit um Mithilfe zu bitten. Noch konnten sie ihn zurückhalten.

Außer Atem stürzte Karin in den Raum. Sie lief direkt auf Joshua und Daniel zu.

»Bremer ist die Tänzerin«, rief sie ihnen schon von weitem zu. Einige Kollegen drehten sich herum und schüttelten den Kopf.

»Das wissen wir«, beruhigte Joshua sie.

Karin atmete durch. Ihre Schultern fielen herab. Joshua erklärte ihr alles. Schorndorf kam hinzu. Der Knoten seiner Krawatte war gelockert. Schweißperlen glänzten auf seiner Stirn. Der Geruch eines aufdringlichen Deos konnte seinen Körpergeruch nur unzureichend bekämpfen.

»Wir haben ihn verloren.«

Seine Stimme klang zaghaft, fast kapitulierend.

»Was heißt das?«, rief Karin.

»Er ist in Düsseldorf umgestiegen. Das Zugpersonal hat ihn erkannt. Wir wissen nicht, wohin er weitergereist ist. Ich informiere die Medien.«

Karin wollte ihn davon abhalten. Aber sie musste sich eingestehen, dass jetzt jede Möglichkeit recht war.

»Das bedeutet, Bremer hat sich mit ihm verabredet. Aber wo, verdammt?«, Joshua wurde unruhig.

»Wenn Meisinger aus Italien kommt, verfügt er über ein Ticket, mit dem er ICEs benutzen kann«, schloss Daniel, »er wird einen großen Bahnhof, an dem diese Züge halten, bevorzugen.«

»Wenn er es sich aussuchen kann«, Joshua kamen Zweifel, »offensichtlich erpresst Bremer seine Opfer zu den Treffen.«

Karins Augen wanderten nachdenklich zwischen ihre Kollegen.

»Bremer wird nicht lange in seinem Kostüm verborgen bleiben. Er wird es eilig haben.«

»Der nächste, größere Bahnhof von Rahm aus ist in Krefeld«, Joshua zog ein Handy aus der Tasche und beorderte die Kollegen dorthin. Karin schüttelte den Kopf.

»Da ist der Zug längst durch. Bremer hat ihn bereits ... Aber wo fährt er hin?«

Jack lief an ihnen vorüber. Seine Haut wirkte fahl. Die matten Augen wurden von dicken Rändern umrahmt. Karin zog ihn am Ärmel.

»Wer observiert das Haus von Wenders?«

Jack blieb abrupt stehen. Seine Blicke schienen sie zu durchbohren.

»Niemand. Gudrun Wenders ist immer noch in Untersuchungshaft. Bremer wird wohl kaum so blöd sein, dort hinzufahren.«

»Das weiß Bremer nicht. Außerdem lässt sich das Grundstück kilometerweit einsehen, los!«

Karins Stimme bekam einen leicht hysterischen Unterton. Ohne nachzudenken, rannten Daniel und Joshua ihr hinterher.

55

Kirchfeld. Die rote Ente von Gudrun Wenders war bereits von weitem zu erkennen. Sie parkte auffällig mitten auf der Auffahrt neben dem Haus. Karin hielt das Handy in der Hand und zögerte eine Sekunde. Sie warf Joshua einen kurzen Blick zu und bestellte Verstärkung und einen Notarztwagen. Daniel hielt das für voreilig.

»Wir wissen doch überhaupt nicht, was uns erwartet. Vielleicht ist niemand da.«

»Ach. Und wie kommt der Wagen dorthin. Glaubst du, Bremer holt sein Opfer zu Fuß oder mit dem Taxi ab?«

Der Vectra rutschte über den Schotter. Nur wenige Zentimeter hinter der Ente kam er zum Stehen. Mit einem Satz sprangen sie aus dem Wagen und rannten um das Haus. Der Anblick ließ sie zusammenfahren. Meisinger hielt sich mit schmerzverzerrtem Gesicht den Bauch. Aus seinem Mund tropfte Blut. Sein kariertes Hemd war voll Erbrochenem. Daneben saß die Tänzerin. Bremers Verkleidung wirkte absolut authentisch. Für den Bruchteil einer Sekunde glaubte Karin, Gudrun Wenders vor sich zu haben. Seine geschminkten Augenlider blinzelten merkwürdig. Die Augen waren glasig. Lächelnd prostete er ihnen mit einem halb gefüllten Weinglas zu. Langsam führte er es zum Mund.

»NEIN BREMER!«, schrie Karin. Joshua zückte seine Waffe. Im selben Augenblick wurde ihm die Sinnlosigkeit seiner Handlung bewusst. Er rannte auf die Terrasse. Bremer begann, sich den Rotwein in den Mund zu schütten. Mit einem Hechtsprung riss Joshua ihn von seinem Stuhl. Das Glas flog in den Garten. Seine Perücke lag neben ihm. Er gab ein trauriges Bild ab.

Daniel beugte sich über ihn und zog ihn hoch. Joshua half ihm, Bremer wieder auf den Stuhl zu setzen. Karin kümmerte sich um Meisinger. Sie hackte die Notrufnummer in ihr Handy und schrie nach Hilfe. Meisinger wurde bewusstlos. Sie legten ihn auf die Seite und öffneten sein Hemd. Bremer griff zu der Karaffe mit dem Wein. Daniel riss sie ihm aus der Hand.

»Lasst mich endlich zu ihm. Er erwartet mich.«, krächzte der Pfarrer. Aus der Ferne waren lauter werdende Sirenen zu vernehmen. Karin atmete durch.

56

Meisinger lag auf der Intensivstation. Die Ärzte hatten ihn in ein künstliches Koma versetzt. Seine Überlebenschancen beurteilten sie mit fünfzig zu fünfzig. Für Bremer kam jede Hilfe zu spät. Er hatte die doppelte Menge Gift zu sich genommen, die nötig gewesen wäre, ihn zu töten. Jack hatte sich alte Zeitungsartikel aus Gevelsberg kommen lassen. Sie hatten Bremer praktisch mit Schimpf und Schande aus dem Ort gejagt. Diese Schmach konnte er nicht verkraften. Sein Leben lang hatte er dagegen angekämpft, in dem Körper eines Mannes gefangen zu sein. Er fand Mut im Glauben, ertrug sein Schicksal, so gut er konnte. Es gab viele Christen in Gevelsberg, die noch heute von ihm schwärmten. Seine tolerante Art und sein Mitgefühl den Schwächeren gegenüber hatten ihn für dieses Amt geradezu prädestiniert. In Kirchfeld vermisste man Pfarrer Bremer immer noch. Es war eine geradezu hinterhältige Fügung des Schicksals, ausgerechnet ihn an der mangelnden Toleranz seiner Mitmenschen zerbrechen zu lassen.

Düsseldorf. Jack hatte seine Gruppe noch einmal zu einer Abschlussbesprechung zusammengerufen. Es galt, Fehler in der Ermittlung zu finden und daraus zu lernen. Ein Fehler war es offensichtlich, zu sehr auf eine Täterin gesetzt zu haben. Kalle meldete sich verlegen zu Wort.

»Es war meine Schuld.«

Er schlug sich mit der Hand vor den Kopf.

»Dabei hatte ich von Anfang an Zweifel.«

»Schon gut«, Joshua unterbrach ihn, »es war nicht allein deine Schuld. Wir haben die Aussage falsch interpretiert.«

Kalle schien ihm nicht folgen zu können.

»Dein Tanzlehrer sagte, um so zu tanzen, muss man wie eine Frau fühlen. Ich denke, das war bei Bremer der Fall.«

Ein kurzer Augenblick der Stille breitete sich aus, als zaghaft die Tür geöffnet wurde und eine junge Kollegin den Raum betrat. Nervös nestelte sie an ihrer Bluse. Karin kannte sie. Angela Römer hatte im vorigen Jahr ihre Ausbildung beendet und wurde seitdem bei den Kollegen der Drogenfahndung eingesetzt. Jack bot ihr mit einer Armbewegung einen Stuhl an. Sie schüttelte den Kopf. Die Haut um ihre Augen schimmerte rötlich.

»Ich muss etwas melden.«

Ihre Stimme zitterte. Mit den Händen hielt sie sich an einer Stuhllehne vor ihr fest.

»Ich wurde im Callcenter eingesetzt. Und ... und dann wurde gesagt ... wir sollten filtern. Nicht mehr jeden Blödsinn weitergeben ... und ...«

Sie wischte sich eine Träne ab.

»Ich habe es verbockt. Es ist meine Schuld.«

Sie hatte sich wieder gefasst. Mit durchgedrücktem Rücken stand sie vor ihnen.

Es wurde still. Niemand wagte es, sie zu unterbrechen.

»Freitagmorgen habe ich einen Anruf aus Gevelsberg entgegengenommen. Die Frau sagte, die Tänzerin sei ihr ehemaliger Pfarrer. Ich habe ihr versprochen, den Hinweis zu verfolgen und die Notiz weggeworfen.«

Betreten sah sie zu Boden. Joshua drehte sich zu Karin um. Er konnte ihre Gedanken lesen.

»Ich habe die Anordnung gegeben zu filtern. Dich trifft nicht die geringste Schuld.«

Jack wusste, welche Hinweise dort eingingen. Sie waren oft so skurril, dass sie den Notizzettel nicht wert waren. Geschweige denn, die SoKo lahmzulegen. Sie hatten keine Wahl. Dieses Risiko waren sie eingegangen. Es musste sein, auch wenn es sich im Nachhinein als falsch erwiesen hatte.

Joshua begann, seinen Bericht zu schreiben. Karin ging zu ihm herüber und schaltete den Monitor aus. Verblüfft sah er zu ihr hinauf.

»Das hat Zeit. Deine Frau erwartet dich. Du hast einen Tisch im ›La Grotta‹ bestellt, um euren Hochzeitstag nachzufeiern.«

Sprachlos verharrte er einen Augenblick.

»Ich habe ihr alles erklärt. Von Frau zu Frau. Ich würde dir allerdings dringend raten, diesen Termin wahrzunehmen.«

Jetzt begriff er. Joshua sprang hoch und umarmte seine Kollegin. Kurz vor ihrem Mund zog er seine Lippen zurück. Er riss die Jacke vom Haken und rief ihnen vom Flur ein ›Wiedersehen‹ zu.

ENDE

An diesem Roman wirkten zahlreiche Personen mit, ohne deren Hilfe das Werk nicht zustande gekommen wäre. Ich möchte hier die Gelegenheit nutzen, allen Beteiligten meinen ausdrücklichen Dank dafür auszusprechen.

Sabine Göting, Ursula Grote, Bettina Kohl, Viola Lubjuhn

Als Testleser haben sie die meisten meiner Fehler bereits im Vorfeld schonungslos aufgedeckt und mir mit starken Nerven zur Seite gestanden.

Peter Molden

Der gute Geist. Zieht als mein Agent im Hintergrund die Fäden und unterstützt mich mit unermüdlichem Einsatz sowie seinem reichen Erfahrungsschatz.

Claudia Senghaas

Die wohltuend kompetente und tolerante Arbeitsweise meiner Lektorin vollendete diesen Roman völlig stressfrei und einvernehmlich.

Joe Bausch

Seine fachliche Beratung machte die Story plausibel und bewahrte mich vor einem schweren Fehler.

Ulrike Dahlhaus

Die Pfarrerin der Kirchengemeinde Xanten half mir durch tiefe Einblicke in die evangelische Kirche und die (mögliche) Psyche ihrer Mitarbeiter.

Horst Groß

Der Weseler Hauptkommissar hat sich die Zeit genommen, diesen Roman von polizeitaktischen Fehlern zu befreien und somit dazu beigetragen, die Geschichte näher an die Realität zu rücken. Als mein ›V-Mann‹ gibt er mir immer wieder wichtige Tipps.

Für wertvolle Hinweise möchte ich mich bedanken bei:

Apothekerkammer Nordrhein, Anne-Kathrin Koppetsch, Das Syndikat, Michael Bay, Allgemeiner deutscher Tanzlehrerverband eV, Bund für Umwelt und Naturschutz Deutschland, Evangelische Kirche Rheinland.

Ein ganz besonderer Dank gilt dir, liebe Tina. Für alles!

Weitere Krimis finden Sie auf den folgenden Seiten und im Internet: www.gmeiner-verlag.de

Erwin KOhl
Zugzwang

326 Seiten, 11 x 18 cm, Paperback.
ISBN 3-89977-669-0. € 9,90.

Ramon Schändler, Inhaber einer großen Werbeagentur, und seine Frau werden brutal ermordet. Die Spur führt zu einem Konkurrenten Schändlers, doch Joshua Trempe von der Mordkommission Düsseldorf zweifelt an dessen Schuld. Zeitgleich treten merkwürdige Ereignisse auf: Der Aktienkurs einer Biotechfirma schießt in die Höhe und stürzt kurze Zeit später ohne ersichtlichen Grund wieder ab und eines Morgens boykottieren Millionen von Pendlern die Bahn …

Klaus Schuker
Wasserpilz

267 Seiten, 11 x 18 cm, Paperback.
ISBN 3-89977-699-2. € 9,90.

Louis Astrella, ehemaliger Kripobeamter aus Frankfurt, soll im Auftrag eines Sicherheitsunternehmens nach geeigneten Immobilien in Ravensburg suchen. Er bezieht ein Zimmer in der Pension der Stiehmerts, an deren Grundstück der zwielichtige Bauunternehmer Rainer Ahbold schon seit längerem großes Interesse zeigt. Ehe er sich versieht, wird Astrella in die kriminellen Machenschaften Ahbolds hineingezogen. Und plötzlich gerät er selbst in tödliche Gefahr …

KRIMI IM GMEINER-VERLAG

Hans Lebek
Schattensieger

327 Seiten, 11 x 18 cm, Paperback.
ISBN 3-89977-685-2. € 9,90.

Ein Behinderter in einem Rollstuhl zieht eine Spur des Todes durch Europa. Hauptkommissar Adam kann zwar feststellen, dass es sich immer um denselben Täter handeln muss, aber er kann keine Verbindung zwischen den Opfern erkennen. Erst als sich der Fall in eine ganz andere, unerwartete Richtung entwickelt, beginnt er die Zusammenhänge zu erfassen …

Sandra Dünschede
Deichgrab

373 Seiten, 11 x 18 cm, Paperback.
ISBN 3-89977-688-7. € 9,90.

Nach dem Tod seines Onkels kehrt Tom Meissner in das kleine Dorf in Nordfriesland zurück, in dem er selbst einige Jahre seiner Kindheit verbracht hatte. Als er erfährt, dass sein Onkel ein Mörder gewesen sein soll, will er herausfinden, was wirklich geschehen ist. Dabei stößt er nicht nur auf den Widerstand sondern auch auf die dunkle Vergangenheit einiger Dorfbewohner …

KRIMI IM GMEINER-VERLAG

Bernd Franzinger
Bombenstimmung

325 Seiten, 11 x 18 cm, Paperback.
ISBN 3-89977-684-4. € 9,90.

Deutschlands beliebteste Quiz-Show gastiert in der Fruchthalle in Kaiserslautern. Mit von der Partie ist die Familie von Hauptkommissar Wolfram Tannenberg: Vater, Bruder und Neffe nehmen als Kandidatenteam an dem Quiz teil. Mitten in der Livesendung meldet sich ein skrupelloser Erpresser und fordert den Hauptgewinn von 10 Millionen Euro. Er hat mehrere Sprengsätze im Keller des Gebäudes deponiert und droht diese zu zünden. Als zwei Bomben in der Nähe der Halle explodieren, ahnt Tannenberg, dass ihm nur noch wenig Zeit bleibt, um eine Katastrophe zu verhindern …

Bernd Leix
Hackschnitzel

273 Seiten, 11 x 18 cm, Paperback.
ISBN 3-89977-694-1. € 9,90.

Fein zerhäckselt finden sich die Einzelteile einer menschlichen Leiche zwischen den Holzhackschnitzeln auf einem Kinderspielplatz. Die Identifizierung des Toten erweist sich als schwierig. Als klar wird, dass es sich um den Direktor einer Ettlinger Baufirma handelt, beginnt für Oskar Lindt, den Chefermittler der Karlsruher Mordkommission, die zähe Suche nach Motiv und Täter. In einem Sumpf aus Verbrechen, Geldgier, Macht und Korruption entgeht er selbst dem Tod nur um Haaresbreite …

KRIMI IM GMEINER-VERLAG

Das neue Krimijournal ist da!

2 x jährlich das Neueste
aus der Gmeiner-Krimi-Bibliothek

ISBN 3-89977-950-9
kostenlos

In jeder Ausgabe:

- Vorstellung der Neuerscheinungen
- Hintergrundinformationen zu den Themen der Krimis
- Interviews mit den Autoren und Porträts
- Allgemeine Krimi-Infos (aktuelle Krimi-Trends, Krimi-Portale im Internet, Veranstaltungen etc.)
- Die Gmeiner-Krimi-Bibliothek (Gesamtverzeichnis der Gmeiner-Krimis)
- Großes Gewinnspiel mit ›spannenden‹ Buchpreisen

Erhältlich in jeder Buchhandlung oder direkt beim:

GMEINER-VERLAG

Im Ehnried 5
88605 Meßkirch
Tel. 07575/2095-0
Fax 07575/2095-29
info@gmeiner-verlag.de
www.gmeiner-verlag.de

Alle Gmeiner-Autoren und ihre Krimis auf einen Blick

Anthologien: Grenzfälle (2005) • Spekulatius • Streifschüsse (2003)
Artmeier, H.: Feuerross (2006) • Katzenhöhle (2005) Schlangentanz • Drachenfrau (2004)
Baecker, H.-P.: Rachegelüste (2005)
Beck, S.: Einzelkämpfer (2005) • Duftspur (2006)
Bekker, A.: Münster-Wölfe (2005)
Bomm, M.: Schusslinie (2006) • Mordloch • Trugschluss (2005) • Irrflug • Himmelsfelsen (2004)
Bosch van den, J.: Wassertod • Wintertod (2005)
Buttler, M.: Dunkelzeit (2006) • Abendfrieden (2005) •Herzraub (2004)
Danz, E.: Osterfeuer (2006)
Dünschede, S.: Deichgrab (2006)
Emme, P.: Würstelmassaker • Heurigenpassion (2006) Schnitzelfarce • Pastetenlust (2005)
Enderle, M.: Nachtwanderer (2006)
Erfmeyer, K.: Karrieresprung (2006)
Franzinger, B.: Bombenstimmung (2006) • Wolfsfalle • Dinotod (2005) • Ohnmacht (2004) • Goldrausch (2004) • Pilzsaison (2003)
Gardener, E.: Lebenshunger (2005)
Gokeler, S.: Supergau (2003)
Graf, E.: Elefantengold (2006) • Löwenriss • Nashornfieber (2005)
Haug, G.: Gössenjagd (2004) • Hüttenzauber (2003) • Finale (2002) • Tauberschwarz (2002) • Höllenfahrt (2001) • Todesstoß (2001) • Sturmwarnung (2000) Riffhaie (1999) • Tiefenrausch (1998)
Heim, Uta-Maria: Dreckskind (2006)
Heinzlmeier, A.: Bankrott (2006) • Todessturz (2005)
Karnani, F.: Takeover (2006)
Keiser, G.: Apollofalter (2006)
Keiser G./Polifka W.: Puppenjäger (2006)
Klewe, S.: Kinderspiel (2005) • Schattenriss (2004)
Klingler, E.: Königsdrama (2006)
Klugmann, N.: Kabinettstück (2006) • Schlüsselgewalt (2004) • Rebenblut (2003)
Kohl, E.: Grabtanz • Zugzwang (2006)
Köhler, M.: Nellis Tagebuch (2006)
Koppitz, R. C.: Machtrausch (2005)
Kramer, V.: Todesgeheimnis (2006) • Rachesommer (2005)
Kronenberg, S.: Kultopfer (2006) • Flammenpferd • Pferdemörder (2005)
Lebek, H.: Schattensieger • Karteileichen (2006) • Todesschläger (2005)
Leix, B.: Hackschnitzel (2006) • Zuckerblut • Bucheckern (2005)
Mainka, M.: Satanszeichen (2005)
Matt, G. / Nimmerrichter, K.: Schmerzgrenze (2004) • Maiblut (2003)
Misko, M.: Winzertochter • Kindsblut (2005)
Nonnenmacher, H.: Scherlock (2003)
Puhlfürst, C.: Dunkelhaft (2006) • Eiseskälte • Leichenstarre (2005)
Schmitz, I. G.: Sündenfälle (2006)
Schmöe, F.: Käfersterben • Fratzenmond (2006) Kirchweihmord • Maskenspiel (2005)
Schröder, A.: Mordsgier (2006) • Mordswut (2005) • Mordsliebe (2004)
Schuker, K.: Wasserpilz (2006)
Schwab, E.: Angstfalle (2006) • Großeinsatz (2005)
Schwarz, M.: Maienfrost • Dämonenspiel (2005) • Grabeskälte (2004)
Stapf, C.: Wasserfälle (2002)
Steinhauer, F.: Seelenqual • Racheakt (2006)
Thadewaldt A./Bauer C.: Kreuzkönig (2006)
Valdorf, L.: Großstadtsumpf (2006)
Wark, P.: Epizentrum (2006) • Ballonglühen (2003) • Absturz (2003) • Versandet (2002) • Machenschaften (2002) • Albtraum (2001)
Wilkenloh, W.: Feuermal (2006) • Hätschelkind (2005)

KRIMI IM GMEINER-VERLAG